PIERRE EMME

Heurigenpassion

AUF EIN GLAS WEIN IM HEURIGEN Das neue Jahr fängt für Inspektor Wallner und seinen »kriminalistischen Berater« Mario Palinski nicht gerade gut an: Die Leiche einer jungen Frau wird in einem Müllcontainer in Grinzing am Morgen des 1. Januar gefunden. Als der Notarzt dazu noch feststellt, dass die Frau vor etwa zwei Monaten entbunden und ihr Kind gestillt haben muss, überwiegt vorerst die Sorge um das möglicherweise unversorgte Baby. Die fieberhafte Suche nach dem Säugling, an der sich neben der Polizei auch die Zivilbevölkerung beteiligt, ist zunächst erfolglos. Da es dem Opfer offenbar gelungen ist, seinen Mörder vor dem Tod zu beißen, wird nach einer Person mit einer entsprechenden Wunde gefahndet. Die Ermittlungen führen schließlich in das bekannte Wiener Heurigenlokal »Kutscherhaus« …

Pierre Emme, geboren 1943, lebte bis zu seinem Tod im Juli 2008 als freier Autor bei Wien. Der promovierte Jurist konnte auf ein abwechslungsreiches Berufsleben zurückblicken und damit aus einem aus den unterschiedlichsten Quellen gespeisten Fundus an Erfahrungen und Erlebnissen schöpfen. Im Februar 2005 erschien mit »Pastetenlust« der erste Band seiner erfolgreichen Krimiserie um Mario Palinski, den Wiener Kult-Kriminologen mit der Vorliebe für kulinarische Genüsse.

Bisherige Veröffentlichungen im Gmeiner-Verlag:
Zwanzig/11 (2011)
Diamantenschmaus (2010)
Pizza Letale (2010)
Pasta Mortale (2009)
Schneenockerleklat (2009)
Florentinerpakt (2008)
Ballsaison (2008)
Tortenkomplott (2007)
Killerspiele (2007)
Würstelmassaker (2006)
Schnitzelfarce (2005)
Pastetenlust (2005)

PIERRE EMME

Heurigenpassion

Palinskis dritter Fall

Personen und Handlung sind frei erfunden.
Ähnlichkeiten mit lebenden oder toten Personen
sind rein zufällig und nicht beabsichtigt.

Besuchen Sie uns im Internet:
www.gmeiner-verlag.de

Im Ehnried 5, 88605 Meßkirch
Telefon 07575/2095-0
info@gmeiner-verlag.de

6. Auflage 2012

Lektorat: Claudia Senghaas, Kirchardt
Umschlaggestaltung: U.O.R.G. Lutz Eberle, Stuttgart
unter Verwendung eines Fotos von © Tim Friedrich / Fotolia.com
Druck: GGP Media GmbH, Pößneck
Printed in Germany
ISBN 978-3-89977-668-3

1

Das letzte, was die junge Frau hörte, ehe sie endgültig das Bewusstsein verlor, waren die machtvollen Schläge der »Pummerin«, die das Neue Jahr einläutete. Sie kamen aus den Rundfunk- und Fernsehgeräten jener Menschen, die den Jahreswechsel zu Hause feierten und ihre Fenster geöffnet hatten, um das bunte Treiben auf der Straße beobachten zu können. Oder auch nur, um etwas von der herrlich frischen, kalten Luft in ihre verrauchten, überheizten und leicht säuerlich riechenden Salons und Wohnzimmer zu holen.

Zahllose Feuerwerkskörper stiegen unter großem Getöse in den sternklaren Himmel und übertönten die ersten, leisen Töne des traditionellen Donauwalzers.

Dr. Herbert Thaler, in seiner Funktion als Bezirksvorsteher sozusagen »Bürgermeister von Döbling«, trat aus dem Heurigenlokal, in dem er ausgezeichnet gegessen hatte, und führte seine Frau zum ersten Walzer des jungen Jahres. Die beiden mischten sich unter die auf der Straße tanzende Menge und erwiderten die Neujahrswünsche der Menschen, die das populäre Paar erkannten und ihm ihr »Prosit« zuriefen.

Thaler war außerordentlich zufrieden. Der erstmals auf seine Initiative hin veranstaltete »Döblinger Silvesterweg« schien ein großer Erfolg geworden zu sein. Auch wenn der »Weg« diesmal nur Grinzing berücksichtigt hatte und zwar vom Pfarrplatz bis zur Feilergasse.

Nächstes Jahr würden sich auch die Heurigenbetriebe in Nußdorf, Sievering, Salmannsdorf und Neustift an dieser schönen Idee beteiligen, war der Bezirkskaiser sicher. Mit dem schon traditionellen »Silvesterpfad« in der City würden sie sich auch dann noch nicht ganz messen können, aber für die Leute hier in Döbling war es eine Hetz und für die Wirte ein gutes Geschäft. Ihm selbst hatte dieser Event schon im Vorfeld eine gute Presse gebracht. Heute oder morgen würde noch ein TV-Auftritt in der beliebten Sendung »Klatschspalten« folgen. Thaler konnte also wirklich zufrieden sein.

Von all dem bekam die junge Frau aber gar nichts mehr mit. Mit schweren Verletzungen und breiten Klebebändern an Armen und Beinen gefesselt lag sie zusammengerollt in einem dieser großen, fahrbaren Müllcontainer. Da auch ihr Mund verklebt und ihre Nase verkühlungsbedingt verstopft war, bekam ihr nur mehr vegetierender Organismus kaum mehr Sauerstoff.

Sie erstickte still vor sich hin.

Mit den letzten Takten des Donauwalzers war es soweit. Sie starb so unauffällig, wie sie gelebt hatte.

Der nun einsetzende Applaus des Publikums auf der Straße hätte ihr wahrscheinlich gefallen. Auch wenn er nicht ihr galt, sondern dem Genius von Johann Strauß' Sohn. Was für ein Requiem.

Etwa vier Stunden später wurde der Müllcontainer von einer zur Unkenntlichkeit vermummten Person in Bewegung gesetzt und über die inzwischen menschenleere Straße an eine ganz bestimmte Stelle gebracht. Einen Ort, der der Person nach einigem Nachdenken unter den gegebenen Umständen am Besten dafür geeignet zu sein schien.

Weitere drei Stunden später begannen die wackeren Männer der städtischen Müllabfuhr damit, die Spuren einer nicht für alle wirklich lustigen Silvesternacht zu beseitigen und Grinzing wieder in einen herzeigbaren Zustand zu versetzen.

*

Der Neujahrsmorgen war einer der wenigen, wenn nicht überhaupt der einzige Morgen im Jahr, an dem Palinski länger schlief als bis sieben Uhr. Heute war es gar schon zwanzig Minuten nach acht, als er vorsichtig zuerst das linke und dann das rechte Auge öffnete. Ob er das immer so machte, vermochte er nicht zu sagen. Er hatte den Ablauf des Augenöffnens noch nie zuvor bewusst registriert.

Der trotz der herrschenden und durch die dunklen Wolken am Himmel noch verstärkten Dämmerung als störend empfundene Lichteinfall ließ ihn unwillkürlich wieder die Augen schließen. So lag er da und lauschte den regelmäßigen, gelegentlich von kleinen Schnarchgeräuschen unterlegten Atemzügen Wilmas. Der Mutter seiner beiden Kinder und Frau, mit der er seit 24 Jahren nicht verheiratet, seit mehr als drei Monaten aber so etwas ähnliches wie verlobt war. Klang ganz schön kompliziert, fand Palinski und war auch ziemlich verrückt. Aber Wilma, die gerade eindrucksvoll unter Beweis stellte, dass Schnarchen keine rein männliche Domäne war, hatte ihm auf seinen Antrag vom September des gerade abgelaufenen Jahres noch keine Antwort gegeben. Er durfte jetzt zwar immer mit ihr schlafen, wenn er wollte, eigentlich sogar öfters. Aber das alles entscheidende Ja war ihr bisher noch nicht über die Lippen gekommen.

Silvester war diesmal richtig nett gewesen. Die Party im Büro war nur langsam in Gang gekommen. Dafür waren nach Mitternacht alle so aufgedreht gewesen, dass er Mühe gehabt hatte, die letzten Gäste bis 5 Uhr hinauszukomplimentieren. Und das auch nur, weil ›Miki‹ Schneckenburgers Mutter angerufen und mitgeteilt hatte, dass der kleine Lukas nicht mehr mit dem Flascherl in Schach zu halten war und jetzt energisch nach der Brust verlangte. Nicht nach der »Mikis« natürlich, sondern der Moni Schneckenburgers, seiner Mami. Einer durchaus beachtlichen Brust, wie Palinski anerkennend registriert hatte.

Tina und ihr Verlobter Guido, dessen Familie sie im September in Singen kennen gelernt hatten, waren gegen 3 Uhr vorbei gekommen und geblieben. Und Harrys Begleitung, eine Studienkollegin namens Beate, machte auch einen sehr netten Eindruck. Wilma war allerdings sicher, dass die junge Frau mindestens zwei Jahre älter sein musste als ihr kleiner Liebling mit seinen »Sweet nineteen.«

Palinski schmunzelte und musste an Veronika denken. Sie war um mehr als fünf Jahre älter gewesen als er und hatte ihn vor mehr als 27 Jahren sanft und erfahren in die Geheimnisse der körperlichen Liebe eingeweiht. Jedes einzelne Jahr ihrer Erfahrung hatte ihn beglückt und weiser gemacht. Wilma, die er ein halbes Jahr später kennen gelernt hatte, profitierte noch heute davon. Wie auch immer, er wünschte seinem Sohn nur das Beste mit Beate.

Inspektor Helmut Wallner und Franca Aigner schliefen in seinem breiten Bett im Büro. Das »Paar des Jahres« der Wiener Kriminalpolizei hatte etwas zuviel von dem köstlichen »Sangria special« getrunken, den Palinski nach dem Rezept eines alten Barkeepers aus Marbella gebraut hatte. Das Geheimnis war das Mischverhältnis zwischen dem Rotwein, dem Sekt und dem Brandy. In Verbindung mit den Früchten und gut gekühlt schmeckte das Zeug herrlich erfrischend und überhaupt nicht nach Alkohol. Da konnten sich nach dem zweiten auf Durst getrunkenen Glas schon erste Nebel einstellen.

Helmuts seltsam gutturales Lachen nach dem fünften oder sechsten Glas hatte die Vermutung nahe gelegt, dass sich der Inspektor fühlen musste wie an einem düsteren Novemberabend im schottischen Hochmoor und nicht wie zu Silvester in Wien. Daraufhin hatte Franca Palinskis Angebot gerne angenommen und ihren zukünftigen Mann ins Bett gesteckt.

Inzwischen war auch Wilma aufgewacht. »Nochmals ein gutes Neues Jahr, Schatzi. Dir und mir und unserer Familie«, murmelte sie und drückte ihm einen Kuss auf die Wange.

Palinski gefiel dieses automatisierte »Schatzi« nicht so sehr. So lieb und vertrauensvoll es auch gemeint sein mochte, er empfand es eher als unpersönlich. »Schatzi« konnte jeder sein. Wäre er der Typ für eine Tätowierung, er würde sich »Schatzi« in die Haut ritzen lassen. Damit lag man ein Leben lang auf der sicheren Seite.

Aber was soll's, dachte er sich, besser »Schatzi« als gar nix. »Schatzi«, Wilma hatte keine Ahnung von seinem Ressentiment, »weißt du eigentlich, dass ich dich seit 24 Jahren etwas fragen möchte und es noch nie getan habe?«

Mit einem Schlag war Palinski hellwach. Sollte jetzt das kommen, auf das er schon so lange wartete. Würde Wilma sich jetzt erklären, die ewigen Aufs und Abs ihrer beider Lebenskurven endlich zur Deckung bringen und damit den Weg in ein ruhigeres Fahrwasser eröffnen? Aber schon der nächste Satz zeigte ihm, wie falsch er mit seiner Annahme lag.

»Manfred hat mich erst letzte Woche darauf angesprochen und ich habe keine Antwort gehabt.« Manfred Dullinger war ein Arbeitskollege und eifriger Verehrer Wilmas. Und dazu noch stockschwul. Seit Palinski das wusste, fand er den Professor für Englisch und Geschichte sogar recht sympathisch.

»Also welche Frage plagt dich denn seit 24 Jahren?«, wollte er wissen.

»Eigentlich ist es ja lächerlich, so etwas zu fragen«, versuchte sie, ihre Neugierde zu relativieren.

»Also frag schon«, ermunterte sie Palinski. Typisch Frau, dachte er, zuerst wollen sie etwas und dann plötzlich wieder nicht. Oder war das bloß wieder Taktik?

»Also gut, wenn du meinst.« Jetzt war es also er selbst, der sich etwas fragen wollte, ging es ihm durch den Kopf.

»Warum haben dich Deine Eltern eigentlich Mario genannt?«

Sorgen hatte die Frau, fand Palinski und musste lächeln. Beneidenswert. Smalltalk am Neujahrsmorgen.

»Ich vermute, es hat damit zu tun«, fing er an zu dozieren, »dass Eltern mit dem Vornamen ihres Kindes immer irgendwelche Träume, Hoffnungen oder Erinnerungen verbinden. Bewusst oder unbewusst. Es gibt da ein Gerücht, das als Erklärung für meinen Vornamen dienen könnte.«

Erwartungsvoll blickte ihn Wilma an. Doch Palinski stand auf. »Ehe ich dir diese Geschichte erzähle, muss ich aber kurz hinaus.«

»Aber vergiss mich nicht. Heute möchte ich es wissen«, kicherte Wilma und warf ihm einen vielsagenden Blick zu.

Während Palinski dort war, wo man annehmen konnte, dass er war, wenn er kurz hinaus musste und genau das tat, was man erwartete, dass er tat, wenn er, na Sie wissen schon, hörte er, wie das Telefon klingelte.

Er fand es ganz schön kühn, am Neujahrsmorgen um diese Zeit die Leute in ihrer wohlverdienten Ruhe zu stören. Wahrscheinlich waren es seine »Seit 24 Jahren noch nicht aber vielleicht schon bald«-Schwiegereltern, die noch immer glaubten, ihr kleines Mädchen könnte das Neue Jahr nicht ohne ihre salbungsvoll vorgetragenen Banalitäten beginnen.

Aber dem war nicht so. »Mario, dein Typ wird verlangt.«, hörte er Wilmas Stimme, »Beeile dich ein bisserl, es ist Helmut Wallner.«

Auweia, schoss es Palinski durch den Kopf. Entweder sein Freund konnte das Aspirin nicht finden oder es war etwas Ernstes.

»Sag ihm, das Kopfwehpulver ist in der obersten linken Lade im Schreibtisch«, dröhnte es aus dem Privatissimum. »Wenn er was anderes will, muss er sich etwas gedulden.«

Neunzig Sekunden später war es soweit. »Hallo Helmut, wieder unter den Lebenden?«, scherzte Palinski.

Der Inspektor ging aber nicht auf den heiteren Ton seines Freundes ein. »Es gibt Arbeit. In Grinzing haben die Mitarbeiter der Müllabfuhr eine weibliche Leiche gefunden. Da wir unterbesetzt sind, könnte ich deine Hilfe brauchen. Kann ich mit dir rechnen?«

Palinski hatte wenig Lust, gerade jetzt auf Mörderjagd zu gehen. Aber das war nicht der Punkt. Helmut hatte ihn um Hilfe gebeten, nicht gefragt, ob er Lust dazu habe. »Natürlich. Ich bin gleich bei euch unten.«

Wilma blickte ihn fragend an. Er zuckte bedauernd mit den Schultern. »Eine tote Frau in einem Müllcontainer, es ist zum Kotzen.«

»Aber vergiss wenigstens nicht, dass wir heute Abend zum Neujahrsempfang müssen«, erinnerte sie ihn.

»Das geht schon klar«, beruhigte Palinski Wilma. Tatsächlich hoffte er aber, dass sich im Verlauf des Tages zumindest ein guter Grund ergeben würde, nicht am euphemistisch als »Neujahrsempfang« bezeichneten Familientreffen bei Wilmas Eltern teilnehmen zu müssen.

Während sich Palinski in neuer Neujahrsmorgen-Rekordzeit ausgehfertig machte, überlegte Wilma, ob sie wohl je erfahren würde, warum ihr Liebster ausgerechnet Mario hieß.

*

Am Neujahrsmorgen dauerte verständlicherweise alles etwas länger. So hatten die wackeren Männer in ihren orangefarbenen Overalls, ohne deren segensreiches Wirken die Stadt in Kürze in Dreck und Abfall versinken würde, heute etwas später mit ihrer Arbeit begonnen. Sie hatten sich freiwillig zu dieser ungeliebten Schicht gemeldet, deswegen aber nicht ganz auf das Feiern verzichten wollen.

Und genau so, wie alle, die arbeiten, auch essen müssen, müssen alle, die feiern, auch schlafen. Ein wenig zumindest. Abgesehen von der rasch am Fundort der Leiche eingetroffenen Funkstreife und dem gleichzeitig angeforderten Notarztwagen waren auch die Beamten des Kommissariats Döbling und der Spurensicherung mit einiger Verzögerung eingetroffen.

Als jetzt endlich auch Inspektor Wallner mit Franca Aigner und Palinski im Schlepptau erschien, war es bereits kurz vor 9.30 Uhr. Der knapp unterhalb der Einmündung der Feilergasse in die Himmelstrasse, quasi gegenüber der Rückseite des »Passauer Hofs« liegende Fundort war nicht zu verfehlen. Trotz der für diesen Tag noch frühen Stunde hatte sich eine Menge von Schaulustigen angesammelt. Hier befand sich eine Haltestelle für die Busse der Linie 38 A, die vom Cobenzl nach Heiligenstadt fuhren. Normalerweise, denn jetzt ruhte jeder Verkehr. Neben der Haltestelle lagen die Ausfahrten zweier Hausgaragen. In der aus der Straßenfront dieses und der etwa fünf Meter vorspringenden Feuermauer des Nachbarhauses gebildeten Ecknische stand der besagte Müllcontainer mit seinem grausigen Inhalt. Die Wand dahinter war mit der aufgesprayten Aufforderung »Ausländerhuren hinaus« und dem für diese kranken Köpfe offenbar unvermeidlichen Hakenkreuz versaut worden.

Der junge Notarzt war ohne lange zu fragen in den Container gestiegen und hatte nach noch vorhandenen Lebenszeichen gesucht. Aber vergebens. Und dabei möglicherweise wichtige Spuren zerstört, wie Wallner befürchtete. Aber da konnte man nichts machen. Solange auch nur der Hauch einer Chance bestand, dass die Frau noch lebte, hatte die Sorge um das Opfer absoluten Vorrang gegenüber allen anderen Überlegungen.

Während die Spurensicherung ihre Arbeit machte, befragte Wallner Fritz Malacek, den noch immer leicht unter Schock stehenden Müllmann, der die Leiche entdeckt hatte.

»Ich hab mich noch gewundert, wos der Mistcontainer da valorn hod«, erzählte der Mann. »Weu wir ham gestern noch a paar zusätzliche Behältnisse aufgstellt. Wegen dem Silvesterweg und dem Mist, den die Leut dabei machn. Aber da ham wir keinen hergstellt«, er deutete auf die Nische am Gehsteig.

Natürlich war das mächtige Müllfahrzeug dennoch stehen geblieben, denn geleert wurde, wo der Mist war und nicht, wo er eigentlich sein sollte. Gott sei Dank hatte Malacek einen Blick riskiert, ehe der Container in die Entleerautomatik eingeklinkt worden war. »Warum ich reingschaut hab, waas i gar net. Es war eher instinktiv«, gab er auf Befragung an.

»Und woher kommt dieser Container?«, wollte Wallner wissen.

»Ka Ahnung«, Malacek zuckte mit den Schultern, »a jeds von di Heurigenlokale hat mindestens an, zwa solche Monsterkübln. Und fehln wird a kaner, denn von die, die ma zusätzlich aufgstellt haum, is ana vaschwundn. Den könnt ana gfladert oder austauscht haum.«

Also mit einem einfachen Abklopfen aller Gastronomiebetriebe nach einem fehlenden Müllcontainer würde es nicht getan sein, dachte Palinski.

Wallner ging auch schon zum Leiter des Teams der Spurensicherung und ersuchte ihn, den gesamten Container samt Inhalt zur genauen Untersuchung ins Labor bringen zu lassen. »Wäre doch gelacht, wenn wir nicht herausfinden, von wo der eigentliche Mist stammt«, meinte er zu dem nicht gerade erfreuten Beamten. Der fand plötzlich, dass das Jahr ziemlich beschissen begann. Ein kurzer Blick auf das Opfer ließ ihn seine Meinung aber wieder relativieren.

Jetzt hoben zwei Männer die Leiche aus ihrem unappetitlichen Umfeld und legten sie fast fürsorglich auf die Transportliege. Sofort und ungefragt machte sich der junge Notarzt an eine erste Untersuchung der toten Frau.

Einige Minuten später kam er mit bleichem Gesicht zu Wallner. »Die Frau wurde schrecklich zugerichtet. Zunächst mindestens zwei harte Schläge auf den Kopf. Dann lag sie schon am Boden und wurde noch mit mehreren Fußtritten traktiert. Hämatome am ganzen Körper und mindestens zwei Rippen sind gebrochen.« Verstohlen wischte er sich über die Augen. »Gewürgt ist sie auch noch worden. Sie müssen entschuldigen, aber so etwas habe ich noch nie gesehen.« Palinski konnte den Mann nur zu gut verstehen. Bei ihm hatte alleine die Schilderung ein Gefühl hilflosen Zornes hervorgerufen, wie er es noch nie zuvor verspürt hatte. Nicht einmal bei Sophie

Lettenberg*. Er wollte losbrüllen, auf irgendetwas eindreschen. War der Täter oder die Täterin auch so zornig gewesen? Und wenn ja, warum bloß?

Wallner klopfte dem Arzt besänftigend auf die Schulter. »Es wird Ihnen zwar kein Trost sein, aber an so was gewöhnt man sich nie.« Er schüttelte angewidert seinen Kopf. »Können Sie schon etwas zum Zeitpunkt des Todes sagen?«

»Als man die Frau in den Container geworfen hat, hat sie jedenfalls noch gelebt. Falls das Blut neben ihrem Kopf von ihr stammt. Ich bin ziemlich sicher, dass sie aus der Nase geblutet hat.«

Er überlegte. »Bei den herrschenden Temperaturen ist es schwierig, den Todeszeitpunkt ohne nähere Untersuchung zu bestimmen. Ich würde aber meinen, etwa vor zehn bis zwölf Stunden.« Der Arzt wirkte jetzt wieder gefasst, ja professionell. »Aber da ist noch etwas.«

»Und was ist da noch?«, wollte Wallner wissen.

»Die Frau hat vor kurzem entbunden. Die dabei durchgeführte Episiotomie ist gerade abgeheilt und …«

»Die was?«, Palinski hatte den Begriff noch nie gehört und Wallner schien es nicht anders zu gehen.

»Das bedeutet, dass bei der Geburt ein Dammschnitt durchgeführt wurde«, wusste Franca Aigner und bewies wieder einmal, dass sie nicht nur äußerst intelligent, sondern auch gebildet war.

Die beiden Männer wussten zwar noch immer nicht genau, worum es eigentlich ging, hielten aber wohlweislich ihren Mund.

»Bravo«, der Arzt lächelte sogar schon wieder. »Der

---

* Pierre Emme »Pastetenlust« Feb 2005

Zustand der Abheilung lässt auf einen Geburtstermin vor etwa zwei Monaten schließen. Und sie hat ihr Baby gestillt.«

»Aha«, Wallner nahm das Gesagte zur Kenntnis, ohne seine Tragweite zu erkennen und auch Palinski stand beharrlich auf der Leitung. »Und was hat das zu bedeuten?«

»Das heißt, dass sich irgendwo in Wien oder Umgebung ein Säugling befindet, der sich in diesem Moment die Seele aus dem Leib brüllt, weil er Hunger und Durst hat.« Mit dieser Schlussfolgerung rettete die Salzburgerin Franca einmal mehr den Ruf der Wiener Polizei. »Weil seine Mutter nicht da ist, nie mehr da sein wird.«

Der junge Arzt nickte traurig mit dem Kopf. »Hoffen wir, dass überhaupt jemand für das Kind sorgt.«

So langsam der Inspektor beim Erkennen des sich eben zusätzlich eröffneten Problems gewesen war, so rasch war jetzt seine Reaktion. Eine kurze Rückfrage bei der Spurensicherung ergab wie befürchtet, dass die Frau keinerlei Hinweise auf ihre Identität bei sich hatte. Keine Handtasche im Container, kein Ausweis, nichts.

»Die Lebenden haben Vorrang vor den Toten«, murmelte Wallner vor sich hin. Dann griff er zu seinem Handy und setzte die gesamte Maschinerie in Gang.

Bereits nach nur wenig mehr als einer Stunde lief eine Suche an, die sich in der Folge zur größten Aktion dieser Art entwickeln sollte, die Wien je gesehen hatte.

Inzwischen hatte es zu schneien begonnen. Luftig leichte Schneekristalle tanzten vom Himmel und legten sich wie ein Leichentuch über die Stadt, den Bezirk, den Ort Grinzing. Und über die wenigen Spuren des

Verbrechens, die in einem der vielen Hinterhöfe darauf warteten, entdeckt zu werden.

*

Der kleine Bub war sauer. So richtig sauer auf seine Mutter. Alles in dem Vierjährigen empörte sich gegen diese Behandlung. Oder besser Nicht-Behandlung. Vor dem Einschlafen gestern hatte sie ihm fest versprochen, dass Tante Martha da sein würde, wenn er am nächsten Morgen aufwachte. Aber kein Mensch war da, der ihm seinen Kakao gemacht und ein Butterbrot geschmiert hätte. Das war der Lohn dafür, dass er ihr erlaubt hatte, zwei Tage mit Alfred aufs Land zu fahren.

Nicht nur, dass er sich jetzt selbst sein Essen machen musste, das war schließlich kein Problem. Er hatte ja oft genug dabei zugesehen. Aber was er mit diesem ewig greinenden Baby, seiner Schwester Gaby anfangen sollte, hatte ihm keiner gesagt. Wahrscheinlich wusste Mami das selber nicht. Was immer sie tat, schon nach kurzer Zeit fing dieser unmögliche Zwerg wieder an zu brüllen.

Überhaupt, was für ein Theater die Erwachsenen um diesen blöden Eindringling machten. ›Wie lieb sie ist, wie schön sie ist‹, so ging es den ganzen Tag. Und das Beste war, alle wollten ihm einreden, dass auch er so dachte. Sie gaben keine Ruhe, ehe man nicht »Ach, ist Gaby heute wieder lieb« gesagt hatte. Dabei fand er sie weder lieb noch schön, sondern nur überflüssig. Wer brauchte diesen ewig schreienden, saufenden und immer wieder stinkenden Winzling eigentlich? Er sicher nicht.

Aber er war ja kein Unmensch. Also hatte er nach

seinem Frühstück eines der vorbereiteten Flascherln aus dem Kühlschrank geholt. Mit der Milch drinnen, die herauskam, wenn sich Mami melkte. Sie musste eigentlich eine recht gute Kuh sein, denn sie hatte einen richtigen kleinen Vorrat angelegt.

Er hatte das Flascherl zunächst an die Wange gehalten, wie er es bei seiner Mutter gesehen hatte. Er wusste zwar nicht genau, wofür das gut sein sollte, aber vielleicht konnte man irgendetwas hören. Da war aber nichts zu hören gewesen. Dafür hatte er aber bemerkt, dass die Milch ziemlich kalt war. Also ihm würde das so nicht schmecken.

Was hatte Mami dann noch immer gemacht? Ja richtig, das Flascherl wurde ja jedes Mal vorher gekocht. Mit dem Herd kannte er sich aber überhaupt nicht aus. Vielleicht half es, wenn er es lange genug unter heißes Wasser hielt?

Wenn Gaby bloß nicht immer so brüllen würde. Das verdarb einem wirklich die Laune.

So, das musste reichen. Das Flascherl fühlte sich jetzt angenehm warm an. Er legte es wieder an die Wange, vielleicht kam es ja auf die richtige Temperatur an, ob man etwas hören konnte oder nicht. Wieder nichts, wahrscheinlich steckte doch etwas anderes hinter diesem »Flascherlandiewangehalten.«

Vorsichtig schob er jetzt dem schreienden Bündel den Saugschnuller zwischen die Lippen. Und ein Wunder ereignete sich. Schlagartig verstummte das Gebrüll, Gaby begann wie wild zu nuckeln und ein überaus zufriedenes Lächeln erhellte ihr bis dahin knallrotes Gesicht.

Herrlich, diese Stille. Dafür zahlte sich das bisschen Aufwand mit der Flasche schon aus. Jetzt konnte er sich in Ruhe vor den Fernseher setzen.

Was war das? Sie suchten ein Baby? Wenn sie wollten, konnten sie Gaby haben. Dann brauchte er auch keine Flascherln mehr zu wassern, damit sie Ruhe gab.

*

Palinskis Familie saß beim schon traditionellen Neujahrsbrunch im Wohnzimmer und lauschte den vertrauten Klängen der Polka Francaise »Im Krapfenwaldl« von …? Erraten.

Das war das letzte Stück des ersten Teils der alle Jahre wiederkehrenden bezaubernden Einladung der Wiener Philharmoniker an die Welt, mit ihnen Neujahr zu feiern. Palinski war immer schon ganz verrückt nach dem Neujahrskonzert gewesen und hatte Wilma mit dieser Sucht infiziert. Egal, ob er dabei war oder nicht, sie hatte kein einziges dieser Konzerte in den letzten 24 Jahren verpasst. Tinas und vor allem Harrys Geschmack entsprach die Musik der Strauß-Familie zwar nicht ganz, aber an einem Tag im Jahr konnte man sich das schon antun. Den Eltern zuliebe. Und überhaupt, so arg war es auch wieder nicht, Lachs und San Daniele Schinken zu schmausen, Sekt zu trinken und nach dem Radetzkymarsch wieder eine ordentliche Bettschwere zusammen gebracht zu haben.

Heute gab es noch dazu eine Premiere dergestalt, dass auch Tinas Guido, den Wilma inzwischen richtig ins Herz geschlossen hatte und Harrys Beate an dem Ritual teilnehmen durften.

Wenn das Mädchen bloß nicht älter wäre als mein kleiner Bub, dachte Wilma, die die junge Frau durchaus sympathisch fand. Eigentlich müsste Palinski jetzt hier sein, nicht nur, um seine Rolle in diesem symbolhaft bedeutenden Moment des Familienjahres auszufüllen. Sie vermisste Mario einfach. Warum er von seinen Eltern bloß so genannt worden war? Leider konnte sie sie nicht mehr selbst fragen.

Eine zweite, völlig unerwartete Premiere unterschied den heutigen noch von allen vorangegangenen Neujahrstagen. Bevor der Pausenfüller, eine Dokumentation der Ballettaufnahmen an den schönsten Plätzen der Bundeshauptstadt gestartet wurde, erschien eine Fernsehsprecherin und kündigte eine Sondermeldung an.

»Die Polizeidirektion Wien bittet in folgendem Fall dringend …«

»Wo ist Papa eigentlich?«, wollte Harry just in diesem Augenblick wissen. Doch Wilma winkte ab und deutete auf den Bildschirm.

»… ist 20 bis 22 Jahre alt, schwarzhaarig und ein eher südländischer Typ.« Jetzt erschien auch das gezeichnete Bild einer jungen, hübschen Frau am Bildschirm, die Wilma ein wenig an Sonja, eine ihrer Schülerinnen, erinnerte. Die war allerdings erst 16 Jahre alt und hatte kurzes Haar.

»Die junge Frau, deren Leiche heute Morgen in Grinzing in einem Müllcontainer gefunden wurde ….«

Tina legte den mit Lachs belegten und auf dem Weg zu ihrem Mund befindlichen Toast zurück und schob den Teller von sich.

»… hat vor etwa 2 Monaten entbunden. Da über den Säugling und seine momentanen Lebensumstände nichts bekannt ist, besteht Sorge um die Gesundheit und das Leben des Kindes.«

Der TV-Sprecherin schien das Schicksal des Babys auch an die Nieren zu gehen. Sie schien sich zu verschlucken, wandte sich ab, hustete ein-, zweimal und entschuldigte sich dann.

»Die Bundespolizeidirektion ersucht daher die Bevölkerung dringend um Mithilfe bei der Suche nach einem möglicherweise alleine gelassenen Säugling. Sollten Sie über Hinweise auf die Identität oder den Wohnsitz der jungen Frau verfügen oder irgendwelche relevanten Beobachtungen machen, bitten wir Sie um umgehende Benachrichtigung. Dazu stehen sämtliche Wiener Polizeidienststellen zur Verfügung. Darüber hinaus hat das Innenministerium zwei Rufnummern eingerichtet, die Sie hier eingeblendet finden.«

Am Bildschirm erschienen zwei Kurzwahlrufnummern, natürlich kostenfreie.

»Darüber hinaus ersucht die Bundespolizei alle dienstfreien Beamten in Wien und Umgebung, sich für die Suche nach dem Säugling zur Verfügung zu stellen. Sie, liebes Publikum, bitten wir, diese Unterbrechung des Programms zu entschuldigen und wünschen noch viel Vergnügen mit dem zweiten Teil des Neujahrskonzertes.«

»Die hat leicht reden«, meinte Guido, »mir ist die Freude an der Musik ziemlich vergangen.«

Harry war da schon etwas härter im Nehmen, »Isst du das nicht mehr?«, wollte er von seiner Schwester wissen, während er begehrlich auf den Toast mit dem verlockenden Lachsbelag deutete.

»Du bist unmöglich«, kritisierte Tina, »von mir aus kannst du fressen, bis du umfällst.«

Während Harry noch »Danke« sagte, hatte er den delikaten Happen bereits in der Hand.

»Du wolltest wissen, wo Papa ist«, erinnerte sich Wilma an die Frage ihres Sohnes. »Da ist er«, entschieden deutete sie auf das Fernsehgerät.

Mit »Was, Ihr Mann ist beim Fernsehen?«, brachte sich jetzt auch Beate ins Gespräch ein.

»Nein«, Harry war die Frage offenbar peinlich, »nicht beim Fernsehen, sondern beim Kindersuchen.«

»Was macht Ihr Mann eigentlich beruflich?«, Beate war gar nicht so leicht zufrieden zu stellen. »Außer Kindersuchen, meine ich«

Diese Frage hatte sich Wilma schon oft gestellt, außer einigen partiellen Deutungen aber keine insgesamt befriedigende Antwort darauf gefunden. Sie war zu müde, um darüber nachzudenken, zuckte deshalb nur mit den Achseln. »Das fragen Sie ihn am Besten selbst.«

Jetzt war Maestro Ricardo Muti wieder am Bildschirm erschienen und hob den Taktstock. Doch keiner der Anwesenden war noch so richtig bei der Sache.

*

Während die durch zivile Freiwillige verstärkte Suchmannschaft auf mehr als 300 Personen anwuchs und sich noch immer neue Helfer meldeten, versammelte Helmut Wallner sein reduziertes Team in seinem Büro auf der Hohen Warte.

Zwei junge Polizeianwärterinnen hatten sich freiwillig gemeldet, um zu helfen und verstärkten jetzt die euphemistisch zur Telefonzentrale erklärte Gesprächseingangsstelle. Was sich als gut und richtig erwies, denn die ersten Anrufe aus der Bevölkerung ließen gar nicht lange auf sich warten.

»Die Suche scheint ja jetzt zu laufen«, konstatierte Palinski gegen 13 Uhr, »ich denke, wir sollten uns daher der Frage nach dem Täter oder der Täterin widmen. Jeder richtige Schritt in diese Richtung bringt uns auch dem Baby näher.«

Wallner nickte zustimmend. »Also was wissen wir bisher? Die Frau ist gegen Mitternacht gestorben. Die Art, wie sie gewürgt und erschlagen wurde, schließt ein geplantes, von langer Hand vorbereitetes Verbrechen aus. Da steckt sehr viel Zorn, Wut, Angst oder Vergleichbares dahinter, das den Täter spontan hat handeln lassen.«

Palinski nickte und dachte an die Gefühle, die ihn überkommen hatten, als der Arzt über die Art der Verletzungen der Frau gesprochen hatte. »Dem Ganzen musste eine schwere emotionelle Auseinandersetzung vorangegangen sein.«

»Du glaubst also nicht an den Nazi-Scheiß, den die Aufschrift an der Wand hinter dem Container indizieren soll?«, wollte Wallner wissen.

»Das eine schließt das andere zwar nicht aus«, widersprach Palinski, »und ich denke, dass wir die Möglichkeit nicht aus den Augen lassen sollten. Aber irgendwie glaube ich nicht daran. Die ganze Sache wirkt irgendwie zu inszeniert. So als ob jemand bewusst eine Spur in diese Richtung legen wollte. Warum sollten Skinheads oder sonstige gewalttätige Ultrarechte einen Müllcontainer durch Grinzing schieben. Selbst um 4 Uhr morgens kann man nicht sicher sein, dabei nicht doch gesehen zu werden. Die würden ihr Opfer eher dort zurücklassen, wo sie es zu Tode geprügelt haben. Dabei muss es sich ohnehin um einen einsamen Ort gehandelt haben. Denn um Mitternacht waren die öffentlichen Flächen ja voll mit feiernden Menschen. Da hätte ja jemand etwas sehen müssen. Hast du ein Foto von der Fundstelle?«

Wallner reichte ihm ein Polaroidfoto, das Franca unabhängig von der Spurensicherung gemacht hatte. Mit ihrem neuen Apparat, einem Weihnachtsgeschenk von ihrem Helmut.

Palinski studierte das Bild. »Irgend etwas stimmt daran nicht«, war er sich sicher, »aber ich komme nicht drauf, was es ist. Noch nicht.«

Wallner kam wieder zur Ausgangsannahme zurück. »Es war also mit Sicherheit kein geplantes Verbrechen. Das bedeutet, dass der oder die Täter oder Täterin sicher keine Handschuhe getragen hat, während er oder sie die Frau gefesselt hat. Eigentlich müsste das schöne Fingerabdrücke auf dem Klebeband bedeuten.«

Palinski nickte zerstreut, er war in Gedanken noch immer bei der seltsamen Aufschrift. »Wo ist Franca eigentlich?«

»Ich konnte sie nicht davon abhalten, sich an der Suche nach dem Kind zu beteiligen. Als Frau hat sie die Geschichte wahrscheinlich noch mehr mitgenommen als uns. Kann man ja auch verstehen«, rechtfertigte Wallner das Verhalten seiner Freundin.

Palinski verstand auch ohne Erklärungen. Gefühlsmäßig würde er sich auf der Suche wahrscheinlich auch besser fühlen. Aber sein Verstand sagte ihm, dass sein

Einsatz hier auch im Interesse des Kindes effizienter war.

»Ich denke, ich kenne jemanden, der uns mehr zu den Typen von der extremen Rechten erzählen kann«, meinte er und griff zum Telefonbuch. Nach einigem Blättern fand er den Namen. Jetzt musste der Kerl nur noch zu Hause sein. Palinski hatte Glück und Falk Geyer, ein bisschen viel Vogel für einen Menschen, war zu Hause. Und erstaunlicherweise auch bereit zu helfen. Er wollte in einer Stunde im Kommissariat sein.

In der Zwischenzeit grenzten die beiden Männer den wahrscheinlichen Bewegungsradius des Müllcontainers auf den Teil Grinzings oberhalb der Endstation der Straßenbahnlinie 38 ein. Niemand würde die mindestens 300 Meter aus dem unteren Teil des Ortes bergauf bis zur Fundstelle mit einem Container samt Leiche auf sich nehmen. Auch nicht um drei oder vier Uhr morgens. So lautete die vernünftige, von beiden getragene Arbeitshypothese. Kurz darauf machten sich zwei mit dem Phantombild der Toten bewaffnete uniformierte Beamte auf den Weg, die Heurigenbetriebe im festgelegten Gebiet zu besuchen. Um zu fragen, ob jemand die junge Frau gesehen hatte und nach einem fehlenden oder nicht hingehörenden Müllcontainer Ausschau zu halten.

*

Langsam hatte der kleine Bub die Nase voll und das nicht nur im übertragenen Sinne des Wortes. Der unverwechselbare Gestank von Gacki, Gabys Gacki, erfüllte inzwischen den letzten Winkel der Wohnung. Nur auf dem Klo konnte man es noch einigermaßen aushalten. Aber wer wollte schon so lange da drinnen sitzen, ohne Fernsehen und so?

Schließlich siegte die kindliche Entschlossenheit über seinen steigenden Frust. Er wollte sich dem Problem stellen und etwas unternehmen. Was hätte Mami in dieser Situation getan? Er wusste es nicht, denn es hatte nie zuvor so gestunken. Es hatte schon angebrannt gerochen, nach seltsamen Flüssigkeiten und auch nach Zigaretten, aber noch nie so nach Gaby.

Unter Ignorierung des fast übermächtigen Fluchtdranges näherte er sich dem Bettchen des Babys und riskierte einen vorsichtigen Blick unter die Decke seiner Schwester. Eine geballte Ladung Gestankes schlug ihm entgegen und er erkannte mit einem Blick, worin das Problem bestand. Gaby sah aus, als ob sie sich in eine riesige Portion Schokoladen-, vielleicht eher Haselnusseis gesetzt und sich das inzwischen geschmolzene Gefrorene um ihren Unterleib herum verteilt hätte. Nur dass Schokoeis nicht so stank, auch nicht Haselnuss. So eine Scheiße. Er kannte das Wort eigentlich noch gar nicht, hatte es aber schon öfters gehört und fand, dass es ganz gut auf diese Situation passte.

»Scheiße, Scheiße, Scheiße.«

Er genoss es, das scharfe ß zuerst durch seine Milchzähne zischen und das nachfolgende »e« unter der Zunge verschwinden zu lassen. Oder so ähnlich.

Jetzt nahm er eine Zeitung vom Altpapierstapel und breitete sie am Boden aus. Sicherheitshalber legte er auch noch die Wochenendbeilage darüber. Dann nahm er einen der bunten Polster von der Couch und legte ihn auf das Rechteck aus bedrucktem Papier. Von da an wurde es langsam grauslich, aber er hatte sich etwas vorgenommen und das würde er auch erledigen. Vorsichtig, die Luft anhaltend und kurz gegen einen Brechreiz ankämpfend, hob er Gaby jetzt aus ihrem Bettchen und legte sie vorsichtig auf die Zeitung. Die Kleine fand das offenbar lustig und da sie gerade keinen Hunger hatte, strahlte sie ihren Bruder an. Dem war das gar nicht recht, denn er war ja eigentlich stocksauer auf das kleine stinkende Monster. Wenn sie ihn weiter so anlächelte, würde ihm das aber mit der Zeit verdammt schwer fallen.

Jetzt holte er noch eine Decke aus Mamis Zimmer und breitete sie vorsichtig über die Schwester. Die nächsten Schritte hatte er sich ganz genau überlegt, er benötigte ein großes Tuch, am besten ein Lein- oder Tischtuch. In dieses konnte er den ganzen Inhalt von Gabys Bett einschlagen und diesen Packen dann irgendwo verstauen, wo man ihn nicht mehr riechen konnte.

Nachdem er den ganzen Mist in Mamis Kleiderschrank verstaut hatte, dem mit der verschließbaren Türe, kam er in das Wohnzimmer zurück. Gaby war mit ihrer neuen Liege offenbar zufrieden und schlief zur Abwechslung wieder einmal. Die Geruchssituation hatte sich auch schon etwas gebessert und in Kürze würde seine Lieblingssendung im Fernsehen beginnen. »Wickie und die starken Männer.« Er war auch ein starker Mann und das Leben wieder lebenswert.

*

Falk Geyer war der Spitzenkandidat einer Liste »WD – Wehrhafte Demokraten« gewesen, die bei den letzten Wiener Landtags- und Gemeinderatswahlen kandidiert hatten. Palinski hatte ihn erstmals beim »Döblinger Hauptstraßenfest« zur Kenntnis nehmen müssen, als der »arische Recke« mit der Parole »Wir sind nicht die Letzten von Gestern, sondern die Ersten von Morgen« und anderem Blödsinn Aufmerksamkeit erwecken wollte. Der Mord an der Gattin von Stadtrat Ansbichler hatte Geyer und seinen Kumpanen allerdings gründlich die Show gestohlen.*

Das nächste Mal war Palinski bei einer der zahlreichen Talk-Shows auf Geyer getroffen, zu denen man ihn nach seiner plötzlichen, durch die tragischen Ereignisse im Hotel »Palais am Kohlmarkt« bedingten, Popularität geladen hatte. Geyer, der bei den Wahlen lediglich 38 Stimmen erhalten hatte und damit nicht einmal von jedem der 49 registrierten WD'lers gewählt worden war, war inzwischen zum gemäßigten Rechten mutiert, der sich dem Tierschutz verschrieben hatte.

Vor und nach der an sich lächerlichen Diskussion zum Thema »Frisch gekocht oder aus der Dose – Sind Haustiere Feinschmecker?«, in die er nur wegen seiner Hunde Max und Moritz eingeladen worden war, war Palinski mit Geyer ins Gespräch gekommen. Der beliebige junge Mann, freundlich in der Form und flexibel in der Sache, hatte einen Englischen Setter und damit war ein Gesprächsthema vorhanden gewesen.

Als Geyer jetzt das Büro Wallners betrat, hätte Palinski den rechten Hundefreund mit radikaler Vergangenheit fast nicht erkannt.

Der früher fast spiegelnde Glatzkopf, der bei der Fernsehdiskussion bereits von einem Flaum rötlichblon-

* Pierre Emme »Schnitzelfarce« Juli 2005

der Haare bedeckt gewesen war, war jetzt Träger einer Mähne, die jeden aus der 68er Generation vor Neid erblassen lassen hätte. Dazu ein einfacher Anzug, offener Schillerkragen, Unauffälligkeit zum Quadrat.

»Was ist los mit Ihnen, Herr Geyer«, wollte Palinski wissen, »hat Sie der Tierschutz in den Kreis von uns Normalsterblichen zurückgeführt?«

»Aber nein, ich habe Karriere gemacht«, entgegnete der junge Mann. »Ich bin jetzt stellvertretender Bildungsreferent der Freien Gewerkschaft. Je angepasster man da ist, desto größere Chancen hat man bei dem Verein.«

»Na, dann werden Sie es ja noch weit bringen«, flachste Palinski und versuchte, das Lachen zu unterdrücken. Dann stellte er Wallner den Besucher vor und umgekehrt.

Jetzt kam Wallner zur Sache. »Haben Sie schon von der Suche nach dem Säugling gehört?«, wollte der Inspektor wissen. »Die Meldung geht stündlich über Rundfunk und Fernsehen hinaus.«

»Ja«, antwortete Geyer. »Aber nur, was mir Herr Palinski am Telefon erzählt hat. Eine fürchterliche Sache. Kann ich irgendwie helfen?«

»Hoffentlich«, meinte Palinski und reichte dem jungen Mann das Bild. »In dem Container wurde die Leiche der Mutter gefunden. Fällt Ihnen dazu etwas ein?«

»Und Sie glauben jetzt, dass die Tat von Rechtsradikalen oder Neonazis verübt wurde? Oder?«, wollte der Doppelvogel wissen.

»Was ich glaube, ist nebensächlich. Was glauben Sie?«, entgegnete Wallner.

»Also ich kann natürlich nicht ganz ausschließen, dass es einer dieser Idioten gewesen ist, aber …«

»Aber sind Sie nicht selbst so ein, Sie entschuldigen schon, Idiot gewesen?«, wunderte sich nicht nur Wallner.

»Sie meinen sicher die Sache mit der WD.« Geyer lachte hell auf. »Damals habe ich mich bloß profilieren wollen. Eine Scheißidee übrigens. Die Medien hatten schon recht, uns damals als die »Wahrhaften Deppen« zu bezeichnen. Nein, nein, ideologisch habe ich mit dem Zeug nichts am Hut.«

Er nahm das Bild wieder zur Hand. »Eines steht fest, die Aufschrift an der Wand stammt mit Sicherheit von keinem dieser Typen. Der Kerl, der das gesprayt hat, weiß ja nicht einmal, wie ein richtiges Hakenkreuz aussieht.«

Verdutzt blickte Wallner zu Palinski, der sich mit der Hand auf die Stirne schlug. Das war es, was auf dem Bild nicht stimmte. »Das Hakenkreuz ist seitenverkehrt, richtig?«

»Ja, so ist es«, bestätigte Geyer. »Was links sein soll, ist rechts und umgekehrt. Mit oben und unten ist es genau das Gleiche. Das hier«, er deutet auf das Foto, »ist das Spiegelbild eines Hakenkreuzes. Da will Euch jemand verarschen.«

»Da hätten wir eigentlich auch selber draufkommen können«, stellte Wallner fest und Palinski konnte ihm nur recht geben.

Aber Geyer hatte noch mehr zu bieten. »Ein echter Neo würde sein Opfer auch kaum fesseln und dann in einen Container werfen. Der hätte die Frau einfach liegen gelassen. Wer immer das getan hat, hat meiner Meinung nach ganz bestimmte persönliche Gründe dafür gehabt. Mit »Ausländer raus« und so hat das hier nichts zu tun.«

Wallner dankte Geyer für seine Kooperation, dann war der stellvertretende Bildungsreferent der »Freien Gewerkschaft« auch schon wieder entschwunden.

*

Franca Aigner saß in ihrem Büro im Kommissariat Josefstadt und versuchte, die Maßnahmen der einzelnen Gruppen zu koordinieren, die an der Aktion »Babysuche« beteiligt waren und inzwischen insgesamt mehr als 400 Polizisten und zivile Helfer umfassten.

Die Suche lief jetzt bereits seit mehr als vier Stunden. Zu sagen, der ganze Aufwand sei bisher vergebens gewesen, würde nicht stimmen. Immerhin waren bereits mehr als die Hälfte der bis jetzt eingegangenen Hinweise, fast 300 an der Zahl, bearbeitet und sogar drei Anzeigen wegen grober Vernachlässigung der elterlichen Aufsichtspflicht erstattet worden. Dem eigentlichen Ziel, nämlich diesen ganz bestimmten Säugling zu finden, war man aber noch keinen Schritt näher gekommen.

Eben hatte Franca mit dem Fernsehen eine Modifizierung des Textes der nach wie vor stündlich erfolgenden Sondermeldung besprochen, die allerdings bereits in eine durchgehende Berichterstattung der »Aktuellen News« eingebettet worden war. Es hatte keinen Sinn, jedes Babyschreien der Polizei zu melden. Meistens stellte sich in der Folge heraus, dass das Baby nur protestiert hatte, weil die Mama zu lange duschte oder in der Küche Kaffee machte und der Papa zu faul war, seinen Hintern von der Übertragung der »Vierschanzentournee« wegzubewegen. Es war durchaus sinnvoll, auch diese Eltern an ihre Verantwortung zu erinnern. Aber nicht heute, wo es möglicherweise um das Leben eines zwei Monate alten Kindes ging.

Immerhin konnte Franca erreichen, dass die Durchsage um die Bitte ergänzt wurde, nach Möglichkeit zuerst die näheren Umstände des Babyschreiens auszumachen und erst dann die Polizei zu informieren. Falls das dann noch als notwendig erachtet wurde.

Ihr Versuch, über die Krankenhäuser in Wien und Umgebung einen Hinweis auf eine in Frage kommende Entbindung zu bekommen, scheiterte erwartungsgemäß am Datenschutz und dem Arztgeheimnis. Die Beschaffung des erforderlichen Gerichtsbeschlusses würde vor allem auch wegen des Feiertages viel zu lange dauern. So konnte sie nur hoffen, dass ihr flammender Appell an ihre Gesprächspartner, angesichts der für den Säugling langsam möglicherweise lebensbedrohenden Situation zu helfen, vielleicht doch noch Früchte tragen würde.

Wie auch immer, die Zeit drängte. Im schlechtesten Fall, und von dem musste ausgegangen werden, war das Baby jetzt bereits sechzehn Stunden alleine und niemand hatte ihr bisher sagen können oder wollen, wie lange das noch gut gehen konnte.

Franca war zum Heulen zumute, warum auch nicht. Das entsprach durchaus der Situation. Nachdem sie ihren Tränen freien Lauf gelassen hatte, fühlte sie sich allerdings nicht wirklich besser.

2

Der traditionelle Neujahrsempfang bei den Bachlers war schon immer eine fürchterlich langweilige Angelegenheit gewesen. Die Anwesenheit ausnahmslos aller Familienmitglieder sowie der besten Freunde des Hauses wurde stillschweigend vorausgesetzt, als Entschuldigung nur schwere Erkrankung oder unaufschiebbare Verpflichtungen im Ausland akzeptiert. Da der Hausherr Jurist und seine Frau Medizinerin waren, gingen leichtfertig vorgebrachte, nicht ausreichend fundierte Ausreden regelmäßig in die Hose. Dennoch schafften es einige clevere Angehörige hin und wieder, just am ersten Tage des Jahres zu wichtigen Besprechungen in Rio, Anchorage oder auf Bora Bora sein zu müssen. Ohne damit den nachhaltigen Zorn ihrer »Exzellenzen« auf sich zu ziehen.

Der Em. Prof. Dr. Dr. Wilfried Bachler stammte aus einer altösterreichischen Familie, die ihre Wurzeln in Brünn hatte. Die traditionelle Berufslaufbahn der männlichen Nachkommen des nach der Schlacht von Königgrätz zum Freiherrn avancierten Rittmeisters Bachler war vorbestimmt: Der erste Sohn wurde Offizier, der zweite Jurist und der dritte Priester. Diese Tradition wurde aber nur bis zum Niedergang der Monarchie beibehalten. Wilfrieds Vater, selbst Jurist, war bereits viel toleranter, sein einziger Sohn konnte sich einen der drei Berufe auswählen. So war er ein anerkannter Strafrechtsprofessor, Dekan der Fakultät und fast sogar Rektor der Universität Wien geworden. Das »fast« schmerzte ihn heute noch.

Wesentlich traditionsbewusster ging es da noch in der Familie seines Onkels zu. Einer seiner Cousins war SS-Offizier gewesen, der zweite Anwalt in Berlin. Der dritte Cousin, ein streitbarer Franziskanermönch, war im KZ Mauthausen ums Leben gekommen.

Frau Prof. Dr. Elisabeth Bachler stammte aus der bekannten Wiener Ärztedynastie der Danzingers. Mediziner, soweit der Stammbaum reichte. Als parteiunabhängige Spitzenmedizinerin war sie siebzehn Jahre lang Primarärztin der HNO Abteilung eines großen Wiener Spitals gewesen. Eine auch aus heutiger Sicht beeindruckende Karriere, wie Palinski neidlos anerkannte. Wilmas Eltern hatten »den Mario« anfangs total abgelehnt. Dieses gesellschaftliche und finanzielle Nichts von Mann kam für ihre einzige Tochter einfach nicht in Frage. War sicher nur hinter ihrem Geld und den Beziehungen der Familie her. Aber seine Beharrlichkeit und Wilmas Sturheit behielten die Oberhand. Genau genommen verdankte Tina ihre Existenz dem sexuellen Justament ihrer Eltern, die damit unabänderliche Tatsachen schaffen wollten. Familienintern wurde »Justina« daher auch heute noch mit »Jetzt erst recht« übersetzt.

Ohne dass er sich sonderlich darum bemüht hätte, war es Palinski über die Jahre hinweg gelungen, die Akzeptanz, ja sogar den Respekt der Großeltern seiner Kinder zu erlangen. Insgeheim mochten sich die drei sogar, wusste Wilma. Aber jeder von ihnen würde sich eher die Zunge abbeißen, bevor er das zugegeben hätte.

Im Grunde genommen waren die Bachlers gar nicht so übel, hatte sich Palinski erst kürzlich eingestanden. Wenn da nicht dieses schreckliche Sendungsbewusstsein gewesen wäre. Dieser oft peinlich anmutende Glaube, im Besitz der absoluten Wahrheit zu sein und jedem sagen zu müssen, was er zu tun und was er zu lassen hatte. Das Schlimmste war aber, dass es als Majestätsbeleidigung angesehen wurde, wenn man ihren Anordnungen nicht Folge leistete.

Wilma sah wundervoll aus in ihrem klassischen schwarzen Hosenanzug mit der langen Jacke und der schlichten zweireihigen Perlenkette. Im Gegensatz zu ihrem Äußeren sah es in ihrem Inneren momentan gar nicht gut aus. Sie war stinksauer auf Palinski. Nicht nur, dass er sich am Morgen einfach aus dem feiertäglichen Familienleben ausgeklinkt hatte. Aber dafür gab es einen wirklich guten, stündlich im Fernsehen in Erinnerung gerufenen Grund. Das war es nicht. Aber dass er in den vergangenen zehn Stunden nicht imstande gewesen war, zumindest einmal anzurufen, war wirklich nicht einzusehen. Um ihm ihr Entgegenkommen zu demonstrieren und dass sie mitdachte, hatte sie sogar seinen Anzug und die zugehörigen Accessoires mitgebracht.

Jetzt stand sie hier unter den festlich gewandeten Verwandten und Freunden der Familie, die Verkleidung ihres Mannes am hoch gehaltenen Kleiderbügel und musste sich den in seiner Milde an Salzsäure erinnernden Spott der Leute gefallen lassen.

»Na, muss Mario auch heute die Welt retten?«, oder

»Wo ist denn der selbsternannte Herr Krimiliteraturrat?« waren noch die freundlichsten Flachsereien. Seit er sein »Institut für Kriminalitera…«, sie konnte den unmöglichen Begriff noch immer nicht richtig aussprechen. Nochmals, seit er dieses Institut gegründet hatte und bei jeder sich bietenden Gelegenheit die Werbetrommel dafür rührte, wurde sie von allen Seiten darauf angesprochen.

Meistens allerdings nicht ernsthaft. Aber das wäre alles nicht so schlimm gewesen, wenn Palinski nur endlich aufgetaucht wäre. Obwohl sie gerade in letzter Zeit wieder voll hinter seinen Aktivitäten stand, hatte sie es wirklich satt, immer wieder irgendwelche Erklärungen dazu abgeben zu müssen. Das sollte er schon selbst machen.

»Willst du den Anzug nicht irgendwo aufhängen?«, meinte Harry. »Irgendwie sieht das komisch aus, wenn du so da stehst.« Er hob den rechten Arm, verzog das Gesicht zu einer verkniffenen Maske und rollte die Augen. Die Kostprobe seines pantomimischen Talents brachte Wilma zum Lachen und hatte damit ihren Zweck erfüllt.

»Du hast völlig recht«, sie lächelte den jungen Mann an. »Kannst du mir das Zeug abnehmen? Am Besten, du wirfst den ganzen Krempel in den Müll.«

Typisch Mutter, dachte sich Harry. Immer fällt sie von einem Extrem ins andere. Er nahm den Kleiderhaken und die Tragetasche mit dem übrigen Zeug und deponierte sie im Gästebad.

Inzwischen hatte sich Prof. Dr. Wilfried Bachler in der Eingangshalle der großen Villa auf der Hohen Warte aufgebaut und zu seiner immer wieder gefürchteten Ansprache »Zur Lage der Familie« angesetzt.

Mit seiner schwulstigen, seit Menschengedenken gleichlautenden Begrüßung »Verehrte Elisabeth, liebe Freunde und Kollegen, liebe Familienmitglieder« hatte der Neujahrsempfang offiziell begonnen und von Palinski war weit und breit noch immer nichts zu sehen.

*

Der kleine Bub wurde zunehmend ratloser. Gaby trank mehr als je zuvor und stank schon wieder wie, na ja, wie Gaby eben. Er hatte sie mit der Milch aus dem Kühlschrank versorgt. Der Vorrat ging jetzt aber langsam zur Neige. Vielleicht sollte er den Inhalt der einzigen noch vorhandenen Flasche etwas mit warmem Wasser mischen? Und so noch eine zusätzliche Portion gewinnen?

Vorher musste er aber noch etwas gegen den wieder alles durchdringenden Gestank tun. Er breitete neuerlich Zeitungen auf dem Boden aus und richtete einen weiteren Polster zurecht. Dann lüftete er wild entschlossen die Decke, holte seine Schwester von ihrem Gackispiegel herunter und legte sie auf ihr neues Bettchen. Jetzt wickelte er das verbliebene Gesamtkunstwerk in das Leintuch aus dem Bett seiner Mutter und sperrte das seltsame Paket in die Truhe, in der Alfred seine Sportsachen liegen hatte. Der war sicher mit schuld an der ganzen Scheiße und sollte ruhig auch etwas davon abbekommen.

Wo war eigentlich Tante Martha solange? Wusste sie

nicht, dass Mami nicht da und er alleine mit Gaby war? Wenn sie nicht bald kam, würde er sich etwas einfallen lassen müssen.

Aber was konnte er tun? Mami hatte ihm schon einmal das mit dem Telefon erklärt. Wie war das bloß gewesen? Er erinnerte sich, dass sie ihm etwas auf einen Zettel gezeichnet und diesen an die Wand geklebt hatte. Vielleicht sollte er sich das einmal ansehen.

Ah, da war es. Ein Feuerwehrauto und daneben ein Baum mit nur einem Ast und zwei Bogenlampen. Dann ein Polizist mit dem gleichen Baum und zwei halbfertigen Schneemännern daneben, die auf einer Seite offen sind. Und was war das? Sah aus wie ein Rettungsauto mit schon wieder einem Baum und zwei umgedrehten Sesseln an der Seite.

Aha, und hier am Telefon waren Tasten mit Zeichen. Die musste er drücken, das hatte er schon oft genug beobachtet. Ha, da war ja auch der komische Baum, die Bogenlampe und der komische Schneemann.

Jetzt hatte Gaby wieder zu brüllen begonnen. Wenn sie hier bleiben wollte, dann musste sie aber lernen, den Mund zu halten. Der Bub nahm sich vor, das Gaby bei nächster Gelegenheit ganz deutlich klar zu machen. Sonst konnten die Leute, die übers Fernsehen ein Kind suchten, seine Schwester gerne abholen. Vielleicht gab es sogar ein paar Süßigkeiten dafür. Oder ein Eis, er liebte Eis.

Aber eines nach dem anderen. Jetzt wollte er Gaby erst einmal etwas Milch anbieten.

*

Eben waren die beiden Streifenpolizisten Hellmer und Bartinek von ihren Erhebungen in Grinzing ins Kommissariat zurückgekehrt. Die Ausbeute von mehr als fünf Stunden Fragen nach einer unbekannten jungen Frau und einem fehlenden oder zumindest ausgetauschten Müllcontainer auf Rädern war eher mäßig. Immerhin waren die zwei, drei Hinweise, die man sich noch näher ansehen musste. Eine Buffethilfe im »Alten Rebstock« glaubte, die Frau so gegen 21 Uhr ins Lokal kommen gesehen zu haben und der Harmonikaspieler beim »Wurzner Hansl« war sich ziemlich sicher, dass sie nach 22 Uhr im Lokal mit einem Mann gesprochen hatte.

Und im ›Kutscherhaus‹ hatten die beiden einen Container entdeckt, auf dem eine Studentin ihre Dienste als Babysitter in der Silvesternacht anbot. Mit Telefonnummer.

»So was würde doch niemand auf dem hintersten von drei Containern im dunkelsten Eck des Hofes eines Heurigenlokales anbringen«, argumentierte Bartinek durchaus schlüssig. »Sondern an einem Ort, wo das Angebot von möglichst vielen Menschen gesehen werden kann.«

»Haben Sie schon versucht, diese …«,

Wallner blickte auf den gelben Wisch, »Melinda Mayer anzurufen«?

»Ja, schon zweimal. Aber es hat sich nie jemand gemeldet. Nicht einmal eine Mailbox«, antwortete Hellmer.

»Gut gemacht, Leute«, lobte Wallner. »Wie viele Lokale sind jetzt noch übrig?«

»Also die zwischen Endstation der Linie 38 und der Feilergasse liegenden Betriebe haben wir alle aufgesucht«, gab Hellmer an. »Jetzt sind nur mehr einige Lokale in der Cobenzlgasse oberhalb der Feilergasse zu erledigen. Natürlich auch noch die unterhalb der Straßenbahnendstation«, meldete Hellmer. »Sollen wir gleich weiter machen?«

»Seit wann seid Ihr schon im Dienst?«

»Seit 22 Uhr gestern Abend. Aber das macht nichts«, Bartinek machte eine wegwerfende Bewegung. »Wir wollen dem Baby helfen.«

»Das ist toll, aber wenn Sie umkippen, ist keinem gedient«, wehrte der Inspektor ab. »Gehen Sie heim, schlafen Sie einige Stunden und morgen früh geht es wieder weiter. O.K.?«

Die beiden Beamten nickten müde und verließen den Raum.

»Und wir kümmern uns jetzt einmal um diese Studentin, die Spur scheint vielversprechend zu sein«, meinte Palinski. »Oder wie siehst du das?«

Freund Helmut sah das ebenso. »Sobald wir wissen, ob das der ausgetauschte Container ist, haben wir mit ziemlicher Sicherheit den Tatort. Damit wären wir um einen Riesenschritt weiter.«

Er setzte sich wieder an seinen Schreibtisch und begann, eine Nummer in sein Festnetztelefon zu tippen. »Jetzt schaun wir aber einmal, was bei Franca los ist.«

*

Langsam machte sich die alte Frau Sorgen um ihre Enkelin. Elena war gestern gegen 17 Uhr losgefahren, um diesen »Blaggi« aufzusuchen und mit ihm zu sprechen.

Je nachdem, wie das Gespräch verlaufen würde, wollte sie über Nacht bei ihrem Freund bleiben, bei einer Bekannten übernachten oder mit dem nächsten Zug wieder nach Hause kommen.

Jetzt war es aber schon nach 21 Uhr und weit und breit nichts von Elena zu sehen. Gott sei Dank hatte sie genug Milch da gelassen, um das Baby füttern zu können. Auch wenn nicht zu überhören war, dass der kleine Anton die warme, weiche Brust seiner Mutter dem unpersönlichen Flascherl eindeutig vorziehen würde.

Hoffentlich würde sich dieser Mistkerl endlich zu seinen Pflichten bekennen und einen Beitrag zum Unterhalt seines Kindes leisten. Großmutter und Enkelin verstanden sich gut darauf, mit sehr wenig Geld auszukommen, aber ganz ohne ging es doch nicht.

Gut, auf das Telefon konnten sie verzichten und auch aufs Fernsehen, auch wenn sich die alte Frau ganz gerne hin und wieder etwas ansehen wollte. Aber ohne Strom und vor allem ohne Heizung wäre das Leben vor allem für den kleinen Anton unerträglich. Für alle Fälle hatte sie noch die beiden Münzen und die Ikone, die sie notfalls verkaufen konnte. Also am Ende waren sie noch lange nicht. Wo bloß Elena so lange blieb?

*

Die Studentin Melinda Mayer war in Wien, 18. Sternwartestraße 12, gemeldet. Als Untermieterin einer Frau Annemarie Partinis. Nachdem sich noch immer niemand unter der auf dem Werbezettel angegebenen Handynummer meldete, beschlossen Wallner und Palinski, einen

Besuch im 18. Bezirk zu riskieren. Gerade als sich die beiden in Wallners Auto setzten, wurde Palinski von der bislang erfolgreich verdrängten Erinnerung an den »Neujahrsempfang« eingeholt. Um Himmels Willen, die familiäre Zwangsverpflichtung lief bereits seit mehr als zwei Stunden und er hatte sich den ganzen Tag über nicht einmal telefonisch gemeldet.

Falls Wilma jetzt sauer war, und das war sie so sicher wie Neujahr auf Silvester folgt, dann konnte er ihr das wirklich nicht übel nehmen. Offenbar sah man ihm den leichten Schock an, denn der Inspektor erkundigte sich fürsorglich. »Ist was mit dir? Du siehst aus, als ob dir gerade die Weiße Frau erschienen wäre.«

»Noch schlimmer, mir sind Wilma und ihre Mutter erschienen. Die beiden und weitere rund 50 Gäste erwarten mich seit mehr als zwei Stunden bei einem Familienfest.« Palinski schüttelte den Kopf. »Jetzt bin ich für mindestens eine Woche wieder persona non grata.«

»Komm«, Wallner versuchte den Freund zu beruhigen, »ich bringe dich jetzt zum Haus von Wilmas Eltern und du machst deinen Kotau. Die Mayer schaffe ich auch alleine, falls sie überhaupt da ist. Dann hole ich Franca ab und wir treffen uns später wieder in meinem Büro.«

Da Palinski nichts Besseres einfiel, nickte er nur stumm und ergeben. Und stand bereits fünf Minuten später vor der imposanten Villa, die ihn immer wieder irgendwie an das düstere, aus dem Film »Psycho« nicht nur Cineasten bekannte Gebäude oben am Hügel erinnerte. Und genauso fühlte er sich auch.

*

Der kleine Bub, der sonst um diese Zeit schon immer schlief, war hellwach. Er war zwar erst etwas mehr als vier Jahre alt, aber er war intelligent. Und hatte in den vergangenen 14 Stunden einiges an Reife dazu gewonnen. Instinktiv spürte er, dass Tante Martha nicht kommen würde. Seine Mutter und Alfred waren auch nicht vor morgen Mittag zu erwarten. Die Milch war bis auf ein halbes, mit Wasser aufgefülltes Flascherl aufgebraucht und die letzten Zeitungen hatte er vor kurzem ausgelegt. Gaby schlief zwar im Augenblick, aber das konnte sich rasch wieder ändern, wie er inzwischen aus Erfahrung wusste. Komisch, an den Gestank des schwesterlichen Gackies ...

Scheiße klang eigentlich viel besser, fand er, es klang so erwachsen. Also an den Gestank von Gabys Scheiße hatte er sich inzwischen gewöhnt. Aber dennoch, es musste etwas geschehen.

Vorsichtig näherte er sich dem Telefon und begann, den Knopf mit dem komischen Baum und dann zweimal den seltsamen offenen Schneemann ohne Kopf einzutippen.

Die rasche und vor allem etwas forsche Meldung »Polizei« machte den Buben etwas unsicher. »Hier Martin« flüsterte er leise in den Hörer.

»Bitte sprechen Sie lauter, ich kann Sie kaum verstehen«, bellte der pflichtbewusste Beamte in die Festnetzleitung.

»Hier ist Martin«, der Bub sprach so laut, wie er sich unter den gegebenen Umständen traute. »Und meine Schwester hat nichts mehr zu Trinken und es stinkt nach Scheiße.« Das letzte Wort war schon ziemlich laut über seine Lippen gekommen, fand Martin.

Endlich ging dem Beamten, der natürlich über die inzwischen von fast 600 Personen betriebene Suche Bescheid wusste, ein Licht auf. Was heißt, eine ganze Flutlichtanlage.

»Wie alt bist du denn, Martin?«, mit einem seinem rauen Äußeren Lügen strafenden Feingefühl ging der Polizist auf seinen offensichtlich sehr jungen Gesprächspartner ein.

»Weiß ich nicht genau, aber viel älter als Gaby.«

»Gehst du schon in die Schule?«

»Nein, in den Kindergarten zur Tante Elfie.«

Eifrig notierte der Beamte »Tante Elfie.«

»Und wie alt ist deine Schwester?«

»Weiß nicht, aber noch sehr klein. Sie schreit den ganzen Tag oder sie schläft. Jetzt habe ich keine Milch mehr für sie, da wird sie noch mehr brüllen.«

»Wo ist den deine Mama?«

»Weiß nicht, mit Alfred weggefahren.«

»Weißt du, wo du wohnst?«

»Ja, zu Hause.«

Der Beamte lachte. »Das weiß ich schon. Aber weißt du, wie die Straße heißt, in der sich Eure Wohnung befindet?«

»Ich glaube, Girtl oder so ähnlich.«

»Meinst du Gürtel?«

»Weiß nicht, vielleicht.«

»Martin, wie heißt du mit Nachnamen?«

»Weiß nicht.«

»Und weißt du, wie Dein Papa heißt?«

»Ja, Gerhard Nemetschek oder so ähnlich«

Der Beamte notierte »Gerhard Nemetschek« und machte ein Fragezeichen dahinter.

»Höre mal, Martin. Wenn du aus dem Fenster schaust, was siehst du da?«

Der Beamte hörte, wie der Hörer weggelegt wurde, dann war es mehrere Sekunden lang still. Endlich meldete sich Martin wieder.

»Na, was siehst du, wenn du aus dem Fenster schaust?«, wiederholte der Polizist.

»Es schneit und sieht sehr schön aus.«

Langsam wurde der Beamte ungeduldig, rief sich aber mit dem Hinweis, dass es sich um ein kleines Kind handelte, selbst wieder zur Ordnung. »Und was kannst du noch sehen?«

»Die Klopfstange und ein paar Mistkübel.«

Hätte das Gespräch nicht einen derart ernsten Hintergrund gehabt, der Beamte hätte jetzt laut losgelacht.

»Habt ihr auch ein Fenster zur Straße?«, wollte er wissen.

»Ja, haben wir. Sogar drei.«

»Und was kann man sehen, wenn man auf die Straße schaut?«

»Einen Moment«, Martin legte den Hörer zur Seite und trippelte neuerlich davon. Diesmal dauerte es etwas länger, bis er sich wieder meldete.

»Es schneit noch immer. Und ich kann eine große Kirche sehen und eine Eisenbahn und eine Eisenbahnstation. Stell dir vor, auf der anderen Seite ist gerade ein Lastauto in ein anderes Auto hineingefahren.«

Viel mehr war aus dem Buben wahrscheinlich nicht heraus zu bekommen. Mit den vorhandenen Angaben müsste es aber möglich sein, die Wohnung zu finden, dachte der einfühlsame Beamte. Aber das konnte einige

Zeit in Anspruch nehmen. Daher für alle Fälle: »Martin, demnächst wird jemand von der Polizei kommen und euch frische Milch vorbeibringen.«

»Ja, und auch Schokolade«, Martin war begeistert, außer dem alten Brot, das er in der Küche gefunden hatte, hatte er heute noch nichts gegessen.

»Also gut, auch Schokolade. Wenn es läutet und dir jemand sagt, dass er von Fritz geschickt worden ist, das bin ich, weißt du, dann musst du ihm die Türe aufmachen. Geht das in Ordnung?«

»Ja Fritz, geht in Ordnung«, Martin war stolz, einen echten Polizisten namens Fritz zu kennen.

»Übrigens Martin, kannst du schon Ziffern lesen?«

»Nein, aber Mami hat ein Polizeiauto aufgezeichnet und daneben diesen komischen Baum mit einem Ast und die beiden offenen Schneemänner ohne Kopf. So habe ich dich anrufen können.«

Der Beamte hatte eifrig mitgeschrieben. Jetzt hatte er noch eine Idee, die ihm einen Versuch wert schien.

»Das hast du sehr gut gemacht. Schau einmal nach, ob auf dem Telefon irgendwo ein Zettel klebt, auf dem sieben«, er korrigierte sich, »mehrere so komische Zeichen aufgemalt sind. Offene oder geschlossene Schneemänner oder komische Bäume, du weißt schon, was ich meine.«

Hoffentlich hatten auch Martins Eltern die eigene Nummer am Apparat vermerkt.

»Ja, da ist etwas«, meldete sich der kleine Bub wieder.

»Dann beschreibe mir einmal, was für Zeichen das sind«, ermunterte der Beamte den Buben.

»Also da ist einmal ein umgedrehter Sessel, daneben

ein Ei und daneben eine Bogenlampe. Dann noch ein umgedrehter Sessel und eine Bogenlampe und dann noch zwei Schneemänner ohne Kopf.«

Der Beamte hatte rasch Zugang zur Bildsprache Martins gefunden, wie die nächste Frage bewies. »Sind die beiden Schneemänner offen oder nicht?«

»Nicht offen«, antwortete Martin und der Beamte notierte 88 und das ganz ohne Fragezeichen.

»Gut Martin, ich glaube, ich weiß jetzt, wo ihr seid. Es kann aber noch etwas dauern, bis wir bei euch sind. Wir müssen ja noch Schokolade besorgen. Falls es etwas gibt, ruf uns nochmals an. Falls wir etwas von dir wollen, rufe ich dich an. Also geh an das Telefon, wenn es klingelt.«

»Gut Fritz, Danke schön. Du bist jetzt mein bester Freund.«

Nachdem der Beamte aufgelegt hatte, brach spontaner Beifall aus. Die inzwischen auf fünf Personen angewachsene Schar an zuhörenden Kollegen fand einhellig gut, was ihr Kollege in den letzten Minuten gezeigt hatte.

»Das war prima Arbeit«, anerkannte sogar der sonst eher lobkarge Diensthabende und klopfte Fritz anerkennend auf die Schulter. »So, und jetzt müssen wir sofort die Kollegin Aigner im Koat Josefstadt informieren. Für die wird die Nachricht Labsal für die gequälte Seele sein.«

»Kann ich mitfahren, wenn Martin und seine Schwester geholt werden?« Der Beamte namens Fritz blickte seinen Vorgesetzten bittend an. »Ich muss ja auch darauf achten, dass die Schokolade nicht vergessen wird.«

»Ich denke, das haben Sie sich ehrlich verdient. Abgesehen davon sind Sie für den Buben ja so etwas wie die Person seines Vertrauens. Von mir aus geht das in Ordnung.«

Franca brach in Tränen aus, als sie die gute Nachricht erreichte. Der Beamte Fritz Neubauer machte sich sofort auf den Weg zu ihr. In der Zwischenzeit versuchte sein Vorgesetzter die letzten Geheimnisse um Martins Aufenthaltsort mit Hilfe der Telefongesellschaft zu lüften.

*

Während sich die vermeintlich gute Nachricht in Windeseile über die Polizeikanäle in ganz Wien verbreitete und die Spannung urplötzlich aus der ganzen Angelegenheit zu weichen drohte, sah sich Palinski einer geschlossenen Front aus offener Ablehnung und eisiger Ignoranz gegenüber. Lediglich Tina und Harry verhielten sich normal. Nicht, dass sie seine Partei ergriffen hätten, das nicht. Aber sie hielten sich aus der ganzen Sache zumindest einmal heraus.

Dass Wilma sauer auf ihn war, war verständlich. Auch dass sich die Gastgeber über seinen unpassenden Aufzug, Jeans, Pullover und Freizeitjacke nicht begeistert zeigten, konnte er nachvollziehen. Warum ihn aber Wilmas Tante Anita anfunkelte, als ob er am helllichten Vormittag vor dem Wiener Rathaus einen minderjährigen Knaben unsittlich berührt hätte, war ihm unverständlich. Und die meisten der Gäste, die er zumindest vom Sehen kannte, blickten betreten bis peinlich berührt überall hin nur nicht zu ihm.

Erstaunlicherweise war die Konfrontation mit der Ex-

Primaria relativ glimpflich verlaufen. Als Palinski ihr die Hand gegeben und sich statt mit einer konventionellen Begrüßung mit den Worten »Na, schon die langen Messer gewetzt?« in Szene gesetzt hatte, hatte sie bloß »du bist schon eine ganz besondere Nummer« gesagt und dazu gelacht. Einen vergleichsweise liebevollen Empfang, hatte er gefunden. Eine Begegnung mit dem von seinen universitären Freunden umgebenen Alten hatte er bisher vermieden.

Jetzt konnte es aber haarig werden. Tante Anita schien plötzlich wild entschlossen, die durch ihn befleckte Familienehre wieder zu entflecken. Sie baute sich plötzlich vor Palinski auf, maß ihn von oben bis unten und setzte zum verbalen Rundumschlag an.

»Was haben Sie unmöglicher Mensch eigentlich für eine Entschuldigung dafür, hier mit fast drei Stunden Verspätung in einem derart abgerissenen Zustand zu erscheinen?«, wollte sie wissen.

»Meine einzige Entschuldigung ist, dass ich Wilma versprochen habe, hierher zu kommen«, erwiderte er.

»Wollen Sie damit sagen, dass Sie der Einladung von Elisabeth und Wilfried nur Folge geleistet haben, um Wilma einen Gefallen zu tun?« Die Dame wollte es genau wissen.

»Das stimmt und auch wieder nicht. Denn ich bin nicht eingeladen worden, zumindest nicht als Person. Sondern nur als unvermeidliches Anhängsel, als Vater der Kinder der Tochter des Hauses. Sozusagen als Mahnmal für die juvenile Triebhaftigkeit Wilmas und Warnung an die heutige Jugend.« Wilma war blass geworden und deutete Palinski, mit der unsinnigen Tirade aufzuhören.

Aber Tante Anita dachte nicht daran, ihm eine Chance zu geben. »Und wieso kommen Sie erst jetzt?« Neugierig war sie gar nicht, fand er. Vielleicht hatten sie aber die anderen auch nur beauftragt, alles aus ihm herauszukitzeln. Den Leuten konnte geholfen werden.

»Heute Morgen wurde eine junge Mutter tot aufgefunden. Erschlagen von irgendeinem brutalen Saukerl. Und irgendwo da draußen gibt es ein zwei Monate altes Kind, das nach seiner Mutter schreit, seit 24 Stunden keine Milch mehr erhalten hat und langsam, aber sicher in seinem eigenen Kot versinkt.« Er unterbrach sich kurz und blickte in die Runde, um die Wirkung seiner Worte zu erkunden.

»Seit Mittag sind inzwischen mehr als 600 Menschen unterwegs, um dieses Kind zu finden. Und ich war einer davon und werde in Kürze wieder einer sein.« Trotzig blickte er Tante Anita in die kurzsichtigen Augen.

Aber statt beeindruckter Zustimmung erntete Palinski lediglich ein »Das ist sicher wieder so ein Schwindel von dir, Palinski.« Es war Wilmas Cousin Albert, dem dieses geistreiche Statement zu verdanken war. Albert war der fleischgewordene Beweis für die nicht nur von Wilma vertretene These, dass man sich seine Verwandten nicht aussuchen konnte.

»Lieber Albert, du willst also damit zum Ausdruck bringen, dass ich schwindle, lüge und das immer wieder«, Palinski hatte mit einer derart dummen Attacke nicht gerechnet. »Habe ich das richtig verstanden?«

»Nicht immer wieder, Palinski«, blökte Albert los, »sondern immer. Du schwindelst immer, du Wurschtel.« Er sprach das mehr abfällig als liebevoll gemeinte

Synonym für »Hanswurst« mit dem typisch wienerischen »sch« aus. »Du bist ein Wurschtel. Das sagt auch Wilma.«

Jetzt wurde es persönlich. Palinski blickte zur Mutter seiner Kinder, doch die winkte beschwörend ab. Der gestreckte Zeigefinger an ihrer Stirne ließ deutlich erkennen, was sie von ihrem Cousin hielt. Und er glaubte ihr.

»Also gut«, Palinski kam langsam in Fahrt. »Angenommen, es trifft zu, was du eben behauptet hast. Und ich Wurschtel stelle fest, dass ich immer lüge. Was würde das bedeuten?«

»Nicht lügen, ich habe schwindeln gesagt«, stellte Albert richtig.

»Lügen, schwindeln, das ist im Wesentlichen das gleiche. Also nochmals: Ich stehe hier und sage, dass alle Wurschteln lügen. Was bedeutet das?«

»Das heißt, dass du schwindelst, Palinski.«

»Richtig, Albert, denn wenn ich ein Wurschtel bin und alle Wurschtel lügen, dann lüge auch ich. Aber was bedeutet das darüber hinaus noch?«

Wilma schwante Schlimmes. Falls ihr Mario so weiter machte, würden sie in Kürze tief in eine philosophische Diskussion verwickelt sein. Und bis Mitternacht würde ihr Mann alle in Grund und Boden geredet haben. Sie hatte das schon mehrmals erlebt. Vielleicht konnte wenigstens Papa ihm Paroli bieten.

»Wenn ich also immer lüge, dann bedeutet das aber, dass ich auch in diesem Fall gelogen habe. Dass ich demnach gelegentlich doch die Wahrheit von mir gebe. Also möglicherweise auch jetzt, wenn ich sage, dass ich

Wurschtel lüge.« Er holte kurz Luft, ehe er das Perpetuum mobile in Gang setzte. »Ab hier fängt das Ganze wieder von vorne an. Ist das soweit klar?«

»Also ich verstehe nur Bahnhof«, maulte der Ignorant Albert, »das ist doch alles Blödsinn.«

»Das ist kein Blödsinn, junger Mann«, kam Hilfe von unerwarteter Seite, »sondern ein hübsches kleines Paradoxon.« Es war Professor Ziegler, ein Rechtsphilosoph und Freund Wilfried Bachlers, der sich im übertragenden Sinne an Palinskis Seite stellte.

»Kommt mir vor wie eine Variation des Paradoxons des Epimenides«, fügte er noch hinzu.

»Gut erkannt, Herr Professor.« Palinski hatte keine Ahnung, wer dieser Epidemikus oder wie immer auch war, aber wer war er schon, einem veritablen Universitätsprofessor zu widersprechen.

»In Anbetracht der geglückten Bearbeitung will ich es aber in Zukunft Palinskis Paradoxon nennen.«

»Das will ich mir gerne merken«, lachte Ziegler und prostete dem Namensgeber der »neuen« Paradoxie zu.

Wer glaubte, der philosophische Diskurs hätte Tante Anitas Aggressionen beseitigt, der irrte gewaltig.

»Das ist wieder einmal typisch für dieses Pack«, gab sie völlig unerwartet von sich und strapazierte damit sowohl die Fähigkeit als auch die Bereitschaft der Anwesenden, ihren scheinbaren Gedankensprüngen zu folgen. Dabei hatte sie sich nur an der Sache mit dem Säugling verbissen. »Kommen zu uns, leben von unseren Steuergeldern, lassen sich schwängern und achten dann nicht auf ihre Kinder. Kein Wunder, dass dann solche Sachen geschehen.«

Palinski glaubte, sich verhört zu haben. Diese Frau war sicher für viele Fettnäpfchen gut, aber der letzte Sager musste trotzdem ein Hörfehler gewesen sein. So was konnte es doch nicht mehr geben.

»Habe ich Sie richtig verstanden? Sie meinen, dass das zwei Monate alte Kind mehr oder weniger selbst schuld an seinem Schicksal ist. Sozusagen im Rahmen einer Kollektivschuld für Fehler der Mutter mithaftet. Wobei noch überhaupt nicht klar ist, ob die Mutter einen Fehler gemacht hat.« Er funkelte die alte Dame böse an.

»Im Wesentlichen haben Sie recht«, bestätigte Tante Anita.

»Dann bleibt mir nur eines zu sagen.« Er baute sich vor der Frau auf und blickte ihr voll ins Gesicht. »Halten Sie bitte Ihr Schandmaul, bevor ich mich noch vergesse.«

Anita wurde käseweiß im Gesicht, dann fing sie an zu schreien. »Elisabeth, wirf diesen impertinenten Menschen hinaus. Er ist eine Schande für dieses Haus. So eine Frechheit, mir den Mund verbieten zu wollen. Und noch dazu mit diesen Worten.«

Jetzt setzen auch die Reaktionen der anderen ein. Albert ergriff als einziger die Partei seiner Mutter. Einige andere Gäste diskutierten über die Wortwahl. »Aber in der Sache hat er recht, so menschenverachtend spricht man nicht«, war der mehrheitliche Tenor, soweit Palinski das mitbekam. Wieder andere zwinkerten ihm zu und deuteten Applaus an. Den Vogel schoss aber jemand ab, von dem er es eigentlich nicht erwartet hätte.

»Anita, gib Ruhe«, wies Elisabeth Bachler ihre Schwester zurück. »Oder um Palinski zu zitieren. Halt endlich den Mund.« Dann ging sie zu ihrem »Seit 24 Jahren Nicht-, aber vielleicht schon bald Schwiegersohn« und legte ihm den Arm um die Schulter.

»Und du gehst jetzt besser, Mario«, meinte sie freundlich, »das Baby braucht dich vermutlich dringender als wir hier.«

Palinski hatte Tränen in den Augen. Gott, wie er diese Frau im Augenblick verehrte. »Danke Elisabeth«, sagte er leise und küsste sie auf die Wange. Das erste Mal in seinem Leben.

Natürlich ließen sich Tina und Harry die Gelegenheit nicht entgehen, der aus ihrer Sicht absolut lähmenden Veranstaltung zu entkommen. Natürlich nur aus Solidarität mit ihrem Vater. Was blieb Wilma da noch anderes übrig, als sich ihrer kleinen Familie anzuschließen.

Palinski war schon an der Türe, als sein Handy klingelte. Es war Helmut Wallner, der ihm die freudige Nachricht übermittelte, dass man den Säugling wahrscheinlich gefunden hatte. »Ich fahre jetzt ins Koat Josefstadt. Kommst du auch hin?«

Welche Frage, dachte Palinski, dann ging er noch einmal ins Haus zurück und verbreitete die optimistisch stimmende Nachricht.

Wilma erklärte sich sofort bereit, ihn in die Stadt zu bringen. »Vielleicht kann ich ja helfen?«, meinte sie und Palinski fand das besonders nett.

Gerade als sie starten wollte, sprang Harry nochmals aus dem Auto. »Ich habe etwas vergessen, bin gleich wieder da.« Er hatte nicht zuviel versprochen. Zwei Minuten später erschien er mit dem Anzug seines Vaters am Kleiderbügel und all dem anderen, was man noch so brauchte, um sich stadtfein zu machen.

Palinski war glücklich. Mit so einer Familie konnte man wirklich seine Freude haben.

*

Die Natur hatte schließlich ihr Recht gefordert. Der kleine Junge war endlich eingeschlafen. Er träumte noch nicht von der Schokolade, auf die er sich schon so freute, denn er befand sich noch in der Phase des ersten Tiefschlafes. Er hörte nicht, dass seine Schwester schon gute zehn Minuten wie am Spieß brüllte, auch nicht, dass der Polizist Fritz Neubauer wie ein Verrückter an der Wohnungstüre rüttelte und immer wieder sagte »Ich bin ein Freund von Fritz, ich bin doch ein Freund vom Fritz.« Natürlich hörte er auch nicht das wiederholte, minutenlange Schrillen des Telefons. Schließlich trat Palinski, dem der formale Mist um die Frage, ob man die Türe nun öffnen durfte oder nicht und ob man dazu die Feuerwehr rufen sollte, auf die Nerven ging, ohne Vorankündigung die Türe einfach ein. Was eher eine Abreaktion seines aufgestauten Frusts gewesen war, erwies sich als höchst effektiv. Dieses allerdings nicht allzu massiv wirkende Hindernis stand plötzlich offen und niemand war überraschter darüber als Palinski selbst. Da heißt es immer, das Fernsehen verblödet einen, dachte er. Dabei hatte er diesen speziellen, kräftigen Tritt gegen das Schloss erst vor einigen Wochen in einem Spätabendthriller gesehen.

»Es gibt nichts Gutes, außer man tut es«, war Franca Aigners erleichterter und gleichzeitig aufmunternder Beitrag zu dieser gelinde gesagt nicht ganz gesetzeskonformen Methode, sich Zugang zu verschaffen. Als Zivilist hatte Palinski aber die besten Chancen von allen Anwesenden, im Falle von Schwierigkeiten mit einer »partiellen Bewusstseinsstörung« als Ausrede durchzukommen.

Vorsichtig betrat die kleine, aus Wallner, Franca Aigner, Fritz Neubauer, dem gewalttätigen Aufbrecher und zwei Beamten des zuständigen Kommissariats bestehende Gruppe die kleine Wohnung am Hernalser Gürtel.

Der intensive Gestank nach kindlichen Fäkalien raubte ihnen den Atem und ließ Wallner und Neubauer sofort alle Fenster öffnen. Im Wohnzimmer fand Franca den inzwischen nur mehr schwach wimmernden Säugling und den kleinen Martin, der zusammen gerollt auf der Couch schlief.

Zehn Minuten später war auch der Notarztwagen da und die erste Untersuchung ergab Erfreuliches. Beide Kinder, insbesondere das Baby, waren zwar stark verschmutzt und etwas unterkühlt, im Übrigen aber wohlauf. Sie wurden für weitere Untersuchung ins Allgemeine Krankenhaus gebracht.

Am Gang hatten sich inzwischen trotz der späten Stunde einige Bewohner der Nachbarwohnungen versammelt, die durch den ungewohnten Lärm auf dem Gang und die aufsplitternde Türe aufmerksam geworden waren.

»So was hören die Leute sofort und schauen nach, was los ist«, wunderte sich Franca, »aber wenn ein Kind den ganzen Tag über weint, ist das offenbar nicht weiter auffällig.« Und es klang genauso bitter, wie sie es empfand.

Palinski betrachte die zahlreichen an der Wand hängenden und auf verschiedenen Flächen aufgestellten Fotos und vermisste eine bestimmte Person darauf. Die beiden darauf immer wieder mit und ohne Kinder abgebildeten jüngeren Frauen hatten nicht die geringste Ähnlichkeit mit der Toten aus dem Müllcontainer.

Der bei allen vorhanden gewesene, in der ersten Euphorie aber von Wunschdenken verdrängte leise Zweifel, dass das Baby hier möglicherweise nicht d a s Baby sein könnte, verdichtete sich damit zur Gewissheit. Plötzlich fühlte sich Palinski unendlich müde und traurig.

Schließlich versiegelte Wallner die Wohnung. Dann hinterließ er eine Nachricht an der Türe, in der Frau Sobotka, die Mutter Martins und Gabys, bei sonstiger Androhung von Zwangsmaßnahmen aufgetragen wurde, sich sofort mit der zuständigen Dienststelle der Polizei in Verbindung zu setzen.

Dann versammelte sich die Gruppe in der Wohnung eines Nachbarn, um die für die Klärung der Situation und die weitere Vorgangsweise notwendigen Informationen einzuholen.

»Seid die Frau Sobotka den neichen Freind hot, is eftas iba Nocht wegblim«, berichtete Franz Naschütz, der Nachbar. »Oba do is imma Ihr Schwesta, eine Frau Martha Wagler zum Aufpassn kumman. A nette Frau, sea zuverlässig.«

»Das sieht man«, konnte sich Franca nicht zu sagen verkneifen. »Sagen Sie, ist Ihnen das Geschrei des Babys den ganzen Tag über nicht aufgefallen?«

»Nau freuli. Oba der Baungert plärrt jo imma den

gonzn Tog«, räumte der Mann ein. »Des hea i schon goa nimma.«

Eine halbe Stunde später saß Palinski endlich wieder im Wagen. Er war Wilma und den beiden Kindern sehr dankbar, dass sie auf ihn gewartet hatten. Er fühlte sich müde, elend und erfolglos.

»Du bist unzufrieden, dass dieses Baby nicht das war, das Ihr eigentlich gesucht habt«, sagte ihm Wilma auf den Kopf zu.

»Wir haben den ganzen Tag gesucht wie die Verrückten und das Kind ist wie vom Boden verschluckt«, kam es stockend aus ihm heraus. »Und wir waren erfolglos. Wir sind unserem eigentlichen Ziel keinen Schritt näher gekommen.«

»Also die Gaby Sobotka würde das vermutlich anders sehen und auch der Martin«, konterte Wilma. »Ihr habt die Qualen dieser beiden Kinder beendet und von zahlreichen anderen auch. Franca hat mir erzählt, dass inzwischen schon in sieben Fällen Anzeige wegen Vernachlässigung der Aufsichtspflicht laufen. Das ist doch ein riesiger Erfolg. Auch wenn es quasi nur Nebeneffekte der eigentlichen Suche sind.«

Wilma hatte recht wie fast immer. Ihre Worte rückten die Dimensionen wieder einigermaßen zurecht. Palinski fühlte sich gleich besser. Als Harry dann noch meinte, dass er sehr stolz auf seinen Vater sei und Tina dem lautstark zustimmte, fand der so Ausgezeichnete, dass der heurige Neujahrstag insgesamt doch gar nicht so schlecht gelaufen war.

*

Walter Kleemann, ein 32-jähriger Single und von Beruf Busfahrer auf der Linie St. Pölten-Traisen-Lilienfeld, hatte mit Freuden den Beginn des Jahres nachgefeiert, da er sich in der Silvesternacht etwas dazu verdient hatte. Nach Dienstschluss am 31.12. war er von 21 Uhr bis 6 Uhr am Neujahrsmorgen mit dem Taxi in der und um die niederösterreichische Landeshauptstadt herum unterwegs gewesen. Dann hatte er bis gegen 14 Uhr geschlafen, seine Eltern besucht und nach einem kurzen Nickerchen um 20 Uhr seine Freunde getroffen.

Da keine der im Verlauf des Abends gemachten Bekanntschaften an einer Vertiefung der Beziehung bei ihm zu Hause interessiert gewesen war, kehrte er gegen 3 Uhr alleine nach Hause zurück. Sein Dienst begann um 5.30 Uhr und er war hellwach. Daher beschloss er, sich noch einen Film anzusehen. Er hatte den Thriller mit Bruce Willis aufgezeichnet, der in der »Prime time« im ersten Kanal gelaufen war.

Der Film hatte wohl etwas verspätet begonnen, denn die Aufzeichnung begann mit einer Suchmeldung der Wiener Polizei. Er wollte schon vorspulen, als das Phantombild der gesuchten Person am Bildschirm erschien. Die Frau kam ihm irgendwie bekannt vor.

»Falls Sie diese Frau oder jemanden, der ihr ähnlich sieht, kennen oder gesehen haben, wenden Sie sich bitte an die nächste Polizeidienststelle oder direkt an das Innenministerium.« Dann wurden zwei Kurzrufnummern zum Gratistarif eingeblendet.

Kleemann wollte gerade eine Flasche Bier öffnen, als ihm die junge Frau einfiel, die am Bahnhofsplatz in St. Pölten ausgestiegen war. Sie war ihm wegen ihrer guten

Figur und der schönen langen Haare aufgefallen. Er hatte sich noch gedacht, dass er ein Mädchen wie sie auch nicht gerade von der Bettkante stoßen würde.

Die junge Frau war in Wirklichkeit schöner als auf dem Bild, aber sie war es, ganz ohne Zweifel. Er spulte das Band an den Anfang zurück und sah sich die Sondermeldung nochmals an. Ihr Schicksal erschütterte sie, vor allem aber das ihres Babys. Entschlossen notierte er die beiden eingeblendeten Telefonnummern, holte das Telefon heran und begann zu wählen.

Zehn Minuten später wurden Franca Aigner und Inspektor Helmut Wallner nach nur knapp drei Stunden Schlaf schon wieder geweckt. Bereits eine halbe Stunde später jagten die beiden auf der Westautobahn Richtung St. Pölten, um die Suche zu organisieren.

Ein neuer Tag, eine neue Chance auch für das Baby?

Nur dem Umstand, dass Palinski sein Handy im Büro vergessen und Harry versehentlich den Hörer des Festnetzapparates von der Gabel geschoben hatte, war es zu verdanken, dass dieser frühe Kelch an ihm vorbei gegangen war.

3

In den frühen Morgenstunden hatten im Osten Österreichs teilweise heftige Schneefälle eingesetzt und eine dicke weiße Decke über das Land gelegt. Da heute noch dazu Sonntag war, herrschte eine dieser unwirklich anmutenden Situationen fast vollständiger Stille. Selbst der Lärm der wenigen auf den Straßen verkehrenden Fahrzeuge wurde nahezu gänzlich geschluckt. Palinski war vor einigen Minuten aufgewacht und lauschte fasziniert Geräuschen, die man sonst kaum zu hören bekam. Die einzelnen Tropfen des nicht ganz dichten Wasserhahns im gut zehn Meter entfernten Badezimmer. Da ein leises Knarren, das er nicht zuordnen konnte, das sich aber in Abständen von einigen Sekunden wiederholte. Langsam wurden diese dezenten Beweise dafür, dass es keine absolute Stille gab, durch stärkeren Lärm überdeckt. Nämlich dem der ersten Straßenbahn, vor allem aber dem Scharren der metallenen Schneeschuber auf den Gehsteigen. Jetzt wusste Palinski auch, dass Frau Pitzal, die gleichermaßen umtriebige wie auch zuverlässige Hausbesorgerin, gut ins Neue Jahr gekommen war und ihre vorbildliche Arbeitsmoral ebenfalls mit herübergerettet hatte.

In der Lautstärke dazwischen lagen zumindest im Augenblick die leisen Schnarchgeräusche, die seine geliebte

Wilma von sich gab. Er war froh über diese in Quantität und Qualität unregelmäßigen Beweise einer funktionierenden Atmung. Vor vielen Jahren war er einmal aufgewacht und hatte eine scheinbar regungslos neben ihm liegende Wilma gefunden. Damals hatte ihn eine aus heutiger Sicht unverständliche Panik erfasst und erst wieder ruhig werden lassen, nachdem es ihm gelungen war, sie aufzuwecken.

Vorsichtig stand er auf, um ihren Schlaf nicht zu stören, zog sich seinen Schlafrock über und schlurfte in die Küche. Heute wollte einmal er das Frühstück für die Familie machen. Mit Müsli, Ham and Eggs, frisch aufgebackenen Croissants und Orangensaft. Und natürlich mit einem wirklich erstklassigen Kaffee. Komisch, Wilma war eine richtig gute Köchin, am Herd konnte ihr kaum jemand etwas vormachen. Aber ihr Kaffee schmeckte immer wieder wie das Badewasser einer einsamen Kaffeebohne.

Max und Moritz waren auch schon munter und sprangen schweifwedelnd an Palinski hoch. Dann legten sie sich auf den Rücken und forderten das Herrl damit auf, ihnen den Bauch zu kraulen. Palinski genoss jede einzelne dieser kleinen Aktivitäten, zu denen er unter der Woche kaum Zeit fand. Er füllte noch die beiden Wasserschüsseln und stellte sie hin. Dann begann er mit dem Zeremoniell des Kaffeebrauens und bald erfüllte der würzige Duft des schwarzen Elixiers die ganze Küche.

»Hmmm, riecht es hier gut.« Wilma stand in der Türe und sah entzückend aus in ihrem himmelblauen Nichts von Nachthemd. »Kann ich dir helfen?«

»Vielleicht kannst du inzwischen den Tisch decken und dann einige Toasts machen«, schlug er vor. Doch sie kam näher, presste sich an ihn und murmelte mit leicht belegter Stimme »Oder lassen wir das mit dem Frühstück noch ein wenig.«

Das herzhafte »Guten Morgen« des an der Küchentüre vorbei gehenden Harry nahm Palinski diese Entscheidung ab und ließ Wilma rasch zu dem bereit gestellten Stapel Frühstücksteller greifen. »Zieh dir was an, Mama, sonst verkühlst du dich noch«, rief der freche Bub über die Schulter, bevor er im Klo verschwand.

»Also das mit dem Paradoxon musst du mir noch einmal erklären«, forderte Wilma, als sie aus dem Esszimmer kam, um den Fruchtsaft und Gläser zu holen. »Zuerst möchte ich aber endlich erfahren, warum dich Deine Eltern Mario genannt haben.«

Palinski musste schmunzeln. Er kannte die Motive seiner alten Herrschaften nicht wirklich. Es gab zwar ein Gerücht, aber ob das auch nur annähernd Substanz hatte, konnte er nicht sagen. Egal, er würde Wilma schon etwas Passendes erzählen, bevor sich das Ganze zu einer Manie bei ihr auswuchs.

»Also angeblich war das so«, begann er, während der Schinken in der Pfanne zu brutzeln begann. »Mein Vater war ein richtiger Opernfan. Meine Mutter dagegen hatte sich, bis sie Vater kennen lernte, noch nicht mit dieser Kunstform befasst. Aber aus Liebe zu ihm ist sie sogar in die Oper gegangen.«

Er schlug gerade das erste von vier Eiern über den Schinken, als die Gegensprechanlage neben der Eingangstüre zu summen begann.

Palinski blickte fragend zu Wilma und diese schaute genauso zurück. »Wer kann denn das sein«, er riskierte einen Blick auf seine Armbanduhr. »Um zehn vor Acht an einem Sonntag. Eigentlich eine Zumutung.«

Wilma hatte inzwischen den Hörer abgenommen und sich gemeldet. Sie hörte einige Sekunden zu, ehe sie das Haustor per Knopfdruck öffnete und »3. Stock links« sagte.

»Es ist die Polizei mit einer persönlichen Nachricht für dich, von Herrn Inspektor Wallner«, stillte sie Palinskis unübersehbare Neugierde. Sie blickte an sich hinunter. »Vielleicht sollte ich mir jetzt wirklich etwas anziehen.«

Wenige Sekunden später läutete es an der Türe. Palinski öffnete und der junge Polizist salutierte. Eher freundlich als stramm, so richtig wienerisch also.

»Trinken Sie einen Kaffee mit?«, wollte der Hausherr oder was immer er auch in Wilmas Wohnung war, wissen. Er hatte den Beamten ins Wohnzimmer gelotst und zum Sitzen aufgefordert.

»I waß net recht«, meinte der Beamte, »aba mein Kollege wort unten auf mich.«

»Aber wolln tätens schon?«, fragte Palinski.

»Na schon«, gestand der Polizist, »I bin schon seit 12 Stunden im Dienst.«

»Na, dann sagns ihrem Kollegen einfach, I woar no im Bad und Sie ham worten müssen«, Palinski war jetzt ebenfalls in den leichten Dialekt seines Gegenübers gefallen.

»Und Sie verratn mich net?«, versicherte sich der Polizist.

»Na, wie kommert i denn dazu«, beruhigte ihn Palinski.

Jetzt nahm der Uniformierte sein Sprechfunkgerät und drückte einen Knopf. »Koarl, bitte mödn.«

»Hier Koarl, wos is?«

»Der Herr sitzt no in da Waunne, des wird a poa Minuten dauern.«

»Mocht nix, i rauch ma inzwischen ane au. Koarl Ende«

Inzwischen war auch Wilma im flotten Hausanzug erschienen und der junge Beamte legte wieder sein Habtacht hin, diesmal aber richtig zackig. Dafür erhielt er aber auch ein wesentlich schöneres Lächeln als vorhin von Palinski.

»Also, der Herr Inspektor Wallner hod seit mehrere Stundn versucht, Sie zu erreichn. Aba da is imma besetzt und am Handy meld sich kaner«, beschrieb der Beamte die Ausgangssituation.

Wilma stand auf, um nach dem Telefon zu sehen und legte den Hörer wieder auf die Gabel. Dann zuckte sie bedauernd mit den Schultern.

»Aba macht nix, Gnä Frau. Für so an gutn Kaffee schneid i Ihna beim nächsten Mal sogoar die Leitung duach«, scherzte der langsam sichtlich auftauende Vertreter der Ordnungsmacht. »I soi Ihnan ausrichtn«, fuhr er fort, »dass sich a Zeuge gmeldet hod, der die junge Frau erkaunnt hod. In St. Pölten.«

»In St.Pölten«, wiederholte Palinski überrascht, »das ist natürlich etwas, mit dem niemand gerechnet hat.«

»Und Sie solln den Herrn Inspekta auf sein Handy aurufn, Dringend bitte.«

Palinski war sofort am Telefon und wählte die Nummer, die er auch auswendig wusste, wenn man ihn um Mitternacht aus dem Tiefschlaf riss.

Wallner informierte ihn kurz über den aktuellen Stand der Ermittlungen und bat ihn, nach Wilhelmsburg zu kommen. »Wir haben unser Quartier im Gasthof »Schmutzenthaler« aufgeschlagen, das liegt direkt bei der Bahnstation. Nicht zu verfehlen. Hier gibt es übrigens ein hervorragendes Frühstück«, lockte er den Freund. Der wäre aber auch so gekommen. Den hoffentlich letzten Akt der Suche nach dem Baby wollte er sich auf keinen Fall entgehen lassen.

»In Ordnung, ich bin so schnell da, wie es geht«, versicherte Palinski. Dann leerte er seine Kaffeeschale mit einem einzigen, raschen Schluck, normalerweise ein Sakrileg und stürzte sich in sein Gewand.

»Kann ich Deinen Wagen haben?«, flötete er dann Wilma an.

»Ja, aber nur unter einer Bedingung, mein Lieber.« Sie reichte ihm den Autoschlüssel. »Dass du mir heute Abend endlich die Sache mit deinem Vornamen erklärst. Ich weiß, es ist kindisch, aber die Sache macht mich langsam ganz verrückt.«

Zehn Minuten später war Palinski bereits auf dem Weg zur Höhenstraße, um den innerstädtischen Verkehr auf dem Weg zur Autobahn aus dem Weg zu gehen. Der heute ohnehin nicht sehr stark gewesen sein dürfte, wie ihm am Schottenhof einfiel. Da hatte er den halben Weg zur Westautobahn aber schon hinter sich.

*

Dr. Annemarie Sumser war 38 Jahre alt, geschieden und kinderlos. Nach ihrer Scheidung vor drei Jahren, ihr Mann hatte sie wegen eines damals 41-jährigen ehemaligen Musicalstars verlassen, hatte sie das Thema Männer als abgeschlossen erklärt und sich voll auf ihre berufliche Karriere konzentriert. Was sie an der Affäre ihres Mannes besonders irritiert hatte, war nicht das Alter des Scheidungsgrundes gewesen, sondern sein Geschlecht.

Seit einem Jahr war sie jetzt schon Partnerin in der kleinen, aber feinen Anwaltskanzlei Brunner & Panzani & Sumser, die ihre Büroräume in einem relativ neuen Haus in der Billrothstraße/Ecke Peter Jordan Straße hatte. Dr. Sumser hatte zwischen Weihnachten und Neujahr einige Tage mit Freunden beim Schilauf in Hinterstoder verbracht und war gestern Abend wieder nach Wien gekommen. Da sie den Sonntag nicht alleine in ihrer hübschen Wohnung in Pötzleinsdorf verbringen wollte und sehr viel Arbeit auf sie wartete, hatte sie beschlossen, die Arbeitswoche schon heute zu beginnen.

Sie liebte es, die an solchen Tagen fast immer menschenleere Kanzlei ganz für sich zu haben und in völliger Ruhe ihren sicher wieder voll bepackten Schreibtisch wegarbeiten zu können.

Als erstes setzte sie ihre Espressomaschine in Gang, dann holte sie die kleine kupferne Gießkanne, füllte sie mit Wasser und begann, die zahlreichen Grünpflanzen in ihrem Büro zu gießen. Seit sie einmal gehört hatte, dass sich das Sprechen mit den Pflanzen positiv auf ihr Gedeihen auswirken sollte, sprach sie oft und gerne mit ihnen. Auch jetzt ließ sie sich wieder auf ein kleines Schwatzerl mit ihren Freunden aus der Flora ein. Wie immer ignorierte sie aber auch heute wieder den ficus elastica, den sie einfach nicht mochte. Er war ein Geschenk ihres Mannes, mit dem sie sich nur im unbedingt notwendigen Ausmaß abgab. Indem sie ihn nicht verdursten ließ.

Jetzt war auch die Maschine betriebsbereit. Sie ließ den ersten Espresso durchlaufen und schüttete ihn gleich wieder weg. Aus dem in den Leitungen abgestandenem Wasser ließ sich halt kein guter Kaffee machen. Aber schon die zweite Tasse war eine Sünde wert. Annemarie Sumser war eine echte »Kaffeetante« und bekannte sich auch dazu.

Womit sollte sie beginnen? Zum Einlesen sollte sie sich vielleicht etwas nicht zu Kompliziertes vornehmen, um ihre Gehirnzellen schonend auf Betriebstemperatur zu bringen. Vielleicht ein Blick in die aktuelle Ausgabe der Entscheidungssammlung oder eher doch die eingegangene Post der letzten Woche. Sie entschied sich für die Post, aber außer einigen der üblichen Werbesendungen und einer Einladung zum Juristenball war nichts gekommen. Als nächstes holte sie sich die Post, die auf Grund einer in einem Konkursverfahren verhängten Postsperre bei ihr als Masseverwalterin landete. Diese Post wurde sonst immer von ihrer Assistentin Jolanda vorselektiert, um sie nicht mit dem ganzen Schrott einer ›direct mail‹ versessenen Wirtschaft zu belästigen. Annemarie fand es aber ganz lustig, sich einmal den gesamten Eingang anzusehen. Wer wusste schon, ob und welche Rückschlüsse auf den Schuldner sich aus Art und Umfang des ihm zugehenden Werbematerials ziehen ließen.

Diesmal ging es um einen interessanten Privatkonkurs. Bei dem ihr vom Bezirksgericht Döbling zugewiesenen

»Kunden« handelte es sich um Heribert Marinov, dem zweiten Mann der Witwe des Industriellen G.W. Wondrak. Der hatte seiner Frau mit fünfzehn Kaufhäusern in Bestlagen und dem »Wondrak Versand International« ein gewaltiges Handelsimperium hinterlassen.

Marinov war um einige Jahre jünger als seine Frau und hatte bis Ende September des Vorjahres eine zeitweise recht erfolgreiche Finanz- und Vermögensberatung, die »FSA-Finance Service Austria« als Einzelfirma betrieben. Dank der hervorragenden Kontakte Ingrid Marinov-Wondraks hatte er beste Beziehungen sowohl zum Finanzsektor als auch zur betuchten Klientel. Und diese Beziehungen auch voll genutzt. Mehr als voll, wie einige Insider meinten.

Nach einigen riskanten Geschäften und einem spektakulären Betrugsfall durch einen »Partner«, der sich unbekannten Aufenthaltes abgesetzt hatte, musste sich Marinov mit 1.3 Mio. Euro Überschuldung schließlich als zahlungsunfähig erklären.

Der beim Handelsgericht eingereichte Konkursantrag war mangels Masse abgelehnt worden. Eine Anzeige wegen betrügerischer Krida wurde aus Mangel an Beweisen von der Staatsanwaltschaft zurückgelegt.

Nachdem Marinov auf Grund einer früher erworbenen Anwartschaft sechs Monate Arbeitslosengeld bezogen hatte, war er nun für ein Gehalt von netto 1.432,87 Euro als Chauffeur beim Versandhandel seiner Frau beschäftigt. Außer dem nicht pfändbaren Anteil dieses Gehaltes, das waren knapp mehr als 600 Euro im Monat, war der Pleitier nach eigenen Angaben mittellos.

Wie schön, dass Marinov in der Villa seiner Frau leben,

mit ihrem Mercedes Coupé 500 zum »Arbeitsmarktservice« fahren und sie im Urlaub in das traumhafte Ferienhaus in der Nähe von Positano begleiten durfte, dachte Dr. Sumser nicht ohne Ironie. Oder auch zur herbstlichen Kunstauktion bei Sotheby's in London.

Annemarie Sumser konnte sich nicht vorstellen, wie es dem Mann gelungen war, so viele voll im Geschäftsleben stehende Menschen dazu zu bringen, ihm ihr Geld anzuvertrauen. Sehr viel Geld.

Sie erinnerte sich gut, wie der Mittdreißiger wenige Tage vor Weihnachten bei ihr gesessen und Auskunft auf ihre Fragen gegeben hatte. Er war der Typ des »groß gewordenen Buben«, der noch immer wie ein Zwanzigjähriger aussah, allerdings mit bereits leicht ergrauten Schläfen. Schüchtern, bescheiden und beinahe unsicher wirkend hätte sie ihm eher 5 Euro für ein Eis geschenkt als ihm auch nur 100 Euro zur Veranlagung anzuvertrauen. Aber vielleicht war er auch ein »Chamäleon«, einer dieser Menschen, die immer die für sie günstigste Farbe anlegten.

Aber er hatte das gewisse Etwas. Nicht unbedingt schön, aber attraktiv und sympathisch. Sie konnte gut verstehen, warum ihn seine Frau in ihr Bett gelassen hatte.

Anfang November hatte er Privatkonkurs beantragt und einen Zahlungsplan vorgelegt, mit dem er nach sieben Jahren eine 10-prozentige Quote an die vor allem aus Banken und dem Finanzamt bestehenden Gläubiger leisten wollte. Seine Ingrid hatte eine Garantieerklärung über den entsprechenden Betrag beigesteuert.

Aber Annemarie Sumser hatte so ein Gefühl. Und da

sie aus Erfahrung wusste, dass sie neben ihrem Juristenverstand durchaus auch ihrem Bauch vertrauen durfte, war sie fast sicher, dass dieser charmante Unschuldsengel irgendwo Vermögen hatte. Ein Nummernkonto in der Schweiz, vielleicht irgendwo ein Bestand an leicht transportierbaren Industriediamanten oder ein von Strohmännern angekauftes Immobilienreich in Südamerika. Im Moment wusste sie aber noch nicht, wie sie ihren Verdacht beweisen sollte.

Sie blickte auf den Packen Post mit dem Vermerk »Marinov« und war gespannt, was sie finden würde. Eine Einladung zur Probefahrt mit dem neuesten Modell der Marke X, das Angebot für die Platinkarte Y und die Einladung zum Kongress des IFC, der Vereinigung der »International Finance Consultants« in San Francisco im Mai des Jahres. Daraus würde wohl nichts werden. Dann noch die aktuelle Ausgabe der »Börsen-Messages«, die Ankündigung eines Marktforschungsinstitutes, ihn zum Thema »Sparbuch oder Aktien – Wege zur Kapitalbildung« interviewen zu wollen und eine Mahnung der Katholischen Kirche, die noch immer den Eingang von 144 Euro Kirchenbeitrag vermisste.

Sieh an, ein weiterer Gläubiger. Dr. Sumser freute sich ehrlich, doch noch etwas Konkursrelevantes entdeckt zu haben.

Jetzt lagen da noch das Kuvert einer Bank, eines der Art, mit der die Kontoauszüge verschickt wurden und ein, wie die Optik erkennen ließ, privater Brief. Allerdings ohne Absender.

Bei der »Cosmos-Bank« hatte Marinov tatsächlich ein Guthaben von 14,28 Euro. Damit würde das Kraut auch nicht fetter werden. Abgesehen davon wusste sie von diesem Konto, auf das der unpfändbare Teil von Marinovs Gehalt überwiesen wurde.

Jetzt blieb also nur mehr der Brief. Annemarie schnüffelte vorsichtig daran. Also um einen Liebesbrief handelte es sich offenbar nicht, Liebesbriefe rochen anders. Sie hatte zwar schon lange keinen mehr bekommen, konnte sich aber noch gut erinnern. Sie war froh darüber, denn es war ihr ziemlich peinlich, die intimsten Gedanken eines liebenden Menschen nach verräterischen Angaben durchforsten zu müssen. Vorsichtig öffnete die Anwältin den neutralen Umschlag, nahm ein zweifach gefaltetes Blatt heraus und entfaltete es.

Im ersten Augenblick fühlte sich Annemarie Summser wie aus einem wunderschönen Traum in eine böse, brutale und gemeine Realität gezerrt. Dabei musste eigentlich, was sie vor sich sah, ein Traum sein. Der schlimmste Albtraum, den sie sich im Augenblick vorstellen konnte.

HALLO MISTKERL
WENN DU AMELIE NOCH EINMAL LEBEND SEHEN WILLST, DANN LASS AM FREITAG 250.000 EURO RÜBERWACHSEN. UND KEINEN CENT WENIGER.
ALLES NÄHERE FOLGT.
UND KEINE POLIZEI, SONST …

Der in erstaunlich ungelenker Blockschrift verfassten Botschaft war ein Sofortbild beigefügt, auf dem eine vielleicht 20 – 25 jährige Frau zu sehen war. Eine Frau, deren

Augen verbunden waren und die eine weiße Tafel mit der Aufschrift »Hilf mir« in Händen hielt.

Nach einigen Schrecksekunden meldete sich Dr. Summers bewährter Verstand und forderte hartnäckig, auf der Stelle die Polizei zu verständigen. Dagegen sprach sich aber sofort ihr nicht weniger profilierter Bauch mit einem nicht von der Hand zu weisenden »Nur nicht hudeln, erst einmal nachdenken. Porzellan war rasch zerschlagen und nur schwer wieder zu kitten« aus und spielte den Ball damit wieder zurück zum Kopf.

Dankbar für die so gewonnene Zeit ließ sie sich einige Szenarien durch den Kopf gehen. War das vielleicht nur ein bislang ihres Wissens nach noch nie beschrittener Weg eines innovativen »Spaßvogels«, einen Anwalt in Verlegenheit oder noch Ärgeres zu stürzen?

Möglich, aber unwahrscheinlich. Der Absender hätte wissen müssen, dass sämtliche an Marinov adressierte Post durch die Post-Sperre auf ihrem oder dem Schreibtisch eines anderen Anwaltes landen würde. Mit dieser beschämenden Einschränkung der eigenen Verfügungsgewalt gingen die Betroffenen in der Regel sehr verschlossen um. Der Kreis der als Täter in Frage kommenden Personen wäre ganz klein und auf die unmittelbare Umgebung Marinovs zu beschränken. Außer man rechnete den Richter und seine Mitarbeiter dazu. Und den Vorstand des zuständigen Postamtes sowie die dort Beschäftigten. Da kam doch eine ganz schöne Zahl zusammen. Ferner waren dann noch jene Personen zu berücksichtigen, die die Insolvenzdatei oder die Aushänge am Bezirksgericht lasen. Sie hatte keine Ahnung, wie viele das sein konnten. Aber sicher eine ganze Menge. So kam sie also nicht weiter.

Dann das Foto. Sicher, so was ließ sich unschwer stellen. Wie echt Fakes wirkten, davon konnte sich jeder selbst im Internet überzeugen. Die Echtheit war aber ohne nähere Untersuchung auch nicht auszuschließen. Solange das Gegenteil nicht bewiesen war, musste man davon ausgehen, dass das Bild echt war.

Eine wichtige Frage war auch: Warum sollte sich jemand die Mühe machen, einen Anwalt, das Objekt seines Scherzes in einen Gewissenskonflikt oder eine noch blödere Situation bringen zu wollen? Vielleicht, um sich an eben diesem Konflikt zu weiden. Das mochte schon sein. Bloß wer hatte die Möglichkeit, die Entwicklung von einem Platz aus zu beobachten, von dem aus man auch alles gut sehen konnte?

Sie ging also einmal davon aus, dass der Brief ernst zu nehmen war. Falls Sie jetzt die Polizei verständigte, griff sie in den autonomen Entscheidungsbereich Marinovs ein. Sie durfte zwar seine Post lesen, nicht aber irgendwelche Entscheidungen für ihn treffen. Was wäre, wenn die Sache schief ging und Amelia was immer auch zustieß? Daran wollte sie gar nicht erst denken.

Andererseits war sie als Anwältin ein Organ der Rechtspflege und als solches verpflichtet, jede Gesetzesverletzung, die nicht unter die Schweigepflicht fiel, den zuständigen Behörden zu melden. Falls sie dies unterließ, verstieß sie gegen das Gesetz und würde schon einen guten Grund dafür nennen müssen. Wenn dieser Amelia etwas passierte, sogar einen sehr guten.

Konnte man vielleicht mit »übergesetzlichem Notstand« argumentieren, sie suchte fieberhaft nach einem Ausweg. Dazu kamen aber auch noch ihre Pflichten als

Masseverwalterin und die zumindest theoretische Chance, an weiteres Geld für die Gläubiger heran zu kommen. Der Spagat, der von ihr erwartet wurde, versprach übermenschlich zu werden. Die Quadratur des Kreises war ein Klacks dagegen.

Ihre Gedanken drehten sich im Kreis und sie fand keinen Punkt, an dem sie sich hätte anhalten, aus dem Karussell aussteigen können. Daher tat sie, was sich in vergleichbaren Situationen bereits bewährt hatte. Sie holte sich frischen Kaffee, legte die Beine hoch und schloss die Augen. Für einige Minuten widmete sie sich dem, was sich »Autogenes Training« nannte.

*

Wegen des dichten Schneefalls, der dadurch bedingten hochwinterlichen Fahrbahn und vor allem der nicht aufgezogenen Winterreifen benötigte Palinski fast zwei Stunden, bis er im Gasthof »Schmutzenthaler« in Wilhelmsburg eintraf. Er traf Wallner und Franca Aigner im großen Stüberl im Gespräch mit den beiden örtlichen Gendarmen und einigen Einheimischen an.

Alle hatten die junge Frau schon im Ort gesehen, zum Teil auch gesprochen. Sie sprach recht gut Deutsch, allerdings mit deutlichem Akzent, stammte wahrscheinlich vom Balkan. Und vermutlich lautete ihr Vorname Elena.

Das einzige, was nicht bekannt war, ja, worüber nicht einmal seriöse Vermutungen möglich schienen, war ihre Wohnadresse. Wallner hatte den Anwesenden daher die Methode der »negativen Selektion« vorgeschlagen, was die Angelegenheit eher langwierig machte. Gemeinsam mit den Gendarmen gingen die Einheimischen den ganzen Ort durch und schlossen alle jene Adressen aus, an welchen die junge Frau sicher nicht zu Hause war.

Bei Palinskis Eintreffen hatte man immerhin schon die eigentliche Stadt ausgeschlossen und war bereits bei den Siedlungen am Stadtrand angelangt.

Ein Blick auf die Uhr verriet Franca, dass das Baby im Fall der Fälle jetzt bereits 40 Stunden und länger alleine war. Ihre Stimmung war simpel zu beschreiben, sie hatte schlicht und einfach Angst um das Kind und übertrug ihr Gefühl ungewollt auch auf die Anderen.

Plötzlich winkte ein neben dem Eingang sitzender Einheimischer ganz aufgeregt ins Gastzimmer hinaus und rief »Koarl, Koarl, Dein Typ ist gefragt.« »Koarl« erwies sich als Karl Bergmann, Postbote und nach weniger als einer Minute auch als Retter in höchster Not.

»Ja, die junge Frau wohnt do draußn in der alten Werkssiedlung Richtung Göblasbruck«, wusste der wahre Postfuchs sozusagen aus dem Stand. Franca sprang auf, umarmte ihn und drückte dem Überraschten ein Bussi auf jede Wange.

Zwanzig Minuten später war alles gelaufen. Die alte Oma weinte vor Erleichterung, dass endlich jemand gekommen war und Franca wiegte den etwas geschwächten, aber durchaus wohlauf wirkenden kleinen Anton in ihren Armen.

Eine halbe Stunde später wurden die beiden der Obhut des Krankenhauses in Lilienfeld übergeben. Zwei weitere Stunden später war auch der Dolmetscher aus St.Pölten eingetroffen und der Befragung der nur griechisch sprechenden Großmutter durch Wallner und die hiesige Gendarmerie stand nichts mehr im Wege. Zu diesem Zeitpunkt war Palinski aber schon fast wieder in Wien.

*

Ein herrliches Gefühl, endlich ist das Baby wieder aufgetaucht und diese irrsinnige Suche hat ein Ende. Das ist ja gerade noch einmal gut ausgegangen. Aber der Zustand der Omama war ja auch nicht berauschend. Für die war es schon an der Zeit, dass sich jemand um sie kümmert.

Jetzt steht einem erholsamen Sonntagnachmittag hoffentlich nicht mehr im Wege. Am liebsten möchte ich mich aufs Ohr hauen und einige Stunden schlafen. Seit die Spannung weg ist, fühle ich mich hundsmüde.

Vielleicht sollten wir einige Tage wegfahren. Gleich morgen bis zum Wochenende. Allerdings ist da ja noch der Fall »Elena« zu klären. Aber das schafft Helmut sicher alleine. Ab morgen ist auch Martin Sandegger wieder im Dienst. Andererseits juckt es mich schon, dieses miese Schwein zu finden oder zumindest daran mitzuwirken.

Was ist eigentlich mit ›Miki‹ Schneckenburger los? Gut, er ist mit der Familie in Südfrankreich. Aber auch dort gibt es Handymaste und guten Empfang. Vielleicht hätte ich ihn zu Silvester anrufen sollen. Wann wollte er wieder zurück sein? Also wir werden uns einfach zusammensetzen und Neujahr nachfeiern.

Eigentlich war die Babysuche ein riesiger Erfolg. Abgesehen von dem kleinen Anton sind an die zwanzig kleine Kinder gefunden worden, die mehr oder weniger in Not waren. Neun Anzeigen wegen vernachlässigter Aufsichtspflicht und zusätzlich zwei wegen Verdachts der Kindesmisshandlung sprachen eine deutliche Sprache. Eigentlich sollte man jeden Monat eine derartige Suche durchführen. Ohne Vorankündigung.

Was ist das? Ein Stau, hoffentlich nichts Gröberes. Langsam abbremsen, die Fahrbahn ist ziemlich glatt und meine Reifen lieben nur den Sommer. Die Polizei da vorne und der Rettungswagen sind kein gutes Zeichen. Da muss etwas Schlimmeres passiert sein. Gott sei Dank ist der Verkehr heute nicht so stark wie während der Woche.

Wenn ich schon nicht weiterfahren kann, kann ich gleich ein paar Telefonate erledigen. Für Leute ohne Freisprechanlage ist ein Stau die perfekte Gelegenheit zu kommunizieren.

Wo ist denn bloß mein Handy? Habe ich das möglicherweise heute Morgen nicht aus dem Büro geholt? Habe ich nicht. Also dann genießen wir einfach den tief verschneiten Wienerwald und hoffen, dass es bald weitergeht.

*

Die fünfzehn Minuten Autogenes Training hatten zwar keine Wunder bewirkt, der Anwältin aber klar gemacht, dass sie mit jemandem ihres Vertrauens über das Problem sprechen musste. Mit jemandem, der ihr Problem verstand und nicht sofort selbst die Polizei rief. Ihr war klar, dass die Zeit drängte, denn spätestens morgen musste sie Marinov über das Schreiben informieren. Die Zeit bis dahin wollte sie aber nutzen.

In Gedanken ging sie ihren Bekanntenkreis auf möglicherweise geeignete Gesprächspartner durch. Die erste Sichtungsrunde verlief erfolglos. Sie ging weiter in ihre Vergangenheit zurück und vergrößerte damit das vorhandene Potential nicht unwesentlich. Aber noch immer drängte sich niemand so richtig auf. Da fiel ihr der Michi ein, ein Studienkollege, mit dem sie einige Male ausgegangen und einen harmlosen Flirt gehabt hatte. Das war auch schon wieder fast 18 Jahre her. Sie erinnerte sich dunkel, irgendwo gelesen zu haben, dass er jetzt ein relativ hohes Tier im Innenministerium war. Wie hieß er bloß mit Nachnamen? Ach ja, Schneckenburger, Michael Schneckenburger. Hoffentlich stand er im Telefonbuch und war zu Hause. Sie hatte zwei Mal Glück und drei Minuten später ihren alten Studienfreund am Apparat.

»Schneckenburger«, tönte es am anderen Ende der Leitung.

»Hier spricht Annemarie Sumser, ich weiß nicht, ob du dich noch an mich erinnerst«, fühlte sie vorsichtig vor.

»Sumsi, bist du's«, er schien sich richtig zu freuen, ihre Stimme zu hören. »Du hast Glück, wir sind gerade erst aus Lackenhof zurückgekommen. Ein paar Tage auslüften. Wie lange ist es her, dass wir im Atrium die Nächte durchgetanzt haben? Fast zwanzig Jahre, gell?«

Kein Mensch hatte sie je zuvor »Sumsi« genannt, er schon gar nicht. Dazu war er viel zu verklemmt gewesen. Aber bitte, wenn es der Sache diente.

»Ja, ich bins Schnecki«, das hatte sie sich nicht verkneifen können. Im Hintergrund hörte sie ein Kind schreien. »Wie ich höre, bist du sesshaft geworden und hast Familie.«

»Ja. Mit Moni bin ich seit drei Jahren verheiratet und Lukas ist jetzt bald vier Monate alt. Ich kann dir sagen …«

Annemarie Sumser war durchaus an Schneckenburgers Ausführungen interessiert, aber bitte nicht jetzt.

»Entschuldige Michael, wenn ich dich unterbreche« warf sie ein, »aber ich habe ein riesiges Problem und das brennt mir verdammt unter den Fingernägeln. Sonst hätte ich es nie gewagt, dich nach so langer Zeit ausgerechnet an einem Sonntag zu stören.«

»Na dann schieß einmal los«, empfahl ihr der Studienkollege.

Und Annemarie legte so geschickt los, wie es nur Anwälte können. Sie sagte exakt soviel, dass ihr Gesprächspartner das Problem und seine Tragweite erkennen konnte und doch so wenig, dass er jederzeit behaupten konnte, von nichts gewusst zu haben. Und das, ohne wirklich lügen zu müssen.

»Alles klar«, erklärte der Ministerialrat. »Ich fürchte nur, ich kann dir da nicht helfen, ohne in einen ausgewachsenen Interessenskonflikt zu schlittern. Ich glaube aber, ich kenne den idealen Gesprächspartner für dich. Gib mir deine Telefonnummer, ich werde schauen, dass er sich noch heute mit dir in Verbindung setzt. Du musst uns übrigens unbedingt einmal besuchen.«

*

Es war bereits nach 15 Uhr, als Palinski in Wien eintraf. Der Unfall auf der Autobahn hatte mehr als eine Stunde Wartezeit und nach Angaben des Verkehrsfunks einen Stau von fast 9 Kilometern bewirkt. Aber jetzt war er zu Hause, vor seinem »Institut für Krimiliteranalogie« und in Kürze auch bei Wilma und den Kindern.

Ehe er die drei Stockwerke ohne Lift in Angriff nahm, wollte er aber noch ins Büro. Sein Handy holen, nachsehen, ob sich vielleicht Wallner oder sonst wer gemeldet hatte und vielleicht auch einen wirklich guten Cappuccino trinken. Diese italienische Kaffeemaschine, die er vor einigen Monaten gekauft hatte, war sogar noch besser als der Verkäufer versichert hatte.

Im Eingangsbereich zur Stiege 3 roch es leicht säuerlich. Typischer Geruch nach Kotze, fand Palinski. Wahrscheinlich hatte einer der mehr feucht als fröhlichen Silvestergäste eines seiner Nachbarn irgendwo eine unverkennbare Markierung hinterlassen. Ob er Frau Pitzal anrufen sollte? Andererseits, wie kam die gute Frau dazu, sich auch am Sonntag um jeden Dreck kümmern zu müssen?

Jetzt tauchte er tief in die warme, heimelige Atmosphäre seines Büros ein, in dem er bis vor wenigen Monaten auch gewohnt hatte. Bis zu seiner »Verlobung« mit Wilma. Seither logierte er fast ausschließlich in der Wohnung seiner Familie. Und genoss diese ständige Nähe zu der Frau, die er liebte. Andererseits vermisste er gelegentlich diese ruhigen Abende am Computer, den regen Austausch mit seinem Online-Freund Will Scott in den USA, die italienischen Opern, gegen die seine Kinder rebellierten. Und auf die vorwurfsvollen Blicke Wilmas, wenn er sich vielleicht gar noch ein drittes

Glas Wein genehmigte, konnte er auch verzichten. Man konnte eben nicht alles haben.

Tatsächlich, Wallner hatte sogar schon zwei Nachrichten auf Band hinterlassen. Er hätte Palinski am Handy nicht erreichen können. Na wie auch, das lag ja hier im Büro. Es gäbe interessante neue Hinweise im Fall »Elena Kalkonides.« Kalkonides, das war offenbar der Nachname der toten jungen Frau. Wenn es möglich wäre, sollte Palinski ihn um 19 Uhr im Kommissariat treffen. Gut, dachte sich dieser, das sollte sich einrichten lassen.

Ja, wer war denn das? Freund Schneckenburger, der ihm wohl mit Verspätung alles Gute zum Neuen Jahr wünschen wollte. War er also doch schon wieder aus Frankreich zurück. Oder? Was war das für ein Quatsch von der »schönen Frau, die deine Hilfe braucht.« Da war Moni Schneckenburger sicher gerade nicht in Hörweite gewesen. Die Gute war angeblich unwahrscheinlich eifersüchtig. Aha, eine Anwältin namens Dr. Annemarie Sumser benötigte dringend seine Hilfe in einer sehr delikaten Angelegenheit. Dazu eine 369er Telefonnummer, die Dame musste ihren Apparat also irgendwo ganz in der Nähe haben.

»So, jetzt ist das Futter für den lieben Miki endlich fertig«, leitete der Freund die Abschiedssequenz ein. »Es gibt einen herrlichen Rehrücken mit Kroketten und Preiselbeeren. Wäre nett, wenn du hier wärst. Also dann bis demnächst.«

Die letzte Bemerkung hatte Palinski in Erinnerung gerufen, dass auch er seit dem verunglückten Frühstück heute noch nichts gegessen hatte. Ein Besuch bei »Mama Maria«, seinem Lieblingsitaliener, der noch dazu genau vis a vis des Hauses lag, wäre jetzt genau das Richtige. Dann wollen wir einmal schauen, ob die Frau Anwältin schon gegessen hat, dachte er und begann, die Nummer zu wählen.

*

Der Mann, der Elena Kalkonides geschlagen, getreten, gefesselt und dann in einen Müllcontainer geworfen hatte, saß in seinem PKW. Wie mit dem Unbekannten vereinbart, der ihn vor etwa einer Stunde angerufen hatte, war der Wagen so in der Einfahrt geparkt, dass die Fahrertüre nicht geöffnet werden konnte, die dahinter befindliche Türe aber schon. Darüber hinaus hatte er den Rückspiegel mit einem Tuch verhängt, Ganz so, wie es verlangt worden war. Da der PKW häufig in der Einfahrt stand, fiel das spezielle Arrangement den vorbeigehenden Passanten nicht weiter auf.

Ein Blick auf die Uhr verriet dem Mann, dass die vom Anrufer angegebene Zeit bereits um zehn Minuten überschritten war. Plötzlich wurde die hintere Türe geöffnet und eine Person nahm auf der Rückbank Platz.

»Drehen Sie sich bloß nicht um, sonst haben Sie ein Messer im Hals«, sagte eine dumpfe Stimme unter dem dicken Schal, der das Gesicht fast völlig bedeckte.

»Was wollen Sie eigentlich von mir?«, wollte sich Elenas Totschläger dumm stellen. »Ich habe keine Ahnung, wer diese Frau sein soll, von der Sie gesprochen haben.«

»Alleine dass Sie hier sind und nicht die Polizei verständigt haben, beweist mir, dass Sie ganz genau wissen, wovon ich gesprochen habe. Sie hätten halt Ihr idiotisches Kapperl abnehmen sollen, ehe Sie den Container quer durch Grinzing geschoben haben.« Der Vermummte lachte in seinen Schal hinein. »Damit waren Sie so auffällig wie ein Eskimo in der Karibik.«

»Und was wollen Sie von mir? Wollen Sie mich bei der Polizei anzeigen?«, der Mann fasste seinen ganzen Mut für die nächste Bemerkung zusammen. »Da steht dann mein Wort gegen Ihres. Ich weiß zwar nicht, wer Sie sind. Aber meine Familie ist sehr angesehen und unser Wort gilt sicher mehr als Ihres.«

»Wollen Sie es darauf ankommen lassen? Vielleicht wiegt mein Wort wirklich nicht so viel wie Ihres. Aber die Polizei wird anfangen, zu untersuchen und sicher auch etwas finden. Die Tat soll ja im Affekt erfolgt sein. Da haben Sie sicher keine Handschuhe getragen und daher Fingerabdrücke hinterlassen. Und denen glaubt die Polizei dann ganz sicher.« Er schickte sich an, wieder auszusteigen.

»Nein, warten Sie«, entfuhr es dem Mann aus angesehener Familie. »Was wollen Sie von mir? Geld? Meine Familie ist zwar nicht arm, aber so wohlhabend, wie unser Betrieb vermuten lässt, sind wir nicht. Ich kann höchstens ein paar Tausend Euro auftreiben.«

»Ach, ich bin nicht unbescheiden. 1.000 Euro genügen mir.« Der Erpresste machte einen erleichterten Eindruck, den der nächste Halbsatz des Erpressers allerdings wieder zunichte machte. Zum Teil zumindest.

»Pro Monat, versteht sich.«

Aber auch damit glaubte der Erpresste, leben zu können. Sein Gehalt war zwar nicht so üppig. Notfalls konnte er aber einiges von dem Klumpert verkaufen, von dem jede Menge am Dachboden und in dem alten Schuppen am Ende des Gartens herumlag. Das alte Zeug brachte erstaunlich viel Geld, wie er bereits aus Erfahrung wusste.

»Sind wir uns einig?«, wollte der Vermummte jetzt wissen.

»Na gut, ich werde bezahlen«, willigte der Mann ein, froh, so relativ billig davon gekommen zu sein. »Wann wollen Sie die erste Rate haben?«

»Am besten gleich, ich muss heute noch einiges bezahlen.«

»Ich habe jetzt aber nicht genug mit und vom Bankomaten bekomme ich nicht soviel.«

»Wie viel haben Sie bei sich«, zeigte sich der Erpresser scheinbar kompromissbereit.

Es waren nur 150 Euro und ein paar Zerquetschte, die der Mann in seinem Börsel fand.

»Gut, ich nehme die 150 als Zinsen, die 1.000 bekomme ich morgen Abend um 22 Uhr am Parkplatz beim Krapfenwaldl-Bad.« Er steckte das Geld weg und beachtete den leisen Protest seines Opfers gegen die Verzinsung nicht weiter.

Eine Minute später war er ausgestiegen und unerkannt in der Menge der nachmittäglichen Spaziergänger verschwunden.

»So eine Scheiße«, knurrte der Erpresste, »aber nicht mit mir. Mit mir nicht.«

*

Annemarie Sumser war begeistert von »Mama Maria.« Obwohl ihr Büro nur einige Minuten von dem Restaurant entfernt war und sie italienische Küche liebte, hatte sie noch nie hier gegessen. Ja, sie hatte nicht einmal von der Existenz des Lokales gewusst. Palinski hatte der aus Währing »einpendelnden« Anwältin das so erklärt:

»Die Billrothstraße ist eine und die Döblinger Hauptstraße eine andere Sache. Das sind zwei Welten für sich«, hatte er ihr erklärt. »Die Anwohner suchen die jeweils andere Straße nur auf, wenn sie unbedingt müssen. Alle Bedürfnisse, die man in ›seiner‹ Straße befriedigen kann, werden auch dort befriedigt. Oder sonst wo, sicher aber nicht in der nur 5 Minuten Fußmarsch entfernten »anderen« Straße. Das ist Kantönligeist auf Mikroebene.«

»Sie sind hier ja mehr als nur Stammgast«, kommentierte die Anwältin die liebevolle Betreuung Palinskis und seines Gastes durch die Chefin höchstpersönlich.

»Ja, sie hat mich ins Herz geschlossen. Ich bin so eine Art »Reservebutzi« für sie, weil sie ohnehin nur vier Söhne hat«, er lachte. Sie ist aber auch eine besonders liebe Frau, meine Mama Maria.«

Gemeinsam hatten sich die beiden durch die umfangreiche Pastaabteilung der Speisekarte gekämpft, immer nur eine Portion, aber zwei Teller bitte. Dazu der hervorragende Barolo, der gar nicht auf der Karte stand und besonderen Gästen vorbehalten blieb. Und weil es so schön war, gönnte sich Annemarie als krönende Sünde noch einen herrlichen »Macedonia di frutta con panna«, während sich Palinski mit einem Grappa begnügte.

»Pffff«, blies die Anwältin hörbar aus, »jetzt bin ich aber voll. Das bedeutet wieder eine Woche lang Joghurt und Knäckebrot.«

»Um Himmels willen, mit Ihrer Figur können Sie doch essen, was Sie wollen.« Er betrachtete die gut proportionierten geschätzten 70 Kilogramm der mindestens 1,80 großen Frau. Jetzt musste er sich langsam zurückhalten, ermahnte er sich. Sonst würde er noch anfangen, mit dieser beeindruckenden Person zu flirten. Erstens waren sie nicht dazu da und zweitens würde das Wilma gar nicht gut gefallen. Oder war es ohnehin zu spät und er flirtete schon die ganze Zeit?

Der Anwältin war das potentielle Interesse ihres Gegenübers natürlich nicht entgangen. Im Gegenteil, sie hatte die letzte Stunde genossen wie schon lange kein Zusammensein mit einem Mann. Ja, sie hatte sogar Heribert Marinov und ihr Problem in diesem Zusammenhang völlig vergessen. Jetzt aber war ihr das Dilemma, in dem sie sich befand, wieder voll bewusst.

»Ich glaube, wir sollten jetzt langsam über Ihre Sorgen sprechen.« Palinski war ihr zuvorgekommen. »Mein Freund Schneckenburger hat Ihr Anliegen ja sehr dramatisch angekündigt.«

»Und damit hat er auch nicht übertrieben«, bekräftigte Dr. Sumser und begann, den komplizierten Sachverhalt zu schildern.

*

In Wallners Büro waren inzwischen die Berichte der Spurensicherung, des gerichtsmedizinischen Instituts und der Beamten Hellmer und Bartinek eingelangt. Außerdem war die Meldung des Koat Ottakring eingetroffen, dass sich eine Frau Irene Sobotka gemeldet hatte und nach Einvernahme wegen Vernachlässigung der Aufsichtspflicht angezeigt worden war. Ebenso ihre Schwester Martha Wagler. Die beiden Kinder der Sobotka waren direkt aus dem Krankenhaus in die Obhut des Jugendamtes übergeben worden.

»Also was wissen wir bis jetzt alles«, sagte Wallner mehr zu sich selbst, denn außer ihm war nur noch Franca in seinem Büro. Er stand auf und begann, in dem relativ kleinen Raum auf und ab zu gehen.

»Elena Kalkonides wurde im Alter von 16 Jahren von ihrem Vater, einem gewissen Werner Jacusek, nach Österreich geholt. Die alte Oma durfte mitkommen. Die ›neue Familie‹ bezog eine kleine, billige Wohnung außerhalb von Wilhelmsburg. Als Monteur ist Jacusek häufig auf Auslandseinsatz, so auch jetzt in Polen.«

Er unterbrach sich, um einen Schluck Wasser zu nehmen. »Den müssen wir auch noch verständigen. Elena war also mehr oder weniger auf sich selbst gestellt, da die Großmutter außer im Haushalt keinerlei Hilfe darstellt, im Gegenteil. Mit 19 Jahren hat sie einen jungen Mann kennen gelernt, der der Oma nur unter dem Namen »Blaggi« bekannt ist. Dabei handelt es sich offensichtlich um einen Spitznamen. Der junge Mann ist angeblich ein wichtiger Gastronom in Wien, Juniorchef in einem großen Betrieb. Sein Alter ist nicht bekannt. Elena wurde schwanger und entband am 3. November letzten Jahres einen Buben, der Anton getauft wurde. Nach dem Großvater ›Blaggis‹, den er nach Angaben Elenas sehr geliebt haben muss. Da sich ›Blaggi‹ und Elena schon zu einem Zeitpunkt getrennt haben, als ihr Zustand noch nicht erkennbar gewesen sein dürfte, wusste

›Blaggi‹ nicht, dass er Vater geworden war oder wusste es zumindest bis vor kurzem noch nicht.«

Aus Stolz oder anderen, nicht bekannten Motiven hatte Elena den werdenden Vater zunächst nicht informiert. Nach der Geburt war die finanzielle Situation der kleinen Familie in Wilhelmsburg aber so prekär geworden, dass sie ihren Stolz aufgeben und den Vater des Kindes informieren hatte müssen. Vor allem auch, um ihn zur Zahlung von Alimenten zu veranlassen.

»Ein Besuch Ende November und zwei vor Weihnachten endeten erfolglos«, setzte Wallner fort, »angeblich konnte Elena ›Blaggi‹ nicht antreffen. Am Silvestertag beschloss sie, nochmals nach Wien zu fahren und ihr Glück zu probieren. Der Busfahrer Walter Kleemann hat ausgesagt, dass Elena den Bus am 31.12. gegen 15.45 Uhr am Hauptplatz in Wilhelmsburg bestiegen und gegen 16.15 Uhr am Bahnhofsplatz in St.Pölten wieder verlassen hat. Am nächsten Morgen wurde sie in Grinzing tot aufgefunden. Was hat sich in der Zeit dazwischen abgespielt?«

Wallner hatte seinen Monolog beendet, die längste zusammenhängende Rede, die Franca Aigner je von ihrem Freund gehört hatte. Sie war fast versucht, zu applaudieren. »Sehr gut. Wenn du so weiter machst, wirst du es noch bis zur Polizeiakademie bringen, Liebling.«

Aber Wallner war im Moment nicht zum Scherzen zu Mute. Dieser Fall setzte ihm mehr zu als alle bisherigen, bei denen sie ihn bisher beobachtet hatte. Wahrscheinlich war es das Kind, das den Unterschied ausmachte.

»Von der Studentin Melinda Mayer haben wir erfahren, dass sie ihre Anzeige ›Babysitten zu Silvester‹ an drei

Containern angebracht hat. Einer davon steht noch bei der Endstelle der Straßenbahn, der zweite in der Nähe der Kirche. Der Container, der beim Trummelhof stand, ist dagegen verschwunden. Den hat der Täter am Rückweg mitgenommen und hinten im Hof des ›Kutscherhauses‹ abgestellt.«

Wallner beendete das enervierende Auf- und Abgehen und nahm wieder an seinem Schreibtisch Platz. »Also dann schauen wir einmal, was uns die Berichte da«, er deutete auf den kleinen Stapel vor sich, »alles zu dem Fall mitteilen können.« Als erstes nahm er sich den Umschlag der Spurensicherung vor und vertiefte sich in die Expertise.

*

»Gestatten Sie mir einen derben, aber einzig dieser Situation gerecht werdenden Ausdruck zu verwenden, Annemarie?« Palinski suchte Zeit zu gewinnen, um Nachzudenken. Ein Problem dieser Komplexität war ihm in der Praxis noch nie untergekommen.

»Sie meinen, es ist eine Scheißsituation«, nahm Dr. Sumser seine Klassifikation vorweg. »Damit haben Sie völlig recht, Mario. Können Sie mir helfen, aus dieser Situation wieder einigermaßen ohne Schaden heraus zu kommen?«

»Wenn möglich, dann gerne. Zunächst müssen wir aber überlegen, wie ich Ihnen helfen kann.« Er kratzte sich an der Stirne und zuckte fragend mit den Achseln. »Ich kann das im Moment noch nicht sehen.«

Die beiden schwiegen einige Minuten vor sich hin. Dann meldete sich Palinski wieder zu Wort. »Wenn ich richtig verstanden habe, würde es Ihnen sehr helfen, wenn Sie nichts von dem Erpresserbrief wüssten. Offiziell zumindest.«

Das heftige Nicken der Anwältin bestätigte seine Annahme. »Genau das ist der Punkt. Aber ich weiß nun einmal von dem Brief und vor allem von seinem Inhalt. Dieses Paket kann mir niemand mehr abnehmen.«

»Ja und nein«, überlegte Palinski. »Wissen Sie, ob das für die Exekution der Postsperre zuständige Postamt detaillierte Aufzeichnungen über die an Sie weitergeleiteten Poststücke gemacht hat?«, wollte er wissen.

»Keine Ahnung«, meinte die Anwältin, »ich kann mir das aber nicht vorstellen. Die Post hätte sehr viel damit zu tun, gerade in letzter Zeit, Aber das kann ich in Erfahrung bringen.«

»Gut«, Palinski hatte endlich eine Idee. Noch unausgegoren, wahrscheinlich unverantwortlich, auf alle Fälle aber spannend. »Ich habe ein Postfach beim selben Amt. Es vergeht kaum eine Woche, ohne dass sich nicht ein an jemanden anderen adressiertes Poststück in mein Fach verirrt. Der Fachausdruck dafür lautet Fehlkartierung.«

»Ich kenne das, das passiert uns auch gelegentlich«, bestätigte die Anwältin, die bereits ahnte, worauf Palinski hinauswollte. »Aber das geht doch nicht. Oder? Immerhin ist der Brief ja schon geöffnet worden.«

»Na und?«, widersprach er, »der Umschlag war in meinem Fach und ich habe ihn irrtümlich geöffnet. Erst nachher bemerkt, dass man nicht an mein Erspartes heran will. Da kann mir niemand einen Vorwurf machen.«

»Und das würden Sie auf sich nehmen?«

»Ja, warum nicht?«

»Anders herum gefragt. Warum sollten Sie das für mich tun?«, die Anwältin ließ nicht locker.

»Ich bitte Sie, ganz ohne Hintergedanken. Das ist doch keine große Sache. Ich rufe den Mann morgen an, er holt sich das Schreiben bei mir ab und die Sache ist erledigt.«

Palinski sollte diesen Satz bis zu seinem Lebensende in Erinnerung behalten. Als Beispiel eklatanter Fehleinschätzung einer zukünftigen Situation und ihrer Folgen.

»Und was würden Sie für diese ungewöhnliche Dienstleistung verlangen?« Die Anwältin wusste, dass es in dieser Welt keine Geschenke gab.

»Gar nichts, oder doch. Wenn alles vorüber ist, laden Sie mich auf eine Pizza und ein Glas Rotwein ein.« Palinski grinste sie spitzbübisch an. »Oder ist das zu viel?«

Annemarie lachte befreit auf. »Und das bleibt völlig unter uns?«

»Großes Indianer-Ehrenwort«, versprach er, hob die rechte Hand wie zum Schwur und legte die Linke dort hin, wo sein Herz nicht war.

»Aber ein wirklich gutes Gefühl habe ich nicht dabei«, gestand die Anwältin ein.

»Das ist auch nicht die Frage«, konterte Palinski. »Die lautet vielmehr: Fühlen Sie sich jetzt besser als vor 10 Minuten?«

»Das schon«, Annemarie lachte, »aber das ist auch nicht schwierig.«

*

Was, es ist schon kurz vor 6 Uhr abends? Da habe ich ja mehr als zwei Stunden mit dieser Anwältin geschmaust. Eine sowohl attraktive als auch intelligente Person. Also wenn ich ungebunden wäre, dann wäre die gute Annemarie schon eine Überlegung wert.

Ich weiß nicht recht, soll ich jetzt in die Wohnung hinauf. Wilma wird ziemlich verärgert sein, dass ich heute wieder kaum Zeit für sie und die Kinder gehabt habe. Zumindest anrufen hätte ich schon einmal können. Andererseits, wenn ich jetzt hinauf komme, nur um ihr zu sagen, dass ich gleich wieder gehen muss, wirkt das sicher provozierend. Mich würde das aufregen.

Besser ich rufe vorerst an und lote die Stimmung aus. Dann kann ich mir immer noch überlegen, was ich mache.

Schon acht Klingelzeichen und keiner hebt ab. Was ist da los? Versuchen wir es einmal auf dem Handy. Was, der Teilnehmer ist im Moment nicht erreichbar. Please try it a little bit later again. Also gut, tryen wirs halt a little bit later noch einmal.

*

Als Palinski kurz nach 19 Uhr im Kommissariat auf der Hohen Warte eintraf, hatte er eine spannende Fahrt mit der Straßenbahn hinter sich. Der starke Schneefall hatte fast den ganzen Tag über angehalten. Die ab Mittag mit einer Strömung aus dem Südwesten Europas eingetroffenen wärmeren Temperaturen hatten auf den Straßen zu Schmelzwasserbildung geführt. Gegen Abend war es wieder kälter geworden und das Wasser hatte sich zu Eis verwandelt. Der wieder einsetzende Schneefall hatte die Straßen Wiens in einen einzigen, gigantischen Eislaufplatz verwandelt, auf dem sich die dünne Schneeschicht zusätzlich noch wie Schmierseife auswirkte. Ein gewaltiges Verkehrschaos war die logische Folge. Selbst die mehrere Tonnen schwere Tramway, die mit Palinski noch um rund 100 Kilogramm mehr wog, hatte ernsthafte Schwierigkeiten, die Steigung ab der Kreuzung Ruthgasse/Barawitzkagasse zu bewältigen.

Im Kommissariat Hohe Warte hatte man ein anderes Problem. Als Palinski das Gebäude betreten wollte, herrschte, abgesehen vom kuscheligen Licht einiger Kerzen und den fokussierten Lichtstrahlen einzelner Taschenlampen, totale Finsternis. Der diensthabende Beamte am Eingang verwehrte ihm zunächst den sonst ungehinderten Zutritt und leuchtete ihm ins Gesicht. »Ach, Sie sind es Herr Palinski. Entschuldigen Sie, aber bei dieser Dunkelheit kann man nicht vorsichtig genug sein.« Dann durfte er passieren.

Im gut geheizten Büro verbreiteten drei Kerzen eine angenehme, völlig im Widerspruch zur normalen Bestimmung des Raumes stehende Stimmung. Jetzt fehlten nur noch Punsch und einige Kekse und die Szene wäre locker als Weihnachtsfeier durchgegangen.

Nachdem ihn Wallner über die Ergebnisse der Befragung von Elenas Großmutter informiert hatte, ging es rasch in medias res.

»Die Fingerabdrücke auf dem Klebeband, mit dem Elena gefesselt worden war, sind leider unbrauchbar«, führte der Inspektor aus, »alle verwischt bzw. mit Fett bedeckt. So, als ob der oder die Person fettige Finger gehabt hätte.«

»So wie jemand, der gerade eine Bratwurst ohne Besteck gegessen hat?«, warf Palinski ein. »Ja, so etwas in der Art. Auf jeden Fall tierischen Ursprunges«, bestätigte Wallner.

Die Untersuchung des Containerinhaltes hatte keine weiteren Hinweise geliefert. Es handelte sich ausschließlich um den üblichen Müll eines Gastronomiebetriebes. Inklusive unappetitlicher Küchenabfälle und Essensreste, die nach den Entsorgungsrichtlinien gar nichts da drinnen verloren hatten.

Die junge Frau hatte tatsächlich noch gelebt, als sie im wahrsten Sinne des Wortes »auf den Müll« geschmissen worden war. Die relativ große Menge ihres Blutes, die man im Container gefunden hatte, ließ keine andere Deutung zu.

Das gerichtsmedizinische Gutachten lieferte einen bemerkenswerten Hinweis. Zwischen den Zähnen der Toten waren Haut- und Gewebereste gefunden worden, die nur einen Schluss zuließen. Elena hatte ihren Peiniger äußerst kräftig gebissen. Und damit auch für Beweise für seine Täterschaft gesorgt. Die Wunde würde man noch tagelang mit bloßem Auge erkennen können. Und der Vergleich der DNS könnte letzte Zweifel hinsichtlich der Täterschaft beseitigen. Falls man den dazugehörigen Scheißkerl fand, dachte Palinski bitter. Hinweise auf eine mögliche Vergewaltigung waren keine gefunden worden.

»Was jetzt noch fehlt, ist die Handtasche oder zumindest ein Ausweis und eine Geldbörse Elenas«, warf Palinski ein. »Sie ist immerhin von Wilhelmsburg bis Wien gefahren und wollte auch wieder zurück.« Er blickte Franca Aigner fragend an. »Würdest du das ohne Geld und Ausweis machen?«

Inzwischen war das Licht wieder angegangen und die trotz des Gesprächsthemas irgendwie friedliche Stimmung mit einem Schlag wie weggewischt. Wallner trat ans Fenster und blickte hinaus. Es hatte wieder leicht zu schneien begonnen.

»Nach derzeitiger Lage der Erhebungen hat sich die Tragödie im hinteren Teil des Hofes des ›Kutscherhauses‹ abgespielt«, fasste er die bisherigen Untersuchungsergebnisse zusammen. »Dort werden wir auch noch Spuren des Verbrechens finden. Allerdings nicht, solange der Schnee alles zudeckt. Ich denke, wir lassen es für heute sein und machen morgen weiter.«

»Der Schnee hat aber auch seine Vorteile« hoffte Palinski. »Wenn wir die Spuren nicht finden können, die noch da sind, weil alles unter dem Schnee versteckt ist, dann findet sie der Täter auch nicht und kann sie nicht beseitigen.«

»Na hoffentlich weiß er das auch«, meinte Franca skeptisch.

4

Die Stimmung bei Palinskis Heimkehr gestern Abend war ähnlich frostig gewesen wie die Außentemperaturen an diesem Morgen.

Wilma hatte jede Art der Kommunikation verweigert und war schon bald im Schlafzimmer verschwunden. Dass sie ihm das Bettzeug nicht vor die Türe gelegt hatte, als nonverbale Aufforderung, im Wohnzimmer zu schlafen, war angesichts des herrschenden Beziehungstiefs fast als Wunder anzusehen. Etwas später hatte er sich ins Bett geschlichen und versucht, sie mit einer besonders originellen Variante der Geschichte seines Vornamens zu besänftigen.

Wilma hatte sich aber nur demonstrativ die Hände vor beide Ohren gehalten und in absolut kindischer Manier »Lalalalalala« vor sich hin geplappert. Eine frühkindliche Variante des bekannten »Vogel-Strauß-Prinzips.«

Später hatte ihre Neugierde doch noch gewonnen und sie hatte auf das Thema zurückkommen wollen. Aber da hatte ihr nach einem harten Tag erschöpfter Mario schon tief und fest geschlafen.

Heute hatte er angesichts des dichten Tagesprogramms keinen Zeitverlust in Form unangenehmer morgendlicher Diskussionen riskieren wollen und war schon früh ins Büro gegangen.

Jetzt stand Palinski am Fenster und riskierte einen Blick auf das Außenthermometer. 11 Grad unter Null und ein strahlend blauer wolkenloser Himmel. Die Sonne ließ sich mit ihrem Erscheinen über den Dächern noch etwas Zeit. Einem wettermäßig wunderschönen Tag stand nichts entgegen, wie meistens am Beginn der Arbeitswoche. Wie der Tag sonst werden würde, war allerdings überhaupt nicht absehbar.

Es war kurz nach 8 Uhr. Eine Zeit, zu der man dem Empfänger eines Droh- und Erpresserbriefes die bittere Pille durchaus schon verpassen konnte. Immerhin würde der Mann in Kürze völlig andere Sorgen haben als möglicherweise noch nicht ausgeschlafen zu sein. Palinski suchte nach der Telefonnummer, die ihm Annemarie Sumser gegeben hatte.

»Hier bei Wondrak«, meldete sich eine ältere weibliche Stimme.

Palinski nannte seinen Namen und bat darum, mit Herrn Marinov sprechen zu dürfen.

»Die Herrschaften sind nicht Wien. Sie kommen erst nach dem 6. Jänner wieder«, teilte der gute Geist mit und wollte schon aufhängen.

Sie hatte aber nicht mit Palinski gerechnet. Seine Stimme wurde einige Spuren schärfer und ein kurzer Hinweis auf das Koat Döbling reichte, um die gute Frau etwas mitteilsamer zu machen.

»Die Herrschaften sind in Lech im Grand Hotel Lärchenspitz. Aber sagens bitte nicht, wer ihnen des gsagt hat«, ersuchte sie ihn. »Die Gnä Frau geht in letzter Zeit eh schon wegn jeder Klanigkeit in die Höh.«

»Wie könnte ich sagen, von wem ich das weiß«, beruhigte Palinski sie. »Ich kenne ja gar nicht Ihren Namen.« Der Scherz war offenbar sedierender als lustig. Denn die Frau lachte nicht, schien aber durchaus beruhigt zu sein.

Eine halbe Stunde und einige scheinbar überzeugende Schmähs später hatte Palinski Marinov am Apparat. Der war offenbar noch nicht richtig munter oder noch gar nicht im Bett gewesen. Er hörte sich Palinskis Geschichte an, wie er irrtümlich in den Besitz des Briefes gelangt war und Kenntnis von dessen Inhalt erhalten hatte. Aber er reagierte überhaupt nicht auf das doch recht bedrohlich klingende Schreiben. Zumindest nicht so, wie man es allgemein erwartet hätte.

»Das ist ja gut und schön, aber warum erzählen Sie mir das?« Entweder der Mann war völlig daneben oder es war jemand im Raum, der nichts davon wissen sollte.

Palinski wurde das langsam zu dumm. Er redete sich seit einer halben Stunde den Mund fusselig, um Marinov einen Gefallen zu tun. Und der Kerl machte auf cool und »geht mich nichts an.«

»Tut mir leid, dass ich Sie belästigt habe. Es muss sich also um einen Irrtum handeln«, ging er scheinbar auf Marinovs Verhalten ein. »Dann werde ich den Brief jetzt der Polizei übergeben.«

Jetzt wachte der Mann plötzlich auf. »Warten Sie noch einen Moment. Möglicherweise betrifft das einen Freund von mir.« Palinski hörte ihn schlucken. »Geben Sie mir bitte Ihre Nummer, ich rufe Sie im Laufe des Vormittags zurück.«

»Tun Sie das besser innerhalb der nächsten dreißig Minuten«, Palinski dachte nicht daran, sich den ganzen

Vormittag blockieren zu lassen. »Danach bin ich nicht mehr zu sprechen.«

Es dauerte zwar 34 Minuten, bis sich Marinov meldete, aber sein Gesprächspartner war noch nie kleinlich gewesen. Palinski hätte das Telefonat auch noch nach 45 Minuten angenommen. Viel länger hätte er diesem Traumtänzer nicht gegeben. Wallner wartete bereits auf ihn.

»So, jetzt kann ich sprechen«, Marinovs Stimme klang fast devot. Von dem goscherten Alt-Juppy von vorhin war nichts mehr zu spüren. »Sie müssen schon entschuldigen, aber meine Frau …«

»Ist schon in Ordnung«, gab sich Palinski versöhnlich. Immerhin war das keine einfache Situation für den Mann.

»Sie müssen wissen, ich bin in schrecklichen finanziellen Schwierigkeiten und kaum in der Lage, den geforderten Betrag aufzubringen«, gestand Marinov ein. Das »kaum« irritierte Palinski etwas. Nach dem Gespräch mit Dr. Sumser hätte er eigentlich ein definitives »Nein« erwartet.

»Kann Ihnen Ihre Frau nicht helfen?«, warf er ein.

»Das Geld dazu hätte sie, aber ich kann sie nicht fragen. Da muss ich mir etwas anderes einfallen lassen.« Marinov seufzte laut auf. »Ist es Ihnen recht, wenn ich Sie am Abend aufsuche?«

Palinski stimmte zu, bat den Mann aber, ihn vorher anzurufen. »Eines würde mich noch interessieren, Herr Marinov«, die Frage ging ihm schon die ganze Zeit durch den Kopf. »Wer ist eigentlich Amelia? Eine Verwandte oder eine frühere Freundin?«

»Leider nicht«, Marinovs Stimme klang sehr belegt, »dann könnte ich meine Frau ja um Hilfe bitten. Amelia ist die Assistentin meiner Gattin und …«, er zögerte etwas, »… meine Geliebte. Aber das Schlimme ist: Ich liebe dieses wunderbare Wesen.«

»Und wo ist Amelia jetzt?«

»Sie sollte eigentlich zu Besuch bei einer Freundin in Paris sein. Ich habe nach unserem ersten Gespräch sofort versucht, sie zu erreichen. Bisher aber vergebens. Ich bin, ehrlich gesagt, etwas beunruhigt.« Genau so klang Marinov auch.

*

Als Margit Waismeier um punkt 9 Uhr an ihrem Arbeitsplatz erschien, war ihr Chef, der Vorstand des »Institutes für Krimiliteranalogie« Mario Palinski, bereits unterwegs. »Bin mit Helmut Wallner bei Erhebungen in Grinzing. Melde mich später«, lautete die knappe Nachricht, die er ihr auf ihrem Schreibtisch hinterlassen hatte.

Das Institut hatte Palinski gegründet, um eine zumindest offiziöse Grundlage für seine inzwischen fast schon regelmäßige Zusammenarbeit mit der Polizei zu schaffen. Darüber hinaus wurde es vom Innenministerium immerhin mit jährlich 30.000 Euro gesponsert. Aber das war eine andere Geschichte.

Margit war die Witwe eines Kriminalbeamten, an dessen Tod sich Palinski sachlich zwar zu Unrecht, aber doch ein wenig mitschuldig fühlte. Er war felsenfest davon überzeugt, dass er den absolut unsinnigen Tod des Mannes verhindern hätte können, wenn er »rechtzeitig zwei und zwei zusammen gezählt hätte«, wie er sich immer wieder vorwarf.

Sie hatte den Job als Büroleiterin, wie Palinski sie inzwischen etwas euphemistisch bezeichnete, aber nicht aus schlechtem Gewissen oder Mitleid erhalten. Nein, sie war einfach unwahrscheinlich tüchtig und ein ganz lieber Mensch. Und sie sorgte dafür, dass es seinen Hunden auch gut ging, wenn er nicht da war.

Jetzt schaltete sie ihren Computer ein und sah als erstes nach, welche E-Mails seit dem letzten Arbeitstag des alten Jahres eingegangen waren. Als sie danach aufstehen und Kaffee holen wollte, läutete das Telefon.

Sie konnte sich nicht einmal richtig melden, denn ein offenbar hochgradig erregter Mann schrie in seinen Hörer: »Bitte Herrn Palinski, es ist sehr dringend.«

So konnte jeder kommen, aber nicht bei Margit. »Hier Waismeier, mit wem spreche ich?«, gab sie leicht pikiert zurück.

»Entschuldigen Sie, mein Name ist Marinov. Herr Palinski erwartet mich eigentlich. Allerdings noch nicht jetzt«, schränkte er ein.

»Tut mir leid, der Chef ist nicht im Hause. Kann ich etwas ausrichten?«

Marinov schien zuerst zu überlegen, entschloss sich dann aber, eine Nachricht bei der unbekannten Frau mit der netten Stimme zu hinterlassen. »Sagen Sie ihm bitte, dass ich Amelies Freundin in Paris jetzt endlich erreicht habe. Meine Amelie ist nicht in Paris. Sie ist nie dort angekommen und hat sich auch nicht gemeldet. Marie Claire hat keine Ahnung, wo sie sich aufhalten könnte.« Margit kam vor, als hätte sie ein nervöses Schluchzen vernommen. »Sagen Sie ihm, ich befürchte jetzt das Schlimmste.«

*

Martin Sandegger, der Stellvertreter Inspektor Helmut Wallners als Leiter der Kriminalabteilung am Koat Döbling, hatte seinen ersten Arbeitstag voller Elan begonnen. Die Woche Urlaub hatte Wunder an dem zuletzt völlig überarbeiteten Kriminalisten gewirkt. Er sprühte förmlich vor Tatendrang. Wallner, der ihn über alle Details informiert hatte, ließ ihn jetzt nur zu gerne die Position des Frontmannes übernehmen.

Im gemütlichen Schankraum des »Kutscherhauses«, eines der bekanntesten Heurigenlokale in Wien, saßen einige Mitglieder der Eigentümerfamilie Schwarzenbach den Inspektoren Wallner und Sandegger gegenüber. Als Palinski sich etwas später dazugesellte, war eben ein hart an Bestechung grenzendes Frühstück serviert worden. Da es sich bei dem Gespräch aber um eine Zeugenbefragung und nicht um die Vernehmung von Beschuldigten handelte, war nichts dagegen einzuwenden gewesen.

Sandegger hatte mit der Frage nach dem dritten Container begonnen. »Des is uns auch schon aufgfoin«, räumte Karl Schwarzenbach, der Chef des Hauses, unumwunden ein. »Da muss sich ana an bleden Scherz erlaubt ham.«

»Eine tote Frau würde ich nicht als dummen Scherz bezeichnen«, widersprach Sandegger. »Das ist und bleibt ein schweres Verbrechen.«

»Na, so hab ich das a net gmeint«, korrigierte der

Heurigenwirt. »Ich mein nur, wir ham keine Ahnung, wer des gwesn sein könnt.«

»Wird denn das Tor zur Straße in der Nacht nicht versperrt?«, wandte Palinski ein. »Oder kann jedermann jederzeit aus- und eingehen?«

»Na, wir sperrn nachm letztn Gast imma zu, aba das war der Süvestaabnd«, erklärte der Wirt. »Da ham wir die leztn Bsoffanen erst um fünfe aussebracht.«

»Wir haben hinten an der Hausmauer einen roten Fleck gefunden.« Sandegger holte ein Plastiksackerl heraus und hielt es demonstrativ in die Höhe. »Im Labor wird man feststellen, ob es sich dabei um das Blut von Elena Kalkonides handelt. Falls das zutrifft, steht mit ziemlicher Sicherheit der Tatort fest.«

»Haben Sie im Verlauf des Abends nichts bemerkt? Die Frau muss ja geschrien haben« mischte sich Wallner ein.

»Mein Gott, Herr Inspekta, wir ham an dem Abend mehr als zwahundert Leit da ghabt. Und um Mitternacht war die Höll' los. Die Pummerin, der Donauwalza, Bussi, Bussi. Da hätt a Bombn im Hof eischlagn können und die Leid hättns für a Hetz ghalten.«

Palinski war beim Betreten des Hofes ein kleines Gebäude im hintersten Teil aufgefallen. Von dort musste man eine ausgezeichnete Sicht auf den vermutlichen Tatort haben. »Dort wohnt unser Opa«, erklärte Frau Schwarzenbach.

»Heißt der Großpapa mit Vornamen Anton?«

»Nein, der Vorname meines Schwiegervaters ist Ernst«, erklärte Steffi Schwarzenbach. »Aber mein Vater heißt Anton.«

Das Baby auch, wollte Palinski schon sagen, aber er nickte nur mit dem Kopf.

Sandegger holte ein Bild Elenas heraus. »Unsere Beamten haben Sie das schon einmal gefragt und ich frage Sie noch einmal. Haben Sie diese Frau schon einmal gesehen?«

Die Wirtsleute studierten das Bild mit gebührender Aufmerksamkeit, dann schüttelten beide den Kopf. »Möglich, dass die Frau einmal hereingeschaut hat«, räumte die Chefin ein, »aber an dem Abend waren viele junge Frauen da.« Obwohl Hans Schwarzenbach, der Sohn des Hauses, das Bild kaum angesehen, ja fast peinlich berührt weggeschaut hatte, schloss auch er dezidiert aus, diese Frau zu Silvester hier bemerkt zu haben.

»Zwischen 21 und 22 Uhr wurde Elena Kalkonides auf jeden Fall in diesem Teil Grinzings gesehen«, stellte Wallner dezidiert fest, »zwei Zeugen haben das unabhängig voneinander bestätigt.«

»Gibt es übrigens jemanden unter Ihnen oder im Betrieb, der eine Verletzung am Arm hat?«, Sandegger blickte dabei auf den linken Arm des Seniors. Unter dem Ärmel seines blauen Flanellhemdes blickte das Ende einer elastischen Binde bevor.

»Den Verband trage ich wegen meiner Sehnenscheidenentzündung«, rechtfertigte sich der Chef, »soll ich ihn abmachen? Oder genügt Ihnen die Verschreibung meines Arztes?«

»Lassen Sie nur«, winkte Sandegger ab, »aber nett, dass Sie es angeboten haben.«

Die restlichen Fragen brachten auch keinerlei neue

Erkenntnisse. Nach einer halben Stunde standen die Beamten und Palinski auf, um sich zu verabschieden.

»Aba gern gschehn, die Herrn. Tut uns leid, dass net mehr dabei raus kommen is«, bekräftige Schwarzenbach senior nochmals die prinzipielle Kooperationsbereitschaft seiner Familie.

In der Türe drehte sich Palinski noch einmal um. »Eine Frage noch, Blacky.«

Sowohl der Kopf des Vaters als auch der des Sohnes drehten sich ruckartig zu dem Fragesteller.

»Was, Sie hören beide auf den Spitznamen Blacky?« wunderte sich der private Kriminologe, »das ist aber interessant.«

Der Sohn hatte einen roten Kopf bekommen, doch der Vater war um eine plausible Erklärung nicht verlegen.

»Bei dem Familiennamen heißens in der Schule automatisch Blacky«, versicherte er treuherzig, »aba seither hat mi keiner mehr so grufn. Und dich, Hansi?«

Doch der Junior nickte nur stumm verneinend mit dem Kopf.

*

Während Heribert Marinov das Schlimmste befürchtete, lag das Objekt seiner Besorgnis am Bauch auf einem etwa ein Meter breiten und zwei Meter langen Tisch. Amelia Balos' Oberkörper war nackt, von den Hüften an war sie mit einem weißen Tuch bedeckt. Ein nicht ungefährlich aussehender Mann mittleren Alters stand hinter ihr, beugte sich über sie und fuhr ihr mit kräftigen Bewegungen seiner beiden Hände routiniert über Schultern und Rücken. Wieder und wieder.

Amelie, die hier Andrea Ballowetz genannt wurde, stöhnte leise auf. »Schade, dass Sie nicht in Wien arbeiten, Sonnie. Von Ihnen würde ich mich täglich massieren lassen.«

Die 23-jährige genoss den Aufenthalt in diesem Wellnessparadies in der steirischen Thermenregion außerordentlich. Eine Woche Luxus pur mit allen Anwendungen, die ihr junger, der Natur bestens gelungener Körper doch gar nicht brauchte. Hervorragendes Essen, Weine dazu, die sie unter der kundigen Anleitung eines Sommeliers selbst aus der Vinothek des »Thermenpalastes« holen durfte. Die amüsante Gesellschaft von Frederick und Marion von der Produktionsgesellschaft tat ein Übriges, um ihr Wohlbefinden zu steigern. Und das Beste war, das alles kostete sie keinen einzigen Euro. Das zahlte alles das Fernsehen. Sie vermisste lediglich Heribert, ihren Freund. Der hätte aber jetzt ohnehin kaum Zeit für sie gehabt. Um die Jahreszeit musste er sich immer um seine Frau kümmern, ihre Chefin. So war das hier sicher die beste Art, die Zeit ohne ihn zu verbringen.

Während Sonnie weiter sehr gekonnt ihren verspannten Muskeln zu Leibe rückte, erinnerte sie sich. Vor rund einem Monat war Frederick an sie herangetreten und hatte sich als Projektleiter einer holländischen TV Produktionsgesellschaft vorgestellt. Er erzählte ihr von diesem völlig neuen Format, einer Realityshow, wie sie noch nie zuvor über den Bildschirm gegangen war. »Wir haben die Idee schon vor der Erstausstrahlung an elf europäische und vier überseeische Sendeanstalten verkaufen können«, hatte er ihr stolz berichtet.

Sie wusste zwar nicht ganz genau, was das bedeutete, fand es aber beeindruckend.

Die Idee war ziemlich verrückt. Es ging darum, wie Menschen in Extremsituationen reagierten. Auf die verschiedenen Optionen konnten sowohl vom Publikum als auch von den »Dummies« Wetten abgeschlossen werden. Unter »Dummies« waren jene Personen zu verstehen, die in die Extremsituation verwickelt waren oder sie auslösten, hatte ihr Frederick erklärt.

Im speziellen Fall, in dem sie »Dummie« war, wie komisch das nur klang, ging es darum, dass Heribert annehmen sollte, sie wäre entführt worden und würde nur gegen Bezahlung eines Lösegeldes wieder frei gelassen werden. Wie würde sich Heribert nun verhalten? Die Optionen, auf die sie und das Publikum wetten konnten, waren:

Geht zur Polizei – geht nicht zur Polizei
Zahlt Lösegeld – zahlt Lösegeld nicht

Da die Polizei informiert werden würde, bestand keine Gefahr, dass aus der Sache Ernst wurde. Das einzige Risiko war, dass die Person in der Extremsituation das »Dummie« im Stich ließ. In ihrem Fall wäre das zweifellos gegeben, wenn Heribert es ablehnte, das der Höhe nach seinen Vermögensverhältnissen durchaus zumutbare Lösegeld zu bezahlen. Und damit ihre Liebe verraten würde. Das war aber völlig ausgeschlossen und daher hatte sie die vollen 100.000 Euro darauf gesetzt, die sie als Startgeld erhalten hatte.

Falls sie ihre Wette gewann, und davon war sie völlig

überzeugt, würde sich dieser Einsatz verdoppeln. Ein tolles Geschäft für die nur mittelmäßig bezahlte Assistentin einer Kaufhausqueen. Das war ihre Chance und die wollte sie nutzen. Das war für sie von Anfang an beschlossene Sache.

Es war ihr allerdings schwer gefallen, Heribert und auch allen anderen gegenüber Stillschweigen zu bewahren. Ihr Freund sollte annehmen, dass sie bei Marie Claire in Paris war. Beim letzten Mal, als sie sich gesehen hatten, hätte sie sich ohnehin fast verplappert. Aber dann wären nicht nur die Gewinnchance und die Woche Wellnessurlaub verloren gegangen, sondern sie hätte auch eine beträchtliche Konventionalstrafe zahlen müssen.

Die erste Folge von »Schicksalswette« sollte bereits am Samstagabend im niederländischen Fernsehen ausgestrahlt werden. Schade, dass sie die Sendung erst später sehen durfte. Aber man hatte ihr eine komplette Aufzeichnung versprochen. Die konnten Heribert und sie einmal ihren Kindern zeigen und die wiederum ihren Kindern. »Schaut einmal, was unsere Großeltern alles drauf gehabt haben«, würde es dann heißen.

Noch ein paar Tage Wellness, dann würde sie reich sein. Das Jahr fing wirklich gut an heuer.

*

Anwältin Dr. Annemarie Sumser saß schon den ganzen Tag wie auf Nadeln. Diese Geschichte mit Marinov zerrte ganz schön an ihren Nerven. Dabei musste sie selbstkritisch feststellen, dass ihr die menschliche Komponente der Angelegenheit mehr zu schaffen machte als die berufliche. Dass sie das Schicksal dieser Amelie mehr beschäftigte als die Frage, ob sich nicht noch einige Tausend Euro für die Banken herausholen lassen würden. Das sprach zwar gegen sie als Anwältin, aber sehr für die Menschin Sumser.

Am liebsten hätte sie sich mit diesem Palinski gleich in der Früh in Verbindung gesetzt. Aber das wäre doch zu aufdringlich gewesen. Jetzt war es bereits Mittag und sie musste einfach anrufen.

»Entschuldigen Sie, Mario, wenn ich störe«, meldete sie sich und kam gleich auf den Punkt. »Aber ich platze vor Neugierde. Haben Sie bereits mit Heribert Marinov gesprochen?«

»Guten Morgen Annemarie, Ich hoffe, es geht Ihnen gut.« Palinski wollte zuerst etwas Spannung aus dem beginnenden Gespräch nehmen. Dann berichtete er ihr über das morgendliche Telefonat und das vereinbarte Treffen am Abend. »Meine Mitarbeiterin hat mich inzwischen informiert, dass Amelia Balos, so heißt die junge Dame, um die es geht, spurlos verschwunden zu sein scheint.«

»Also ich weiß nicht, ob wir nicht doch die Polizei einschalten sollten?« Die Schmetterlinge in Annemaries Magen hatten sich in einen Schwarm wütender Felsenbienen verwandelt.

»Da Amelie seine Geliebte und gleichzeitig die Assistentin seiner Frau ist, befürchtet Marinov in diesem Fall schwere Kalamitäten bei sich zu Hause.« Palinski versuchte Dr. Sumsers Bedenken zu zerstreuen und damit auch seine eigenen. »Heute ist Montag und bis Freitag ist noch Zeit. Ich werde die Sache im Auge behalten und, sobald erforderlich, die Notbremse ziehen. Warten wir einmal ab, wie das Gespräch am Abend läuft.«

»Aber Sie halten mich auf dem Laufenden«, Annemarie Susmer konnte ganz schön hartnäckig sein.

»Ja, Annemarie, versprochen.«

»Noch heute Abend?« »Gut, noch heute Abend.«

»Versprochen, Mario?« »Versprochen, Annemarie.«

»Neue Freundin?«, wollte Wallner wissen, in dessen Büro die Anwältin Palinski erreicht hatte.

»So was in der Art«, Palinski war etwas wortkarg. »Es geht um einen Kunden des Instituts. Möglicherweise bahnt sich hier ein neuer Geschäftszweig an.«

»Das musst du mir einmal genauer erzählen«, meinte Wallner, »im Moment haben wir aber andere Sorgen. Also ich bin auch sicher, dass die Schwarzenbachs etwas mit der Sache zu tun haben. Wir müssen es nur beweisen.«

*

Gegen 16.30 Uhr hatte Marinov die Autobahnausfahrt St. Christophen passiert und noch rund 30 Kilometer bis Wien vor sich. Zeit, das Treffen mit diesem Herrn Palinski abzustimmen. Er steuerte den nächsten Parkplatz an und suchte den Wisch, auf dem er die Telefonnummer notiert hatte.

Es war gar nicht so einfach gewesen, seine Frau von der plötzlichen Notwendigkeit zu überzeugen, sofort nach Wien fahren zu müssen. Ein Freund aus besseren Tagen würde ihm Deckung für die Ausrede geben, die er gewählt hatte. Die Möglichkeit eines Gespräches mit einem amerikanischen Konzernchef, der einen Repräsentanten für Mitteleuropa suchte. Er war sich aber gar nicht sicher, ob ihm Ingrid das abgenommen hatte. Sie hatte ihm so eigenartig nachgesehen, als er die Suite verlassen hatte. Na ja, egal. Jetzt war er da und konnte ohnehin nichts mehr ändern. Früher oder später würde er sowieso eine Entscheidung treffen müssen. Aber das hatte noch Zeit. Jetzt musste er vor allem einmal danach trachten, Amelie so schnell wie möglich frei zu bekommen. Hier war die Nummer. Er hatte schon Angst bekommen, sie vergessen oder verloren zu haben. Aber da war sie und er tippte sie in sein Handy.

Fünf Minuten später setze Marinov seine Fahrt fort. Interessant, dachte er sich, dass Palinskis Büro nur zwei Ecken weit von seiner Villa lag. Der Villa seiner Frau, korrigierte er sich unwillig.

*

Jetzt hat mich Wilma tatsächlich verlassen. Allerdings nur ein wenig. So wie die Franzosen den Schlaf »le petit mort« nannten, empfinde ich Wilmas Fahrt in das winterliche Waldviertel als »kleines Verlassen.«

»Die Kinder und ich fahren einige Tage zu Onkel Alois nach Ottenschlag«, hat sie mir auf dem Anrufbeantworter hinterlassen. »Guido und Beate sind auch mit von der Partie. Und die beiden Hunde haben wir ebenfalls mitgenommen. Du kümmerst dich ja gar nicht richtig um die Tiere. Falls du es einrichten kannst, komm doch nach. Aber nur wenn es Deine Zeit und die Wiener Polizei erlauben.«

Das hat schon ganz schön patzig geklungen. Wilma ist sauer über mein Verhalten und ich kann es ihr nicht einmal verdenken. Am liebsten würde ich sofort meinen Koffer packen und ihr nachfahren. Aber da ist dieser Marinov und sein Problem ist noch viel größer. Ich weiß wenigstens, wo meine Lieben heute Nacht ihr Haupt betten werden.

Ich denke, wir sollten unbedingt auch mit dem Großvater Schwarzenbach reden. Alte Leute schlafen häufig schlecht und sitzen oft am Fenster. Vielleicht hat er etwas gesehen. Ich sollte mit Helmut darüber sprechen.

Was ist das hier für eine Notiz. Von Margit:

»Lieber Mario, beim Eingeben deiner Aufzeichnungen in den Computer bin ich bei zwei Punkten nachdenklich geworden. Erstens bei dem fettigen Klebeband und den dadurch verwischten Fingerabdrücken. Und zweitens bei dem Biss der armen Elena. Ich will mich natürlich nicht in Deine professionellen Überlegungen einmischen, muss es in diesem Fall aber doch tun. Für mich steht fest, dass der Täter nicht alleine gewesen sein kann. Hast du schon einmal versucht, in der Nacht im Freien im Stehen mit nur einer Hand, die zweite brauchst du ja, um Dein Opfer zu halten, ein Stück von so einem Klebeband abzureißen? Dazu noch mit fettigen Fingern? Das geht einfach nicht. Das bereitet schon Probleme, wenn du gemütlich bei Licht am Schreibtisch sitzt. Man rutscht ganz einfach immer wieder von der glatten Oberfläche des Bandes ab. Probier es einmal, mit Seife hast du den gleichen Effekt.

Und wo wird man unter diesen Umständen gebissen? Ich kann mir nur eine realistische Situation vorstellen. Jemand steht hinter dir und hat dir einen Arm um den

Hals gelegt. Wenn der Unterarm unbedeckt ist, ist ein Biss in diesem Moment eine plausible Reaktion. Wie aber willst du jemandem die Arme und Beine fesseln, während du hinter ihm stehst und ihn mit einem Arm festhältst?

Also ich bin sicher, dass da noch eine zweite Person im Spiel gewesen sein muss. Zumindest beim Fesseln. Das wollte ich noch loswerden, bevor ich gehe. Liebe Grüße Margit.«

Ich bin ehrlich beeindruckt. Diese Frau ist Goldes wert. Sie hat völlig recht. Wahrscheinlich wären wir auch noch zu diesem Schluss gekommen. Sobald wir richtig darüber nachgedacht hätten. Haben wir aber noch nicht. Aber Margit hat sofort das eigentlich Offensichtliche erkannt. Ich sollte wirklich öfters meine eigenen Notizen lesen.

Halt, das war die Klingel. Sicher Marinov. Der muss die letzten Kilometer ganz schön Gas gegeben haben. Also immer herein in die gute Stube und das Problem an den Hörnern gepackt.

*

Der Kerl, der Elena geschlagen, getreten, gefesselt und in einen Müllcontainer geworfen hatte, bereitete sein Treffen mit dem Erpresser vor. Bis auf 200 Euro hatte er den Betrag beisammen, den der Scheißkerl von ihm erwartete. Jetzt saß er einem alten Mann gegenüber, der ihn freundlich anlächelte.

»Es ist schön, dass du mich wieder einmal besuchst.« Der Alte lächelte. »Wenn ich auch ganz genau weiß, dass du wieder einmal nur etwas von mir willst. Trotzdem freut es mich.«

»Du kennst mich gut«, der Jüngere grinste verlegen, »Ich habe tatsächlich ein Problem.«

»Dabei geht es sicher wieder um Geld, oder?«

»Tja, so ist es. Kannst du mir vielleicht 200 Euro borgen?« Obwohl ihm ziemlich egal war, was der Alte von ihm dachte, versuchte er, einen geknickten Eindruck zu machen. Der Alte stand auf solche symbolische Gesten.

Der alte Mann kramte in der Tischlade, holte umständlich eine längliche Brieftasche heraus und entnahm ihr einen Packen Banknoten.

Von dem zählte er einen Hunderter, einen Fünfziger, zwei Zwanziger und einen Zehner ab. Das restliche Bündel Noten legte er wieder in die Brieftasche und diese in die Tischlade zurück. Dann nahm er die abgezählten Scheine und kontrollierte nochmals umständlich ihren Gesamtwert, ehe er sie dem Jüngeren hinschob.

»Wirst du vielleicht erpresst?«, fragte er völlig unvermittelt.

»Nein, wie kommst du auf diese Idee?«, der junge Mann spielte den Entrüsteten.

»Wegen der Sache mit dem Mädchen zu Silvester«, unbeirrt setzte der Alte seine Befragung fort. »Du solltest dich nicht auf eine Erpressung einlassen. Auch wenn es nur um relativ geringe Beträge zu gehen scheint. Das mag jetzt nicht so schlimm wirken. Aber wer garantiert dir denn, dass ein Erpresser nicht seine Meinung ändert und plötzlich statt zehn – einhunderttausend Euro verlangt. Wenn dich so jemand einmal am Sack hat, wirst du ihn nie mehr los.«

Der junge Mann war erschüttert. Was wusste der Andere und wieso wusste er es?

»Du solltest zur Polizei gehen, solange noch Zeit ist. Vielleicht lässt sich die Sache als Unfall oder Totschlag darstellen und du bist in Nullkommanichts wieder aus dem Schlamassel heraus.« Der Alte blickte sein Gegenüber ernst an. »Ich werde dich sicher nicht anzeigen, aber ich werde auch nicht lügen, wenn mich die Polizei befragen sollte.«

»Ich werde darüber nachdenken«, versprach der Jüngere. »Es wird aber sicher nicht so weit kommen.«

»Dann ist es ja gut, Bub«, der Alte schien zufrieden. Aber er kannte sein Gegenüber doch nicht so gut, wie er glaubte.

*

Annemarie hatte wirklich recht gehabt. Heribert Marinov war ein sympathischer Bursche. Wohl ein Blender und immer hart an der Grenze der Legalität wahrscheinlich, aber sympathisch. Palinski konnte sich gut vorstellen, wie er mit seinem Schmäh den Leuten das Geld aus der Nase gezogen hatte.

»Danke, vielen Dank«, Marlinov überschlug sich fast vor Dankbarkeit, dass Palinski es sich nicht einfach gemacht und den Brief der Polizei übergeben hatte. »Ich will alles tun, um Amelie wieder frei zu bekommen. Gesund und so rasch wie möglich.«

»Wollen Sie nicht doch lieber die Polizei einschalten?«, versuchte Palinski den Mann zu bewegen. »Die Leute dort sind sehr kompetent und für so heikle Probleme ausgebildet.«

Marinov überlegte kurz, dann schüttelte er entschieden den Kopf. »Mein Verstand gibt Ihnen zwar recht«, räumte er ein. »Aber mein Bauch sagt mir: Nur keine Polizei.«

Palinski konnte den Mann durchaus verstehen. Wahrscheinlich würde er in einer ähnlichen Situation auch nicht anders handeln. »Was werden Sie jetzt also machen?«, setzte er nochmals nach. »Werden Sie bezahlen?«

»Ich weiß zwar noch nicht wie«, Marinovs Gesicht nahm einen entschlossenen Zug an, »aber ich werde das Geld auftreiben. Ein Freund schuldet mir noch einen Gefallen. Vielleicht kann er helfen.«

»Und was machen Sie, falls der Freund nicht helfen kann oder will?«

»Dann muss ich wohl meine Altersvorsorge angreifen.« Marinov lächelte entschuldigend »Offiziell habe ich zwar nichts mehr, aber Sie wissen ja, wie das so ist.« Plötzlich hatte er Bedenken. »Sie werden mich doch nicht verraten.«

»Ich werde sicher nicht zum Finanzamt laufen und Sie vernadern«, beruhigte ihn Palinski. »Sollte es aber je zu einer Befragung durch die Polizei oder zu einer Gerichtsverhandlung kommen, kann ich die Aussage natürlich nicht verweigern. Ich bin kein Anwalt.« Er blickte Marinov direkt an. »Und eine Falschaussage können Sie nicht von mir erwarten.«

»Also mit diesem Risiko muss ich eben leben.« Marinov lachte schon wieder. »Ich kann auch nie meinen Mund halten. Aber die ganze Sache wird sich ohnehin diskret erledigen und kein Mensch wird etwas mitbekommen.«

Das war bereits die zweite der später für diesen Fall als typisch erkannten eklatanten Fehleinschätzungen.

»Rufen Sie mich doch an, sobald die Angelegenheit erledigt ist«, bat Palinski abschließend noch, »damit mich meine Neugierde nicht umbringt.«

*

In einem der führenden Wellness-Hotels in der steirischen Thermenregion posierte Amelia Balos oder Andrea Ballowetz, wie sie sich hier nannte, für einige TV-Aufnahmen. Diese sollten zwischen den dramatischen Sequenzen mit Heribert, vor und während der Geldübergabe und ähnlichen packenden Szenen als skuriller Kontrast eingespielt werden, erklärte ihr Frederick. »Die Zuseher lieben so was«, betonte er, »den Kontrast zwischen den scheinbaren Troubles des Helden und dem realen Schicksal des Dummies.«

Amelie fand es irgendwie irritierend, dass sie an der Bar sitzend und Drinks schlürfend gezeigt werden sollte, während sich Heribert aus Sorge um sie in die Hosen machte. Aber sie sagte nichts. Das war eben zeitgemäße TV-Unterhaltung für die Familie.

»Komm, jetzt müssen wir dich noch für die Aufnahme für den zweiten Brief schminken«, rief ihr Marion, Fredericks Assistentin, zu. »Der muss morgen zur Post, damit er am Mittwoch bei Herrn Marinov ist.«

Eine halbe Stunde später sah Amelie aus, wie jemand, der gerade noch dem Massaker des großen Kettensägenmörders entkommen war. Dazu hielt sie eine Tafel mit der dramatischen Aufschrift »Lass mich bitte nicht im Stich« in die Kamera. Sie fand auch diese Inszenierung etwas krass, aber bitte. Sie wollte und konnte den Fachleuten nicht dreinreden. Auf jeden Fall würde das Bild auch bei weitaus hartgesotteneren Charakteren als Heribert jeglichen Zweifel an der Notwendigkeit der Lösegeldbezahlung zerstreuen. Und das war schließlich vor allem auch in ihrem Interesse. Sie freute sich richtig darauf, schon in wenigen Tagen mit ihrem Schatz über diese alberne Situationen herzlich lachen zu können. So wie gerade über einen blöden Witz Fredericks.

*

Palinski war durchaus gewillt, sein Versprechen gegenüber der Anwältin Annemarie Sumser einzuhalten und sie über sein Gespräch mit Marinov zu informieren. Er schob es im Moment nur vor sich her, weil er sich nicht ganz im Klaren darüber war, was er ihr sagen sollte und was nicht. Einerseits wollte er dem Mann nicht in den Rücken fallen und nichts tun, was die Befreiung seiner Amelie behindern könnte. Andererseits wollte er Annemarie aber auch nicht belügen.

Also hatte er zunächst Wallner angerufen und ihm von Margit Waismeiers Vermutung hinsichtlich des zweiten Täters erzählt. Die auch der Inspektor sehr überzeugend fand.

Dann hatte er noch einige in Form und Inhalt schon wieder recht erfreuliche Worte mit Wilma gewechselt. Wenn nichts Gravierendes geschah, würde er am Heiligen Drei Königs Tag zu seinen Lieben stoßen und zwei, drei Tage mit ihnen verbringen. Jetzt hatte er keinen

Grund mehr, das Telefonat mit Dr. Sumser weiter hinaus zu schieben. Sie meldete sich fast unmittelbar nach dem ersten Klingelton, ganz so, als ob sie nur auf diesen Anruf gewartet hätte.

»Ich bin gerade dabei, mir ein Steak in die Pfanne zu geben. Wenn Sie Lust haben, kann ich noch ein zweites daneben legen«, lud sie Palinski ein. »Dazu gibt es warmes Knoblauchbaguette und Salat.«

»Klingt hervorragend«, Palinski blickte auf die Uhr, es war schon kurz nach 20 Uhr und er hatte plötzlich Hunger. Zu Hause wartete niemand auf ihn und »Mama Maria« hatte während der Feiertage den Montag zum Ruhetag erklärt.

»Wenn es Ihnen recht ist, bin ich in einer Stunde bei Ihnen. Wo ist das überhaupt?«

»Meine Adresse lautet Pötzleinsdorfer Höhe 212. Ich freue mich.«

*

Elenas Töter hatte sich gut auf sein Treffen mit dem Erpresser vorbereitet. Das nachmittägliche Gespräch mit dem Alten hatte ihn sehr nachdenklich gemacht. Das war durchaus einleuchtend, was er gesagt hatte. Wenn man solchen Verbrechern einmal nachgab, dann wurde man sie wahrscheinlich nur mehr mit Gewalt los. Und wenn schon Gewalt, warum nicht gleich. Ehe man dem Scheißkerl auch nur einen müden Euro in den Hintern geschoben hatte.

Der Mistkerl glaubte wohl, die besseren Karten zu haben. Na, der Mann würde Augen machen, wenn er erst seine »Verbündeten« ins Spiel brachte. Es war schon gut, wenn man technisch so talentiert war, wie es der Töter für sich in Anspruch nahm.

Er machte eine letzte Kontrollrunde und vergewisserte sich, dass die geballte, von ihm in der Natur versteckte Technik auf Knopfdruck funktionierte. Dann schlüpfte er in den wärmenden Daunenschlafsack und rollte sich hinter einem Gebüsch zusammen. Hier konnte ihn der Erpresser nicht sehen. Das Überraschungsmoment war ihm sicher und der Scheißkerl so gut wie erledigt.

*

Annemarie Sumser sah überwältigend aus in ihrem relativ knappen T-Shirt und der noch knapperen Designerjeans. Angesichts dieser Pracht und der Tatsache, dass Wilma gut 100 Kilometer weit entfernt war, gab Palinski ein aus vollem Herzen kommendes, pubertäres »Pfoa« von sich. Das war die höchste spontane Auszeichnung, die er zu vergeben hatte.

Er drückte ihr die Flasche »Mounier«, die er im Büro entdeckt, und die Blümchen, die er am Franz Josef Bahnhof erstanden hatte, in die Hand und ließ noch ein »Pfoa« hören.

Annemarie schien sich wirklich zu freuen, dass er da war. Sie bedankte sich für die Mitbringsel. Sie beugte sich vor und gab ihm ein Willkommensbusserl auf die Wange.

Dann kam aber auch schon ihre nur mühsam unterdrückte Neugierde durch. »Also wie steht die Sache mit Marinov?«

Palinski ließ sich nicht lange bitten und gab wesentliche Teile seines Gespräches mit dem Mann wieder. »Er will jetzt versuchen, die 250.000 Euro von einem Freund zu borgen«, schloss er seinen Bericht.

»Ganz schöner Betrag für einen Freundschaftsdienst«, meinte Annemarie. »Aber alles ist relativ. Haben Sie den Eindruck, dass Marinov vielleicht irgendwo Geld beiseite geschafft hat, auf das er jetzt zurück greifen wird?«

Da war sie, die Frage, vor der er sich schon die ganze Zeit über gefürchtet hatte. Wen sollte er jetzt enttäuschen, wem den Rücken stärken? Am besten keinem der beiden.

Da kam ihm eine möglicherweise rettende Idee, ein vertretbarer Kompromiss vielleicht.

»Kennen Sie eigentlich das Paradoxon des Epimenides?«, fragte er die verdutzt blickende Anwältin.

»Ich habe mich während des Studiums ein wenig mit Paradoxien beschäftigt«, räumte Annemarie ein. »Welches davon von diesem Epimenides stammt, weiß ich im Moment aber nicht. Aber was hat das bitte mit Marinov zu tun?«

Unbeirrt fuhr Palinski fort. »Epimenides hat die Behauptung aufgestellt, dass alle Kreter lügen.« Die Sumser blickte ihn an, als ob sie nachhaltig an seiner geistigen Gesundheit zweifelte.

»Das bedeutet aber«, wollte er fortfahren, doch die Anwältin unterbrach ihn. »Ich glaube, ich weiß, worauf das Ganze hinausläuft. Aber ich verstehe noch immer nicht …«

Jetzt unterbrach sie Palinski. »Höret und Ihr werdet Antworten erhalten, wo Ihr keine erwartet hättet«, blödelte er los. »Das ist nicht von Epimenides, sondern von mir.«

Jetzt schien der Groschen bei Annemarie gefallen zu sein. Oder sagte man jetzt Cent? Sie nickte und lehnte sich zurück.

Endlich, dachte Palinski, ich habe sie doch nicht überschätzt. Jetzt hatte sie kapiert, dass er ihr etwas mitteilen wollte, ohne direkt darüber zu sprechen.

»Ich habe das Paradoxon mit den Kretern etwas abgewandelt und sage jetzt: Palinski schwindelt immer. Und Palinski sagt auch, dass Marinov jede Menge Geld zur Seite geschafft hat.« Er legte sich die Hand vor dem Mund machte eine Geste, die man als »Jetzt ist aber Schluss damit« verstehen konnte und auch sollte. Die Anwältin war zunächst etwas ratlos. Was wollte er ihr damit eigentlich sagen?

Falls er immer schwindelte und im selben Atemzug sagte, dass Marinov Geld habe, dann bedeutete das zunächst, dass die zweite Aussage nicht stimmte. Marinov also kein Geld hatte. Wenn das so war, warum hatte er dann nicht einfach gesagt, dass da kein Geld war? Aber das Paradoxon fing ja gerade erst an.

Falls Palinski aber immer schwindelte, dann war auch die Aussage selbst falsch. Das würde allerdings bedeuten, dass die darauf folgende Aussage möglicherweise doch den Tatsachen entsprechen konnte. Und Marinov tatsächlich irgendwie über Geld verfügte. Wie sie eigentlich auch angenommen hatte.

Falls sie das Ganze weiter durchdachte, würde sie zweifellos irgendwann in den nächsten Tagen verrückt werden.

Ehe sie sich dieser Gefahr aussetzte, beschloss die Anwältin, anzunehmen, dass Marinov noch irgendwo über ausreichende Mittel verfügte. Das war genau das, wovon sie schon die ganze Zeit ausgegangen war. Wahrscheinlich war das auch die Botschaft, die Palinski ihr vermitteln hatte wollen.

»Sie haben eine ganz schön komplizierte Art, einem Nachrichten zu übermitteln.« Sie funkelte Palinski belustigt an. »Oder ist das Ihre Art, Arroganz zu zeigen? Gefällt mir aber, gut sogar. Ich werde Marinov also verstärkt im Auge behalten, auch wenn wahrscheinlich nicht viel dabei heraus kommt. Ich kann ihn ja schlecht rund um die Uhr observieren lassen.«

Der Mittelteil dieser Aussage Sumsers beinhaltete die dritte der gewaltigen Fehleinschätzungen, die diesen Fall so einzigartig machen sollten.

Die Steaks waren köstlich, der Knoblauch, weil beidseitig genossen, nicht störend und der Salat knackig. Nicht zuletzt erwies sich der herrliche Merlot aus Annemaries Keller als schwerer als Palinski ihn eingeschätzt hatte.

Der bisherige Verlauf des Abends ließ langsam aber sicher nur mehr einen einzigen Schluss über sein Ende zu. Palinskis Bereitschaft, sich fallen zu lassen stieg direkt proportional mit seinem Alkoholspiegel.

Plötzlich glaubte er, Wilmas warnende Stimme zu hören. »Wenn Du jetzt nicht sofort aufhörst, mit dieser Frau herumzumachen, dann wird wohl nichts mehr aus uns beiden werden.«

Ein Ruck ging durch seinen Körper, der auch Annemarie nicht verborgen blieb. »Was ist los mit dir, Mario«, sie löste sich aus seinen Armen.

»Willst du wissen, warum ich Mario heiße?«, hörte sich Palinski zu seiner größten Überraschung fragen.

»Ja, nein, eigentlich nicht wirklich«, stammelte die sexy Anwältin überrascht. »Ist das in diesem Moment wichtig?«

Palinski nickte. »Ich glaube schon.« Dann erzählte er ihr von Wilma, von Tina und Harry und dass er nicht tun könne, was er wahrscheinlich tun würde, wenn er jetzt nicht aufhörte. Und er erzählte ihr auch, was es mit der Geschichte um seinen Vornamen für eine Bewandtnis hatte.

»Du bist eine faszinierende, begehrenswerte Frau. Unter anderen Umständen wäre ich dir mit Haut und Haaren verfallen«, er fuhr Annemarie liebevoll über die Haare. »Aber es ist, wie es ist und da gibt es für uns keine Zukunft. Und für einen so genannten ›One night stand‹ bist du mir viel zu schade.«

»Ich wünschte mir, mein Ex wäre so standhaft gewesen wie du es jetzt bist«, sinnierte sie. Sie schien zwar enttäuscht, aber nicht böse zu sein. »Glückliche Wilma, ich beneide sie sehr.«

Palinski überlegte, ob er das der Frau, die er seit 24 Jahren nicht geheiratet hatte, bei Gelegenheit erzählen sollte. Fand dann aber, dass es wahrscheinlich keine sehr gute Idee war. Man musste Ehrlichkeit ja auch nicht übertreiben.

»Ich will dich jetzt auch nicht mit dieser Floskel ›Vielleicht können wir Freunde bleiben‹ abspeisen«, fuhr er fort. »Auch wenn ich mir das wünschen würde.«

»Weißt du was, vielleicht sollten wir das zumindest versuchen.« Sie lachte schon wieder. »Wir sind ja noch nicht zu weit gegangen für eine Freundschaft.« Sie küsste ihn auf die Wange und stand auf.

Eine Stunde später lag Palinski schon im Bett in seinem Büro und sinnierte, ob es nicht doch vertretbar gewesen wäre, Annemarie gegenüber erst eine Stunde später so offen zu sein. Andererseits kam er langsam in ein Alter, in dem der bloße Gedanke, er hätte können, hätte er nur gewollt, auch schon seine Reize hatte.

5

Der Parkplatz des in der warmen Jahreszeit besonders bei den jungen Leuten äußerst beliebten »Krapfenwaldl-Bades« war im Winter naturgemäß ein plakatives Beispiel für gähnende Leere. Wie die meisten abgeschiedenen Plätze dieser Art hatte der Parkplatz Sommer wie Winter eine ungeheure Attraktivität für viele junge, motorisierte Paare, die ungestört schmusen oder eine rasche Nummer schieben wollten.

So auch Werner T. (22) und Bettina F. (20), die nach einer feuchtfröhlichen Party mit Studienkollegen ihre eben erst gemachte Bekanntschaft weiter vertiefen wollten. Die beiden waren gegen 2 Uhr morgens in Werners altem Kombi angekommen und hatten sich die dunkelste Ecke des ohnehin nur schwach beleuchteten Areals als Abstellplatz ausgesucht. Doch das traute Tete-à-Tete der beiden hatte sich so gar nicht nach Bettinas Geschmack entwickelt. Denn alle drei, vier Minuten hatte Werners Handy mit einer polyphonen Version von Bizets »Auf in den Kampf, Torero« den Eingang eines weiteren Gespräches angekündigt.

Und dieser total gestörte Telefonfreak Werner war nicht Manns genug gewesen, das Gerät einfach abzustellen. Obwohl es sich bei den bisherigen Anrufern jedes Mal um einen seiner Freunde gehandelt hatte. Die offenbar nur wissen wollten, ob er beim »Knacken der Nuss« schon erfolgreich gewesen war.

»Wenn du das nächste Gespräch annimmst«, hatte sie ihn noch ausdrücklich gewarnt, »dann kannst du mich vergessen.« Werner hatte ihr nicht geglaubt und auf das nächste Klingeln wie auf alle bisherigen reagiert. Er hatte das Gespräch angenommen.

Doch Bettina war eine ernstzunehmende junge Frau. Mit einem entschlossenen Griff hatte sie dem jungen Mann sein Lieblingsspielzeug weggenommen, die Wagentüre geöffnet und das Handy im hohen Bogen in die Natur befördert.

»Bist du jetzt total verrückt geworden?«, Werner hatte sich fürchterlich aufgeregt. Dann war er aus dem Wagen gesprungen und hatte sich auf die Suche gemacht. »Hilf mir wenigstens, du dumme Kuh«, hatte er sie aufgefordert, mit seiner charmanten Art, aber keinen Erfolg gehabt. So war er alleine durch die stockdunkle Natur gestolpert. Nur sein gelegentliches Fluchen hatte Bettina verraten, wo ungefähr sich ihr neuer Ex-Freund gerade aufhielt.

Plötzlich war es still geworden, dann hatte sie einen unterdrückten Aufschrei gehört und Werner war schon wieder neben dem Auto gestanden.

»Gibt mir Dein Handy«, hatte er sie atemlos aufgefordert.

»Das kommt überhaupt nicht in Frage«, hatte sie keinen Zweifel an ihrer Einstellung aufkommen lassen.

»Dann ruf du die Polizei an. Da hinten liegt ein Toter in einem Schlafsack.«

Jetzt war es schon fast 5 Uhr früh und die Kriminalpolizei unter der Leitung von Martin Sandegger war schon mehr als eine Stunde am Werk. Der Fundort der Leiche war großräumig abgesperrt worden, die Spurensicherung hatte ihre Arbeit unmittelbar an der Leiche beendet und sie zum Abtransport ins gerichtsmedizinische Institut freigegeben. Werner T. und Bettina F. hatten ihre Aussagen gemacht und waren schon vor einer halben Stunde nach Hause entlassen worden.

Bei dem Toten handelte es sich um einen etwa 50-jährigen Mann, dem man mehrere Male kräftig mit einem stumpfen Gegenstand auf den Kopf geschlagen hatte. Von hinten. Außer der Mitgliedskarte eines Videoverleihs, die auf den Namen »Alois Huntzinger« lautete, trug der Mann nichts bei sich. Damit kam natürlich vor allem Raubmord in Betracht.

Ein Mitarbeiter Sandeggers hatte im vorderen Teil des Parkplatzes, dort wo es zu den Badekassen ging, einige rote Flecken auf der festgetretenen Schneeunterlage gefunden. Falls es sich dabei um das Blut des Opfers handeln sollte, wovon Sandegger ausging, dann hatten sie wohl auch den Tatort gefunden. Er wies die Kollegen von der Spurensicherung an, besonders auf die relativ frisch wirkenden Reifenspuren in der Nähe der roten Flecken zu achten. Gleich neben dem alten VW, der da stand.

»Danke, Chef«, murmelte einer der Spurensicherer. »Darauf wären wir sicher nicht gekommen.« Er konnte diesen klugscheißenden Ermittler nicht leiden, hatte ihn noch nie gemocht. Sandegger, der das wusste, fügte noch hinzu: »Wenn ich mich nicht täusche, hat der linke vordere Reifen ein anderes Profil als der rechte und die beiden hinten.«

Tatsächlich, der Mann von der Spurensicherung war wider Willen beeindruckt. So was mit freiem Auge, sozusagen im Vorübergehen zu erkennen, und das bei dieser Dunkelheit, war klasse. Sandegger war zwar ein Arschloch, fand er nach wie vor, aber ein sehr kompetentes.

Für Werner T. sollte der Slogan von der »Polizei, dein Freund und Helfer« drei Tage später brandaktuelle Bedeutung erhalten. Unter anderem hatten die Beamten auch sein Handy gefunden. Da Sandegger innerlich belustigt auch diesen Verlust zu Protokoll genommen hatte, sprach nichts dagegen, das Hightech Gerät seinem Eigentümer wieder auszuhändigen. Zu diesem Zeitpunkt würde Werner aber bereits ein neues Spielzeug dieser Art angeschafft haben. Macht aber nix, doppelt hält besser.

*

Ministerialrat Dr. Michael Schneckenburger, der Vertreter des Innenministers beim Bundeskriminalamt (BKA), hatte ein Problem. Er war maßgeblich an der Organisation des »Kongresses Europäischer Kriminalbeamter« beteiligt, der vom morgigen Mittwoch an bis Sonntag im Wiener Austria Center stattfinden würde. Es wurden mehr als zweitausend führende Kriminalisten aus der EU und anderen Staaten erwartet. Auch das FBI sollte mit einer Delegation von mehr als 80 hochrangigen Mitarbeitern teilnehmen. Neben den zentralen Plenumsveranstaltungen und den Arbeiten in insgesamt zwölf Ausschüssen kam dem gesellschaftlichen Teil des Riesenevents natürlich besonders große Bedeutung bei.

Höhepunkt würde der festliche, unter dem Motto »Der Kongress tanzt« stehende Galaabend in der Wiener Hofburg am Samstagabend sein.

Schneckenburgers Problem lag in einem Fax begründet, das eben aus Edinburgh eingetroffen war. Prof. Dr. Alistair McEllen, der durch seine exemplarischen Arbeiten zu den Themen »Täterprofil« und »Die kindliche Prägungsphase und ihre Bedeutung für die Verbrechensprophylaxe« zu Berühmtheit gelangt war, hatte sich zu Silvester beim Aufhängen einer Gardine das Bein gebrochen. Der komplizierte Bruch machte sein Kommen zum »KEK« unmöglich. Das tat Schneckenburger zwar leid, war ihm aber eigentlich egal. Die Frage, die ihn beschäftige, lautete vielmehr: »Woher sollte er bis Freitag Vormittag einen kompetenten Referenten hernehmen, der statt McEllens ein sowohl inhaltlich als auch rhetorisch interessantes Referat halten konnte?«

Endlich hatte der Minister Zeit für das Problem und Schneckenburger saß Dr. Josef Fuscheé gegenüber.

»Schlimm, das mit McEllen«, brummte der Chef. »Andererseits habe ich noch nie verstanden, was er mit dem Zeug eigentlich meint, das er zu Papier gebracht hat. Kennen Sie sich da aus?«, wollte er von seinem Ministerialrat wissen.

Mit »Das ist wohl eher etwas für ausgesprochene Spezialisten« zog sich der Befragte relativ elegant aus der Affäre. »Aber wen sollen wir jetzt fragen, ob er einspringen kann? Mir fällt auf die Schnelle nur Dr. Walzer vom bayrischen LKA ein oder Prof. Falabucci aus Mailand.«

»Beides exzellente Leute.«, bekräftigte der Minister,

»Aber der eine lispelt zum Gotterbarmen und der andere redet so schnell, dass kein Mensch mitkommt. Vor allem aber ist jeder der beiden zu Tode beleidigt, wenn wir den anderen nehmen und nicht ihn. Fällt uns sonst niemand ein?«

Während Schneckenburger noch grübelte, schien dem großen Mann eine Idee zu kommen. »Wir haben doch auch jemanden im ›Talon‹, von dem keiner so genau weiß, was er tut, der aber schon gute Leistungen erbracht hat.«

Der Ministerialrat hatte keine Ahnung, an wen sein Chef dachte. Und das war schlecht, denn der Minister liebte es, wenn seine Leute mitdachten und das auch beweisen konnten.

»Sie meinen doch nicht …«, Schneckenburger versuchte es mit einem Bluff. Das hatte schon einige Male funktioniert.

»Ja, genau den«, der Minister freute sich über seinen cleveren Mitarbeiter. »Wenn Sie den für ein Referat gewinnen können, würde ich mir das sogar anhören. Vielleicht kapiere ich dann endlich, was er unter Krimilieteratonie oder wie das Zeug heißt, versteht.«

Schneckenburger war gleichermaßen erleichtert wie verblüfft. Der Alte wollte tatsächlich Palinski als Referent haben. »Ich hoffe, der Mann ist in Wien und hat am Freitag Zeit.«

»Sagen Sie meinem Freund Mario«, der Minister blickte seinem Ministerialrat tief ins Auge, »dass ihn sein Freund Josef um diesen Gefallen bittet.«

Miki Schneckenburger glaubte zu träumen. »Und das soll ich genau so sagen?«

»Jawohl, Schneckenburger«, bestätigte der Minister, »Lapinski und ich sind seit der Ansbichler-Geschichte per du. Aber nur im privaten Bereich natürlich.«

»Palinski, Herr Minister«, warf Schneckenburger ein.

»Was meinen Sie?«

»Ihr Freund heißt Palinski, Herr Minister, und nicht Lapinski.«

»Ach, Lapinski oder Palinski, das ist doch egal. Hauptsache, mein Freund Mario hält dieses blöde Referat.«

*

»Bei dem Toten handelt es sich um den 47-jährigen Alois Huntzinger, der in der Himmelstraße 32 gewohnt hat.« Martin Sandegger informierte Inspektor Helmut Wallner über die Ereignisse am frühen Morgen. »Das ist das Haus, vor dem der Container mit der Leiche der armen Elena Kalkonides gefunden worden ist. In diesem Zusammenhang ist auch interessant, dass der Körper Huntzingers einige Hämatome aufweist, die auf Fußtritte schließen lassen. Da war jemand ganz schön zornig. Schon wieder einmal.«

Spätestens jetzt war Wallner hellwach. »Du meinst, so zornig wie der Totschläger von Elena?«

»Genau so«, bestätigte Sandegger. »Hellmer und Witzmann sind schon in der Wohnung Huntzingers. Vielleicht finden sie etwas, was eine noch deutlichere Verbindung zu Elena herstellt.«

Inzwischen hatte auch Palinski den Raum betreten und die beiden Beamten begrüßt. Sandegger wiederholte für den Neuangekommenen kurz das bisher Gesagte. »Wenn wir jetzt noch das Auto mit dem abweichenden Reifenprofil links vorne finden, ist der Fall so gut wie gelöst«, gab sich Sandegger optimistisch. »Wir sollten gleich einmal die Fahrzeuge der Schwarzenbachs kontrollieren.«

»In diesem Zusammenhang wird es euch interessieren, dass Schwarzenbach senior unten beim Diensthabenden ist und eben einen Autodiebstahl anzeigt«, auch Palinski konnte etwas Neues zu diesem Gespräch beitragen.

»Na, diese Gelegenheit sollten wir gleich nutzen«, meinte Wallner nach einer Schrecksekunde und griff zum Hörer. Fünf Minuten später nahm Karl Schwarzenbach auf dem Sessel vor Wallners Schreibtisch Platz.

Wie Schwarzenbach angab, war der alte, auf seinen Vater zugelassene Mazda heute nicht mehr auf dem üblichen Abstellplatz vor dem Haus gestanden. Ja, der Wagen hatte vor einigen Tagen einen Patschen links vorne und das Reserverad Sommerbereifung gehabt.

Nein, er hatte keine Ahnung, wo der Wagen jetzt sein konnte. Und einen Alois Huntzinger kannte er auch nicht. Letzte Nacht war er zu Hause gewesen und sein Sohn hatte bei einer Freundin in Tulln übernachtet. Ihren Namen gab er mit Lisa Ferrari an.

»Tut ma leid, die Herrn, dass ich ihnen net höffn hab können«, bedauerte Schwarzenbach mit einem leichten Anflug von Häme in der Stimme. Dann stand er auf und verließ den Raum.

»Ich wette, der Sohn war's und der Vater hat ihm geholfen«, mutmaßte Palinski und keiner widersprach ihm. Bloß mit echten Beweisen sah es noch etwas schlecht aus.

»Es reicht nicht einmal für einen Hausdurchsuchungsbefehl«, wusste Wallner.

»Die Freundin in Tulln klingt aber sehr nach Künstlernamen«, warf Palinski ein. »Die Frau sollten wir uns näher ansehen.«

Ein Anruf des Inspektors in Tulln bestätigte den Verdacht. Bei der Freundin mit dem klingenden Namen handelte es sich um eine bekannte 45-jährige Edelprostituierte, deren Spezialität es war, junge Männer, die Probleme im sexuellen Umgang mit dem anderen Geschlecht hatten, sanft und liebevoll in die Materie einzuführen. Tatsächlich legte Josefa Brandberger, so ihr bürgerlicher Name, wert auf die Berufsbezeichnung »Sexualberaterin.«

Ein weiterer Anruf, diesmal in der »Beratungsstelle« brachte zu Tage, dass zumindest die offiziellen Beratungszeiten am späteren Nachmittag begannen und Madame Ferrari erst ab 17 Uhr erreichbar war.

Die drei beschlossen, am frühen Abend einen Ausflug in die nette kleine Stadt an der Donau, etwa 30 Kilometer westlich von Wien zu machen.

*

Dr. Annemarie Sumser saß eben mit einem Klienten im Besprechungszimmer der Kanzlei. Bei dem Fall ging es um einen Nachbarschaftsstreit, der sich schon seit mehr als zwei Jahren hinzog. Der für jeden Außenstehenden absolut blödsinnige Streitgrund, ein zwanzig Zentimeter breiter und knapp 3 Meter langer Streifen Wiese zwischen den benachbarten Gärten, beschäftige bereits die

Berufungsinstanz und ließ das Geld in den Kassen der beiden Anwaltskanzleien klingeln.

Die Anwältin hatte Schwierigkeiten, den Ausführungen ihres Mandanten mit dem nötigen Ernst zu folgen. Sie war daher eher dankbar, als sie von ihrer Kanzleigehilfin zu einem wichtigen Telefongespräch in ihr Büro geholt wurde.

»Dr. Sumser«, meldete sie sich.

»Sind Sie die Masseverwalterin im Konkurs Marinov?«, wollte eine heiser flüsternde Stimme wissen, die keinen Rückschluss auf das Geschlecht des Anrufers zuließ.

»Ja, das stimmt«, bestätigte die Anwältin. »Und mit wem spreche ich?«

»Das ist für die Gläubiger Marinovs nicht von Belang«, meinte die Stimme, »meine Information dagegen sehr. Im Augenblick ist Herr Marinov in der Filiale der ›Helvetia Credit‹ in der Wachturmgasse in Zürich. Er wird die Bank in Kürze mit einem Koffer mit 250.000 Euro verlassen und dann über Frankfurt nach Wien fliegen. Voraussichtliche Ankunft mit der AUA um 21.30 Uhr in Schwechat. Machen Sie das Beste daraus.«

Ehe Dr. Sumser noch etwas erwidern konnte, hatte der unbekannte Anrufer das Gespräch auch schon beendet.

Jetzt hatte sie das Jagdfieber gepackt. Ein Telefonat mit dem Bezirkgericht Döbling stellte erfreulich unbürokratisch sicher, dass Herr Zwettler, der Chefgerichtsvollzieher, selbst sie zum Flughafen begleiten würde, um gegebenenfalls an Ort und Stelle eine Taschenpfändung durchführen zu können.

Jetzt stand ihr Sinn noch weniger nach den Streitigkeiten zweier Nachbarn um ein Futzerl Wiese. Sie schob einen dringenden Notfall vor und vereinbarte einen neuen Termin mit dem geschassten Mandanten.

Dann gab sie dem immer stärker werdenden Drang nach, mit jemandem über die Sache sprechen zu wollen, und wählte die Nummer Palinskis. Nach den Erfahrungen des letzten Abends fiel ihr das nicht ganz leicht, aber sie schaffte es. Und freute sich, als sie seine Stimme vernahm.

*

Amelia Balos war sauer. Und ein wenig verunsichert. Bis jetzt hatte sie sich mit Frederick, dem Produktionsleiter dieser Pilot-Ausgabe des neuen TV-Formats »Schicksalswette«, ausgezeichnet verstanden.

Auch heute noch, bis nach dem Frühstück. Er hatte ihr, die keine Ahnung vom Fernsehgeschäft hatte, einiges erklärt. So hatte sie beispielsweise wissen wollen, warum ihre Funktion in dem Spiel eigentlich »Dummie« genannt wurde. »Das klingt doch irgendwie, na komisch eben«, hatte sie gemeint.

Geduldig hatte ihr Frederick erklärt, dass der Begriff von den »Crash-Test Dummies« abgeleitet worden war. »Das sind diese Puppen, die in den Autos sitzen und mit 60 Kilometern in der Stunde gegen ein Hindernis donnern. Diese Puppen sind in einen Unfall verwickelt, bei dem in Wirklichkeit aber niemandem etwas geschieht.« Ihre Rolle sei so ähnlich. »Du bist scheinbar entführt worden und doch passiert tatsächlich gar nichts.«

Das leuchtete ihr ein, obwohl die Bezeichnung noch immer missverstanden werden konnte.

Plötzlich hatte Amelia bemerkt, dass sich Frederick immer deutlicher für sie zu interessieren schien. So weit, so gut, das hatte ihr zunächst sogar geschmeichelt. Langsam wurde es aber lästig, weil nicht mehr zu übersehen war, dass sich der Mann mit nichts weniger als Sex zufrieden geben würde.

Sie war kein prüdes Mauerblümchen und wäre unter anderen Umständen einem Abenteuer wahrscheinlich gar nicht abgeneigt gewesen. Aber in der speziellen Situation, die Frederick ja kannte, da sie ja einen wesentlichen Bestandteil der Reality Show ausmachte, kam das für sie nicht in Frage. Nachdem sie ihm das unmissverständlich klar gemacht hatte, war er patzig und sogar ein wenig beleidigend geworden.

Später hatte er sich dafür entschuldigt und irgendetwas davon gemurmelt, dass er das selbst nicht verstünde und so ein Verhalten an sich nicht seine Art wäre. Gut, sie hatte seine Entschuldigung angenommen. Aber es war nicht mehr so wie vorher, die unbeschwerte Stimmung war weg. Ein für alle Mal, fürchtete sie. Sie würde in Zukunft vorsichtiger sein müssen.

*

Palinskis Mobiltelefon hatte Hochbetrieb. Zunächst hatte Wilma wissen wollen, ob er noch unter den Lebenden weilte. Sie hatte ihn weder gestern Abend noch heute Vormittag erreichen können. Nachdem sich ihre Bedenken als unbegründet erwiesen hatten, hatte sie nahtlos von besorgt auf sauer umgeschaltet. »Du könntest dich wirklich mehr um mich und die Kinder kümmern«, monierte sie. Und hatte recht damit. Seine Versicherung, sich bessern zu wollen, stimmte Wilma wieder etwas friedlicher.

Als nächstes hatte ›Miki‹ Schneckenburgers Anruf die Stille der Mittagspause in Palinskis Büro gestört. Die Konsequenz des Gespräches lautete: »Ade Ottenschlag-Wochenende«, aber die Chance, vor den führenden Kriminalisten der Welt zu referieren, war zu verlockend. Gleichzeitig machten sich die ersten Schmetterlinge in seinem Bauch bemerkbar. »Also Freitag um 9.30 Uhr Saal 4 im Austria Center.«

»Und reiß dich zusammen, dein Freund Josef will sich das Referat auch anhören«, gab ihm ›Miki‹ als Aufmunterung mit auf den Weg.

Kaum war Schneckenburgers Stimme Vergangenheit, verlangte Annemarie Sumser nach Palinski. »Hallo, mein Lieber, du wirst es nicht fassen, was mir gerade vorhin passiert ist.« Sie berichtete ihm von dem Anruf und ihren daraufhin erfolgten Maßnahmen. »Falls du durch einen unwahrscheinlichen Zufall Marinov sprechen solltest«, warnte sie ihn, »dann lass dich bloß nicht zu einer Warnung hinreißen. Und auf Dein faszinierendes Paradoxon verzichtest du besser auch. Sonst müsste ich dich trotz aller Sympathien wegen Störung oder Hintertreibung einer Amtshandlung anzeigen, claro?«

Mann, die Frau konnte bestimmt sein, ging es Palinski durch den Kopf, ehe ihm ein fast schüchtern klingendes »Klar claro« über die Lippen kam. Er sah schon ein, dass die Anwältin so handeln musste. In der Sache war sie immerhin als Organ des Gerichtes tätig. Aber dennoch, obwohl ihn Marinov belogen hatte und der »Freund« ein Nummernkonto in der Schweiz zu sein schien, tat ihm der Kerl irgendwie leid. Wie konnte er ihm helfen? Am besten wäre es wahrscheinlich, mit Helmut darüber zu sprechen. Vielleicht konnte der im Hintergrund etwas unternehmen. Allerdings hatte er Marinov versprochen, nichts zu sagen. Aber er hatte ihn auch darauf hingewiesen, dass er bei einer Befragung durch die Polizei nicht lügen würde. Wie konnte er Wallner dazu bringen, ihn zu einem Fall, den der Inspektor noch gar nicht kannte, zu befragen?

*

Max Friedel, ein Beamter des Gendarmeriekommandos in Tulln, begleitete Wallner und Palinski zu Lisa Ferrari. Auf dem Weg ließ er durchblicken, dass seine Frau mit der ›Sexberaterin‹ in die Schule gegangen war.

»Die Josefa is eigentlich a gute Haut«, erzählte er. »I sag Josefa zu ihr, denn wie ich sie kennen glernt hab, war no ka Red von Lisa und Ferrari. Und sie hat a großes Herz. Net nur für die Männer. Gestern hamma an Bunten Abend im Altersheim ghabt. Da hat's mit den Jungan gsungen und Kaukau tanzt, wie wanns selbst erst zwanzg wär.«

»Sie sind aber auch kein gebürtiger Tullner«, vermutete Palinski. Zu Recht, denn mit: »na, i bin aus Simmering. Mei Frau is von da und hat a schöns Haus geerbt. So simma halt nach Tulln zogn«, bestätigte Friedel. »Is aba scheen da.«

Die Frau, die ihnen fünf Minuten später die Türe öffnete, sah keinen Tag älter aus als 40 und hatte rotes Haar. »Oh, il rosso di Maranello«, konnte sich Palinski nicht verkneifen. Winkte aber ab, als Wallner sich nicht auskannte und nach Interpretation gierte. »Später, wenn es unbedingt sein muss«, vertröstete Palinski den Freund.

Lisa Ferrari bestätigte auf Befragung freimütig, dass sie einen Hans Schwarzenbach kannte und dass »der Blacky« von gestern 18 Uhr bis heute 9 Uhr mit ihr zusammen gewesen war.

»Aba Josefa, von sieben bis Mitternacht warst doch bei die Seniorn«, rief ihr der Gendarm in Erinnerung.

»Des stimmt schon«, räumte die Ferrari ein,« aba da Blacky is die ganze Zeit hinten im Saal gsessen.«

»Könnten Sie vor Gericht beschwören, dass Sie Hans Schwarzenbach den ganzen Abend über gesehen haben?«, wollte Wallner sie festlegen.

»Na ja, beschwören kann ich des natürlich net«, räumte die nachdenklich gewordene Frau ein. »Weil ich hab ja a Menge zu tuan ghabt, auf und auch hinter da Bühne.«

»Sie können also nicht ausschließen, dass Herr Schwarzenbach, sagen wir, zwischen 8 und 11 Uhr den Saal verlassen hat, ohne dass es Ihnen aufgefallen wäre?«, legte Palinski noch einmal nach.

Sie überlegte kurz, dann schüttelte sie ihre prachtvolle rote Mähne. »Also ausschließen kann ichs net, aba ich bin sicha, er is die ganze Zeit da gwesn.«

Zehn Minuten später waren Wallner und Palinski schon wieder unterwegs nach Wien. Sie nahmen ganz bewusst den Umweg über den Parkplatz beim »Krapfenwaldl-

Bad« auf sich, den sie trotz nur mäßigen Tempos in 25 Minuten erreichten.

»Das Alibi Schwarzenbachs ist nicht sehr viel wert«, sprach Wallner aus, was Palinski dachte. »Wenn unsere Leute morgen bei der Befragung der Bewohner des Altersheimes niemanden finden, der ›Blackys‹ Alibi zweifelsfrei bestätigen kann, bekommen wir unseren Durchsuchungsbefehl.«

»Apropos ›Blacky‹«, brachte sich jetzt auch Palinski ein. »Wie es aussieht, ist die Verwendung des Spitznamens doch nicht auf die Schulzeit beschränkt.«

Während der Weiterfahrt zur Hohen Warte meldete sich Wallners Mobiltelefon. Es war Sandegger mit neuen Ergebnissen. Der Inspektor hörte aufmerksam zu, dankte und meinte abschließend noch, dass er in Kürze im Büro sein würde.

»Der rote Fleck an der Mauer im Hof des Kutscherhauses stammt definitiv vom Blut der Elena Kalkonides. Damit steht jetzt auch der Tatort eindeutig fest«, gab er sein neugewonnes Wissen an Palinski weiter. »Das haben wir aber bereits angenommen. Noch interessanter ist, was Hellmer und Bartinek in der Wohnung Huntzingers entdeckt haben.«

Offenbar war der arbeitslose Bürokaufmann ein begeisterter Hobbyfotograf gewesen. In der Wohnung hatten die Beamten neben mehreren Kameras, zahlreichen belichteten Filmen und hunderten Schwarz-Weiß Fotos auch eine richtig altmodische Dunkelkammer gefunden. Auf einigen offenbar mit einem äußerst lichtempfindlichen Material aufgenommen Bildern war jemand zu sehen, der etwas vor sich herschob. Zusammen mit einigen weiteren Fotos ergab das eine Sequenz, die jemanden zeigte, der einen Müllcontainer schob. Leider war nicht zu erkennen, um wenn es sich dabei handelte.

»Hellmer hat auch den Film gefunden. Und jetzt kommt das Beste.« Der Inspektor machte es wieder richtig spannend. »Von den 32 Negativen, die sich auf dem Film befinden müssten, sind aber lediglich 28 vorhanden. Was können wir daraus schließen?«

Palinski schätze den Inspektor sehr und mochte ihn wirklich. Bloß diese gelegentlich zur Schau getragene Oberlehrermanier des Freundes ging ihm echt auf den Wecker.

»Du meinst, wenn wir Glück haben, finden wir die 4 Negative auch noch. Und auf einem davon wird der Mann zu erkennen sein.«

»Bingo«, freute sich Wallner. »Und es ist ein starkes Indiz dafür, dass Huntzinger den Täter erkannt hat und erpressen wollte.«

»Und dass der darüber sehr zornig geworden ist, nicht lange überlegt und wieder zugeschlagen hat«, rundete Palinski die Schlussfolgerung ab.

»Am liebsten würde ich sofort zu den Schwarzenbachs fahren und die Sache zu Ende bringen«, meinte Wallner. »Aber wir sollten die Überprüfung des Alibis abwarten. Für alle Fälle stellen wir das Haus unter ständige Beobachtung. Sicher ist sicher.«

*

Dr. Annemarie Sumser und Gerichtsvollzieher Waldemar Zwettler saßen im Café im Ankunftsbereich des

Flughafens Wien Schwechat. Es war kurz nach 21.15 Uhr und sie hatten ihr »Hauptquartier« schon vor mehr als drei Stunden hier aufgeschlagen. Die Angelegenheit war der Anwältin zu wichtig, um irgendwelche Risiken einzugehen. Daher hatten sie und Zwettler schon alle früheren, für eine Rückkehr Marinovs in Frage kommenden Ankünfte überwacht. Die direkten Maschinen und auch andere Flüge, die einen mit einem Zwischenstopp aus Zürich nach Wien bringen konnten. Die Anwältin hatte der Polizei und der Zollwache eine Personenbeschreibung gegeben und um Amtshilfe gebeten. Zwei Beamte standen neben den Ausgängen bereit, um eingreifen zu können, falls Marinov Schwierigkeiten machen sollte. Alles war vorbereitet für den Fuchs, er musste nur mehr in die Falle gehen.

Auf der riesigen Anzeigentafel wurde der Austrian Flug aus Frankfurt als »gelandet« gemeldet. 7 Minuten früher als laut Flugplan vorgesehen. Annemarie Sumser hoffte, dass das Objekt ihrer anwaltlichen Begierde jetzt langsam eintreffen würde. Ihr Tag hatte früh begonnen und sie war schon rechtschaffen müde. Sie winkte nach der Bedienung, um ihre und Zwettlers Konsumation zu bezahlen. Es wäre ja auch zu lächerlich, wenn ihr Marinov möglicherweise durch die Lappen ging, nur weil sie nicht rechtzeitig die Rechnung verlangt hatte.

Einige Minuten später machte Zwettler die Anwältin auf den einen Polizisten aufmerksam, der sich offenbar bemühte, ihnen mit Zeichen etwas mitzuteilen. Anscheinend hatte er irgendeine Meldung bekommen, die mit Marinov zu tun hatte. Annemarie Sumser und

Waldemar Zwettler standen auf und stellten sich gegenüber der Türen auf, durch die die Fluggäste kommen mussten.

Plötzlich erblickte sie ihn in einer Gruppe mehrerer Männer, mit denen er aber nichts zu tun hatte. Hoffte sie zumindest. Er blickte recht zufrieden drein und schien sich, wieder am Boden und zu Hause, in vertrauter Umgebung sicher zu fühlen. Annemarie hatte fast ein schlechtes Gewissen, diese kleine Idylle in wenigen Sekunden empfindlich stören zu müssen.

Zwettler blickte sie fragend an und sie deutete auf Marinov. Mit einer Geschwindigkeit, die man dem schweren, 1,90 m großen Mann nicht zugetraut hätte, war er bei dem Pleitier. Der erkannte sofort, dass »the good times« für heute vorüber waren. Die beiden Polizisten kamen ebenfalls näher und ließen ihn die Aussichtslosigkeit einer für Sekunden ins Auge gefassten Flucht erkennen. Resigniert folgte er Zwettler zur Seite, heraus aus dem Strom der Angekommenen. Dr. Sumser war inzwischen ebenfalls herangetreten und die Amtshandlung konnte ihren Lauf nehmen.

»Sie sind Heribert Marinov«, stellte der Vollzugsbeamte fest und zeigte ihm seine Legitimation. »Mein Name ist Zwettler vom BG Döbling und ich pfände hiermit das Geld und alle Wertgegenstände, die Sie an und mit sich tragen.«

Neben den 5 Packerln zu je 50.000 Euro, die sich im Aktenkoffer befanden, büßte Marinov auf diese Art auch seine gute Uhr ein, eine klassische Tissot Navigator, die mindestens 2.000 Euro wert war.

Am meisten aber berührte die Anwältin das fassungslose Gesicht des Mannes, aus dem ihr die Frage förmlich entgegen sprang. »Was wird jetzt mit Amelia werden?«

Fast sanft berührte sie seinen Arm und sagte »Sie müssen Acht geben. Da gibt es jemanden, der Ihnen schaden möchte. Ich bin anonym über Ihre Schritte informiert worden.«

*

Während Marinov abgeräumt wurde wie ein Christbaum am 6. Jänner und froh sein musste, dass ihm Dr. Sumser 100 Euro für das Allernotwendigste gelassen hatte, saß Palinski endlich wieder einmal an seinem Computer. Seine bevorzugte Tageszeit für die Arbeit an der Datei »Crimes-facts and ideas« war die nach 10 Uhr abends. Früher war er fast jeden Abend in die faszinierenden Abgründe realer und literarischer Verbrechen gestiegen, hatte Muster gesucht, Zusammenhänge hergestellt und Antworten gefunden. Seit er wieder bei der Familie im 3. Stock logierte, war dieser wichtige Teil seiner Tätigkeiten deutlich zu kurz gekommen. Vielleicht konnte er Wilma dazu bewegen, in Zukunft zwei, drei Nächte in der Woche bei ihm im Institut zu übernachten. Dann konnte er arbeiten, während sie schon oder noch schlief. Tina und Harry würden es sicher auch schätzen, wenn sich ihre Übernachtungsgäste nicht jeden Morgen den kritischen Blicken der Mutter aussetzen mussten.

Er überlegte eben, ob er Wilma um 22.35 Uhr noch anrufen sollte, auf dem Lande ging sie immer ziemlich früh zu Bett, als sein Telefon läutete.

Es war Annemarie, die sich auf der Heimfahrt vom Flughafen befand und ihn aufgeregt über die aktuellen Ereignisse informierte.

»Das war eine berufliche Sternstunde«, bekannte sie, »aber irgendwie bin ich nicht stolz darauf. Der Bursche ist zwar ein Gauner, aber ein sympathischer. Und er macht sich wirklich Sorgen um seine Amelia.«

Palinski verstand nur zu gut, was sie meinte. Nachdem Marinov offenbar bereit gewesen war, seine Altersvorsorge für das geliebte Mädchen zu opfern, das Geld jetzt aber anderen Zwecken zugeführt worden war, war der Handlungsspielraum des Erpressten sehr klein geworden. Wie sollte der Mann da wieder herauskommen? Gab es den guten Freund, der ihm noch einen Gefallen schuldete, oder war das nur eine Art Notlüge gewesen? Hatte er noch irgendwo Mittel versteckt, die ausreichten, den geforderten Betrag zu erbringen oder waren seine Möglichkeiten erschöpft? Palinski hatte nie in seinem Leben mit dem »Big Money« zu tun gehabt und daher keine Vorstellung, wie viel man an all den geldgierigen Institutionen vorbei in Sicherheit bringen konnte. Die 250.000 erschienen ihm aber schon ein äußerst großer Brocken zu sein.

»Am besten wäre es, jetzt die Polizei ins Vertrauen zu ziehen«, meinte er zu Annemarie. »Ich überlege bloß, wie ich das anstellen soll, ohne mein gegebenes Wort zu brechen.«

»Versuch es doch mit Deinem Paradoxon«, regte Annemarie an, »das hat zumindest mich ziemlich beeindruckt.«

Das war keine üble Idee, allerdings war Helmut Wallner alles andere als ein Philosoph. Er würde sich eine »Light«-Version für den Freund überlegen müssen.

Einen Moment lang war Palinski in Versuchung, die Anwältin auf einen Drink einzuladen. Mit all den Unabwägbarkeiten, die so eine Einladung mit sich bringen konnte. Aber er blieb standhaft, sicherte ihr zu, sie auf dem Laufenden zu halten und wünschte ihr eine gute Nacht.

Dann holte er sich ein Glas Zweigelt aus der Küche und nahm wieder Platz am PC. Er gab die Bezugsworte »Erpressung«, »Freundin« und rein instinktiv auch »fingiert« ein. Warum, würde er auch später nicht beantworten können.

6

Heribert Marinov saß der Schock noch tief in den Knochen, als er an diesem Morgen aufwachte. So etwas Erniedrigendes und Deprimierendes, wie das, was ihm gestern am Flughafen widerfahren war, hatte er noch nie erlebt. Je heller es am Horizont wurde, desto mehr wichen aber die Schatten der Nacht. Die aufgehende Sonne verjagte schließlich die letzten Gespenster und sein alter Optimismus gewann wieder die Oberhand.

Als erstes musste er sich Geld beschaffen, denn der Rest, der ihm von dem freundlicherweise überlassenen Hunderter geblieben war, reichte nicht einmal mehr für eine Tankfüllung seines bzw. Ingrids Coupé.

Das Problem würde er aber leicht durch den Verkauf einiger Münzen lösen, die seine Frau von ihrem Vater geerbt hatte. Er würde einige der Dubletten nehmen. Deren Fehlen dürfte am wenigsten auffallen.

Als zweites wollte er sich Klarheit verschaffen, ob und von wem er beschattet wurde. Das ob stand für ihn eigentlich schon fest. Woher sonst hätte wer immer auch wissen können, dass er in Zürich gewesen war?

Dann musste er überlegen, welche falschen Spuren er legen konnte, um unbemerkt zu seinem eigentlichen Ziel zu gelangen. Einfacher ausgedrückt, er musste seinen oder seine Verfolger irgendwie abhängen.

Schließlich musste er sich noch vergewissern, ob der diskrete Handelsmann in der Stadt war, der ihn wiederholt mit den kleinen wertvollen Kohlenstoffkristallen versorgt und zugesagt hatte, ihm diese bei Bedarf wieder abzukaufen.

Wenn alles einigermaßen nach Plan lief, würde die Geldübergabe am Freitag planmäßig über die Bühne gehen können und Amelia wieder frei sein. Obwohl er den Plan der Entführer noch gar nicht kannte. Er fragte sich, wann und wie ihn diese Informationen erreichen würden. So leicht konnte man einen Heribert Marinov nicht fertig machen. Das gestern war nur eine Schlacht gewesen, die er verloren hatte. Den Krieg würde aber er gewinnen.

*

Annemarie Sumser blickte entgeistert auf das Schreiben, dass ihr ihre Kanzelgehilfin eben auf den Tisch gelegt hatte.

> HALLO DU MISTSTÜCK
> HAST DU DAS GELD SCHON? WENN NICHT, DANN WIRD ES LANGSAM ZEIT.
> NOCH GEHT ES AMELIE GUT. WIE LANGE NOCH, LIEGT GANZ BEI DIR:
> ERWARTE WEITERE INSTRUKTIONEN FREITAGS AB 20 UHR
> UND NOCHMALS KEINE POLIZEI, SONST …

Dazu ein Foto mit einer dramatisch geschminkten Amelia, die anscheinend nicht wirklich verletzt war. Aber einen drastischen Eindruck vermittelte, wie sie aussehen würde, wenn ... Die Tafel mit der Aufschrift »Lass mich bitte nicht im Stich« war gar nicht mehr erforderlich, um den Ernst der Situation deutlich zu machen.

Obwohl, die angstverzerrte Fratze in dem total mit roter Farbe oder Ketchup verschmierten Gesicht der jungen Frau hätte genau so gut ein Lachen sein können, ging es ihr durch den Kopf. Sah tatsächlich aus wie ein Lachen, fand sie auch nach dem zweiten Hinsehen.

»Vergessen Sie, dass Sie diesen Brief je gesehen haben«, schärfte sie der Kanzleigehilfin ein, »sonst bekommen wir Probleme.« Dann wählte sie Palinskis Nummer und informierte ihn.

*

Der Anruf der Anwältin erreichte Palinski im Büro Wallners. Um ungestört sprechen zu können, täuschte er ein Funkloch vor und verließ nach einigen pantomimischen Verrenkungen den Raum. Er war über das Eintreffen des Schreibens nicht halb so überrascht wie Annemarie. Für ihn war es nur logisch, dass da noch etwas nachkommen hatte müssen. Er verabredete mit ihr, den Brief später zu holen. Nach vorherigem Anruf. Marinov wollte er vorerst telefonisch über den Inhalt des Schreibens in Kenntnis setzen. Das versuchte Palinski dann auch zweimal, aber ohne Erfolg. Sowohl am Festnetzanschluss als auch am Handy des Mannes meldete sich niemand.

Als Palinski in Wallners Büro zurückkam, brachen der Inspektor und Sandegger gerade auf. »Wir sehen uns jetzt nochmals in Huntzingers Wohnung um. Irgendwo müssen die vier fehlenden Negative schließlich sein«, hoffte Wallner. Palinski hatte sich noch nie einer Herausforderung entzogen, oder zumindest fast nie. So auch jetzt.

Zehn Minuten später betraten die drei Männer die polizeiversiegelte kleine Wohnung in der Himmelstraße. Sie begannen systematisch mit der Suche. Zunächst das Wohnzimmer mit dem Schreibtisch, der Bücherwand und einem relativ wertvoll aussehenden Sekretär. Bodenseebarock, wie der in diesen Dingen bewanderte Sandegger vermutete. Aber auch das in diesem schönen Stück zu Recht vermutete Geheimfach enthielt nichts der gesuchten Art.

Auch die penible Durchsuchung der übrigen Räume brachte keine Ergebnisse, sah man von einigen Ausgaben des »Playboys« ab, die verschämt unter einem Stapel alter Langspielplatten versteckt waren. Ja selbst in den in Kriminalfilmen so beliebten Verstecken wie dem Spülkasten im WC oder der Bröseldose in der Küche, nada, nichts, niente.

Mehr resigniert als erschöpft nahmen die drei Männer im Wohnzimmer Platz und hofften auf eine Eingebung. Palinski hatte die Gabe, Abläufe wie einen Film speichern zu können und diese später nochmals vor seinem geistigen Auge ablaufen lassen zu können. Das machte er auch jetzt.

»Nicht schlafen«, meckerte Wallner, «dazu haben wir keine Zeit.«

Palinski ließ sich aber nicht ablenken, sondern forschte weiter in seiner Erinnerung. Irgendetwas war ihm aufgefallen, hatte sich in sein Unterbewusstsein gesetzt und wartete nur darauf, an die bewusste Oberfläche geschwemmt zu werden. Was war das bloß gewesen?

Und wo hatte er es gesehen? Er hatte alle Räume durch bis auf das Klo. War im Klo etwas anders gewesen als zu erwarten gewesen war? Möglich, er war sich noch nicht sicher. Was konnte dort anders gewesen sein? Da war ja nicht viel außer einem größeren Vorrat an doppellagigem, poposchmeichelndem Häuselpapier. Mindestens zehn Rollen waren auf einem an der hinteren Wand über dem Spülkasten eingelassenen Board gestapelt. Alle weiß, gleich hoch, gleich breit und in Reih und Glied aufgestellt wie die Prinzengarde beim Villacher Fasching. Halt, eine Rolle hatte die vorbildliche Ordnung irgendwie gestört. Nicht so stark, dass es sofort ins Auge gesprungen wäre, aber doch.

Palinski stand auf. »Ich geh nochmals aufs Häusl«, teilte er den beiden Anderen mit.

»Seit wann informierst du uns über deine Verdauungstermine?«, flachste Wallner und Palinski ließ ihn. Wenn es dem Freund half, seinen Frust zu bewältigen, dann sollte es ihm recht sein.

Eine Minute später war er schon wieder zurück. »Unterdrücke deine nächste Bemerkung«, ermahnte er den Inspektor. »Ich glaube, ich habe etwas, was deine Laune verbessern wird.«

Langsam begann Palinski, die Papierrolle in seiner Hand abzuwickeln. Nach rund 12 Metern, die sich vor den Füßen der langsam um den Geisteszustand ihres zivilen Kollegen besorgten Beamten langmachten, tauchte das Gesuchte endlich auf. Huntzinger hatte das Stück Film in der Klorolle versteckt.

Wallner klatschte begeistert in die Hände, sein Frust war schlagartig verschwunden. Selbst der eher spröde, wortkarge Martin Sandegger geizte heute nicht mit Anerkennung.

»Ich war ja anfänglich etwas skeptisch, was unsere Zusammenarbeit betrifft. Aber Sie haben mich überzeugt, Herr Palinski. Das war wirklich spitze.«

Bei Aussprüchen wie diesen wurde Palinski immer an einen ehemaligen Kanzler erinnert. Der hatte auf die Frage eines Journalisten, ob ihm häufiges Lob nicht irgendwann zuviel wurde, geantwortet »Sie wissen gar nicht, wie viel Lob ich vertrage.« Oder so ähnlich. Jetzt war aber keine Zeit für zeitgeschichtliche Reminiszenzen.

Wallner hatte sich den Film geschnappt und war schon in der Dunkelkammer verschwunden. Dort befand sich einer dieser von innen beleuchteten Kästen, wie man sie auch in Fotogeschäften zum Betrachten von Dias und Negativen findet.

Palinski und Sandegger fanden den Inspektor mit einer starken Lupe bewaffnet über den Tisch gebeugt.

»Der Kerl sieht mit dem Kapperl fast aus wie der Vikerl Lobner.« Er richtete sich auf. »Das muss ein echter Fan von ihm sein. So jemand fällt auf. Falls es der ist, den ich vermute, wissen das die Leute in Grinzing.«

Tatsächlich, da war das typische grüne Kapperl mit dem unverwechselbaren Logo des Hauptsponsors des ehemaligen dreifachen Motorradweltmeisters. Natürlich konnte man die Farbe auf dem Schwarz-Weiß-Film nicht erkennen. Aber bei der stilisierten Baseballmütze Lobners, die er gerüchteweise nicht einmal im Bett abnahm, handelte es sich zweifellos um die bekannteste Kopfbedeckung des Landes. Davon profitierten auch deren Klone.

Das mit einem Schal halb bedeckte Gesicht war dagegen nicht zu erkennen. »Das macht aber nichts, die Mütze reicht völlig aus. Das war ein Fehler, du Scheißkerl. Ein ganz gewaltiger Fehler, der Grand Prix für Müllcontainer in Grinzing.«

*

Knapp zwei Stunden später hatte ein Mann, der sehr böse zu Elena Kalkonides gewesen war, bereits gewusst, dass die Polizei auf ein gewisses Kapperl gestoßen war. Mit dem Autogramm von Viktor Lobner darauf.

Der Bekannte, der ihn gewarnt hatte, hatte sich den Polizisten gegenüber dumm gestellt und nichts verraten. Aber nicht alle Befragten würden so zurückhaltend sein. Ihm war bewusst, dass es jetzt höchste Zeit war, etwas zu unternehmen. Sonst würde seine Verhaftung nur mehr eine Frage der Zeit sein.

Mit Hilfe einer kleinen List hatte er die unmittelbare Gefahr innerhalb weniger Minuten fürs Erste beseitigt und etwas Zeit gewonnen. Dann hatte er sich umgezogen und den Helm aufgesetzt.

Der lederne Motorraddress war zwar etwas eng, aber für seine Zwecke reichte er. Jetzt holte er die schwere Maschine aus dem Schuppen und schob sie auf die Straße. Dass ihn der Mann bemerkte, der seit Stunden auf der gegenüberliegenden Straßenseite stand und den »Kutscherhof« beobachtete, passte ganz gut in sein Konzept. Er befestigte seine Tasche auf dem Gepäckträger, startete die 500er Maschine und fuhr los.

*

Der Beamte in Zivil, der das ›Kutscherhaus‹ zu observieren hatte, hätte natürlich wissen müssen, dass das Nachbarhaus ebenfalls der Familie Schwarzenbach gehörte. Er wusste es aber nicht. Durch eine Türe im hinteren Teil des Hofes konnte man von einem Grundstück auf das andere gelangen, ohne die Straße betreten zu müssen. Er wusste daher auch nicht, dass Hans ›Blacky‹ Schwarzenbach im Nebenhaus wohnte. Daher fand er es auch nicht weiter beachtenswert, als ein Mann in Lederkluft und Vollvisierhelm ein Motorrad aus der Einfahrt des Hauses neben dem ›Kutscherhaus‹ schob, die Maschine startete und wegfuhr.

Als die Polizei unter der Führung Helmut Wallners eine knappe Stunde später eintraf, konnte der Beamte pflichtgemäß melden, dass niemand das ›Kutscherhaus‹ betreten oder verlassen hatte. Dennoch war der Hauptverdächtige ›Blacky‹ Schwarzenbach trotz intensiver Durchsuchung der Häuser unauffindbar. Auf eventuelle Beobachtungen des Nachbarhauses angesprochen, erinnerte sich der Beamte an den Motorradfahrer, der inzwischen etwa eine und eine halbe Stunde Vorsprung haben musste. Sofort veranlasste Wallner die Großfahndung nach dem Gesuchten. Zwei Stunden später ging der Suchbefehl samt Steckbrief an Europol und die Polizei aller EU Staaten hinaus.

Während Sandegger mit vier Beamten beide Häuser nochmals ganz genau durchsuchte, vernahm Wallner in Anwesenheit Palinskis das Ehepaar Schwarzenbach. Die Beiden waren natürlich erregt und konnten es nicht fassen, dass ihr Hansi nicht nur eine junge Frau, wahrscheinlich die Mutter ihres Enkelkindes erschlagen haben sollte, sondern auch den 47-jährigen Arbeitslosen Alois Huntzinger. Und dass er sich jetzt offensichtlich auf der Flucht befand.

»Falls sich Ihr Sohn melden sollte, legen Sie ihm dringend nahe, sich so rasch wie möglich zu stellen«, ermahnte Wallner die Eltern. »Seine Situation kann sich dadurch nur verbessern.«

Mama Schwarzenbach heulte noch immer, aber der Hausherr hatte sich wieder etwas beruhigt.

»Was wir noch nicht wissen«, setzte Wallner fort, »ist, wer die zweite Person war. Die Person, die Ihrem Sohn geholfen hat, Elena zu fesseln.«

»Sie meinan die Person, die von der Frau bissen worn ist«, erinnerte sich Karl Schwarzenbach an die erste Befragung.

»So ist es«, bestätigte der Inspektor.

»Dann woll ma des einmal hinter uns bringen«, meinte Schwarzenbach, zog seine Jacke aus, krempelte den rechten Ärmel hoch, wickelte die Elastikbinde von seinem Unterarm ab und zeigte ihn demonstrativ her. »Sonst kummens noch auf die Idee, ich hätt was mit der Sache ztuan.«

Wallner winkte ab. »Wir haben Sie nicht wirklich verdächtigt, aber wir hätten Sie noch routinemäßig fragen müssen. Das hat sich damit erledigt.«

»Gut«, Schwarzenbach begann, die Binde wieder anzulegen und seine Frau half ihm. »Dann bin ich jetzt ja aus dem Schneider.«

Inzwischen war Martin Sandegger mit den ersten Resultaten der Hausdurchsuchung erschienen. Er legte eine Geldbörse mit einer Fahrkarte St.Pölten-Wien-St.Pölten, ausgestellt und kontrolliert am 31.12., dem Personalausweis Elenas und etwas mehr als 15 Euro auf den Tisch. Weiters einen Satz Autoschlüssel für einen VW, eine weitere Börse oder Brieftasche und nicht zuletzt auch das verräterische Kapperl.

»Viel Mühe hat sich Ihr Sohn aber nicht gemacht, die belastenden Gegenstände zu verstecken«, bemerkte er zu den Schwarzenbachs. »Entweder war er sich zu sicher oder er wollte insgeheim überführt werden. Das haben wir übrigens an der Garderobe im Flur gefunden.« Er deutete auf eine wattierte Winterjacke, die der des Mannes auf den Negativen zum Verwechseln ähnelte.

»Ich wette, der Farbspritzer hier am Ärmel ist identisch mit dem Spray, den Ihr Sohn an die Wand gesprüht hat und mit dem er den Verdacht auf die rechte Szene lenken wollte.«

*

Heribert Marinov hatte sich zunächst sehr über den zweiten Brief des Erpressers aufgeregt. Wenn Amelia etwas geschehen würde, würde er sich das sein Leben lang nicht verzeihen können. Dann hatte er sich wieder beruhigt. Er hatte noch eine zweite Chance und die durfte einfach nicht schief gehen. Er musste nur sicherstellen, dass ihm nicht wieder jemand in die Suppe spuckte und das Geld neuerlich beschlagnahmt wurde. Wieso war eigentlich der zweite Brief auch im Postfach dieses Palinski gelandet? Das Einsortieren von Briefen war sicher keine so schwere Aufgabe, dass man zweimal hintereinander den gleichen Fehler machte? Einmal war Zufall, gut. Aber zweimal?

Fieberhaft hatte er versucht, seinen Handelspartner ans Telefon zu bekommen. Nach mehr als zwei Stunden hatte er ihn endlich erreicht, in Marbella. Nein, der Mann wollte nicht in nächster Zeit nach Wien kommen. Ja, gegen ein besonderes Honorar und Kostenersatz könnte er es schon einrichten. Aber der Markt für Industriediamanten war derzeit im Keller und er könnte ihm höchstens 275.000 Euro für die Menge und Qualität bezahlen, für die er ihm vor weniger als zwei Jahren eine halbe Million abgeknöpft hatte.

»Ja, so ist das nun einmal. Da kann ich nichts machen, das regelt einzig und allein der Markt. Natürlich gehen davon noch mein Sonderhonorar und die Spesen ab. Da bleiben ihnen dann rund 220.000.«

Das war zu wenig. Wie bekannt Marinov doch die Argumentation seines Gesprächspartners vorgekommen war. Wie oft hatte er selbst verärgerte, enttäuschte, am Boden zerstörte Kunden mit dem Hinweis auf den Markt von ihren Verlusten informiert und jede Verantwortung von sich geschoben. Und dennoch gut daran verdient. Jetzt, vom anderen Ende der Fahnenstange aus, sah das alles völlig anders aus. Insgeheim schämte er sich seiner früheren Praktiken, aber nicht so sehr, dass er ernsthaft bereut hätte. Soweit war er noch nicht.

»Kennen Sie jemanden Vertrauenswürdigen in Wien, der als Käufer in Betracht kommt?«, wollte Marinov wissen. »Ich will nicht kleinlich wirken, aber ich benötige unbedingt netto 250.000 Euro. Spätestens bis Freitagmittag.«

»Gehen Sie in die Praterstraße zu einem Juwelier namens Kesselbach und fragen Sie nach Ferenc. Sagen Sie ihm einen schönen Gruß von Anatol.«

»Herzlichen Dank, ich werde mich bei Gelegenheit revanchieren«, Marinov war dankbar, diese Klippe umschifft zu haben.

»Nicht notwendig«, versicherte sein »Partner.« »Die 10.000 für diese Information stelle ich Ihnen bei nächster Gelegenheit in Rechnung.«

*

Palinski blickte auf seine Uhr. Es war schon kurz nach 15 Uhr und sein Magen hing ihm bis in die Kniekehlen. Wallner hatte einen dringenden privaten Termin mit Franca Aigner zu absolvieren. Gerüchteweise suchten die beiden eine größere Wohnung, was auf die bevorstehende Legalisierung beider Beziehung schließen ließ.

Um 18 Uhr wollte er sich wieder mit Helmut treffen, um ihm das Problem »Marinov« nahezubringen. Irgendwie, denn dem Mann musste unbedingt geholfen werden.

Jetzt hatte er Lust auf diesen köstlichen »Blattsalat mit gebackenen Hühnerbruststreifen«, wie sie ihn in seinem geliebten Café »Kaiser« so trefflich zuzubereiten verstanden. Vielleicht konnte er Annemarie dazu bewegen, ihn dort zu treffen. Auf neutralem Boden war die Gefahr emotionellen Fehlverhaltens nicht so groß wie bei ihm im Büro oder bei ihr zu Hause.

Die Anwältin schien erfreut über die Einladung zum Salatessen, hatte aber noch einen Termin. Ob Palinski sie in einer halben Stunde von der Kanzlei abholen könne? Dagegen war nichts einzuwenden, fand dieser und machte sich auf den Weg.

Die Kanzleigehilfin, die sich als Jolanda Egger vorgestellt hatte, wusste Bescheid und führte Palinski in Annemaries Büro. »Die Frau Doktor lässt Sie bitten, hier zu warten. Es wird nicht mehr lange dauern.«

Er setzte sich, stand aber gleich wieder auf, um sich die Bilder an der Wand anzusehen. Gerahmte Drucke von Manet und Miró, wenn er sich nicht irrte. Die Wand hinter dem Schreibtisch war Fotos vorbehalten, alles offenbar Familie. Annemarie war schon als Teenager sehr fesch gewesen, fand er. Der Bub neben ihr war wohl ein Bruder. Was war bloß mit seiner linken Augenbraue los? Die war quasi halbiert, annähernd in der Mitte durch eine einige Millimeter breite kahle Stelle geteilt. Ein so genanntes unveränderliches Merkmal. Konnte höchstens überschminkt werden.

»Kann ich Ihnen einen Kaffee oder sonst etwas bringen?« Palinski hatte gar nicht gehört, dass die Kanzleigehilfin das Büro wieder betreten hatte. Er lehnte dankend ab, wollte aber wissen, wer der junge Mann mit der auffallenden Braue war.

»Das ist Fritz, der Halbbruder der Frau Doktor. Hat als Kind einen Unfall gehabt. Seither wächst an der Stelle kein Haar mehr.« Frau Egger lächelte, »Angeblich finden viele Frauen das besonders anziehend, können Sie sich das vorstellen?«

Palinski hatte keine Zeit, darüber nachzudenken, denn inzwischen war Annemarie erschienen. Sie begrüßten sich wie alte Freunde mit der Bussi-Buss-Nummer. Das klappte, als ob sie es schon seit Jahren so hielten und stimmte optimistisch für die zukünftige Beziehung.

Dann machten sich die beiden auf den Weg und trafen zehn Minuten später im Café »Kaiser« ein. Wie immer waren auch heute wieder einige von Palinskis »urigen Freunden« da, wie er die Wiener Originale mit Stammgaststatus in seinem Lieblingscafé gerne nannte.

»Sie sind hier ja bekannt wie ein bunter Hund«, bemerkte die Anwältin gerade, als der »Oberlehrer«, ein wegen seiner dominant-belehrenden Art so genannter Frühpensionist, vorbei ging. »Hallo«, grüßte er freundlich und musterte Dr. Sumser mit Kennermiene. »Guten Tag, gnädige Frau. Übrigens Boküß, ich habe einen neuen Trick gelernt.« Ohne lange zu fragen, ob die beiden ihn auch sehen wollten, zog er eine Münze hervor, hielt sie in die Höhe, machte eine Faust und öffnete sie wieder. Jetzt war die Hand aber leer, die Münze verschwunden. Nun griff er Annemarie hinter das linke Ohr und holte den Euro hervor.

»Wunderbar«, Annemarie klatschte begeistert und Palinski war ebenfalls beeindruckt. »Wie haben Sie das gemacht?«, wollte sie vom »Oberlehrer« wissen.

»Ich bedaure, Madam, aber ein Zauberkünstler verrät nie seine Tricks«, lehnte der in der Form verbindlich, in der Sache aber konsequent ab. »Vielleicht nur soviel. Die

Hand ist immer rascher als das Auge. Und das machen wir uns zu Nutze.« Er nickte freundlich mit dem Kopf und ging weiter.

»Wer war das denn?«, Annemarie war offensichtlich fasziniert von diesem ganz eigenen Biotop und seinen »Bewohnern«. Palinski erklärte ihr die Zusammenhänge bis auf einen. »Und warum hat der »Oberlehrer« Bocuse zu dir gesagt?«, wollte sie jetzt erst recht wissen.

»Ich habe für die ganze Runde einmal gekocht und seither führe ich diesen ehrenden Nickname«, erklärte er ihr. »Vorher haben sie mich »Hocknstader« genannt.«

Inzwischen waren die Salate serviert worden und die beiden ließen es sich munden. Palinski aß etwas rascher als die Anwältin. Daher hatte er auch schon den Brief und das Foto in der Hand, während sie noch an den Blättern knabberte.

»Eigenartig«, kommentierte er das Bild, »diese Amelie sieht hier fast so aus als ob sie lachte.«

»Komisch, diesen Eindruck habe ich zunächst auch gehabt. Aber das kann ja wohl kaum sein?«, fand Annemarie.

»Es soll ja auch Menschen geben, die in Stresssituationen plötzlich lachen, obwohl ihnen nach Heulen zu Mute ist«, hatte Palinski einmal irgendwo gelesen. Persönlich kannte er allerdings keinen einzigen Vertreter dieser besonderen Spezies.

»Übrigens, ich treffe mich um 18 Uhr mit meinem Hauptgesprächspartner bei der Polizei und werde ihn über Marinovs Problem berichten«, informierte er die Anwältin. »Kann ich deinen Namen nennen, falls er mir die Sache nicht glaubt?«

Dr. Sumser überlegte, dann räumte sie zögernd ein. »Das bin ich Marinov und dir wohl schuldig«, meinte sie. »Aber bitte nur, wenn es sich absolut nicht verhindern lässt.«

»Keine Angst, Inspektor Wallner ist ein Freund und absolut vertrauenswürdig. Bei dem ist deine Geschichte völlig sicher«, beruhigte Palinski sie.

Dann begannen beide wie auf Anweisung einer unsichtbaren Regie über völlig belanglose Dinge zu plaudern und hatten noch zwei nette Stunden miteinander, ehe sie aufbrachen. Annemarie in ihr Büro und Palinski zu Wallner.

Um diesen dazu zu bringen, ihn zu einem Fall zu befragen, den der Inspektor noch gar nicht kannte.

*

Amelia Balos, die sich hier Andrea Ballowetz nannte, durchquerte mit kräftigen Kraulbewegungen das Sportbecken in der zum Hotel gehörenden Wellness-Landschaft. Drei Tage noch, dann würde ihr Zwangsurlaub zu Ende sein. So sehr sie es auch genoss, nach Strich und Faden verwöhnt zu werden, so sehr vermisste sie inzwischen ihren Heribert. Auch die ständigen Aufmerksamkeiten dieses schleimigen Frederick gingen ihr ziemlich auf die Nerven. Sie hatte den Eindruck, dass der Produktionsleiter nur auf eine Gelegenheit wartete, sie auf seine »Besetzungscouch« zu bekommen. Man wusste ja zur Genüge, wie das in der Branche ablief. Aus der ursprünglich luftig leichten und durchaus angenehmen Gesellschaft des Mannes war inzwischen eine belastende Situation geworden, die sie lieber heute als morgen beendet hätte. Marion, Fredericks Assistentin, war ein nettes Mädchen. Aber auch von ihr war keine Hilfe gegen ihren geilen Chef zu erwarten.

Gesten hatte er sie doch tatsächlich zu Nacktaufnahmen überreden wollen. Später hatte er ihr dann Blumen in die Suite schicken lassen, unpassenderweise rote Rosen. Entweder war Frederick einer jener Männer, die ein Nein nicht akzeptieren wollten oder er war krankhaft sexsüchtig. Wahrscheinlich beides. Einmal hatte sie sogar den Eindruck gehabt, als ob der Typ es als zu seinem Job gehörend betrachtete, sie zu bumsen.

Amelia überlegte ernsthaft, sich über den Mann zu beschweren, sobald das Ganze vorüber war. Na, die zwei Tage würde sie auch noch aushalten. Dann würde sie viel Zeit mit Heribert verbringen, alles nachholen, was sie jetzt vermisste. Und endlich genug Geld haben, um die Annehmlichkeiten des Lebens genießen zu können.

*

Wallner starrte Palinski entgeistert an. Er wusste, dass sein Freund gelegentlich zum Spinnen neigte und Dinge tat, die sich dem Verständnis der meisten seiner Mitmenschen entzogen. Wilma Bachler hatte ihm da einmal einige Sachen erzählt. Die Frau konnte einem richtig leid tun.

Eben hatte ihn sein Freund gefragt, ob er schon einmal etwas vom Paradoxon des Efeuristos oder so ähnlich gehört habe. Der alte Grieche soll angeblich behauptet haben, dass alle Kretins lügen. »Na und?«, hatte Wallner gesagt, den wirklich andere Sorgen plagten.

»Probieren wir es anders herum«, versuchte es Palinski neuerlich. Jetzt mit einer »Light«-Version. »Ich sage jetzt von mir, ich spreche nie die Wahrheit. Und dann sage ich noch, dass ich nichts über eine Entführung und eine Lösegeldforderung weiß.«

Um Wallner in dieser Situation gerecht zu werden, musste man berücksichtigen, dass er einen sehr harten Tag und den ersten Streit mit seiner Franca hinter sich hatte. Dafür war er eigentlich schon wieder recht flexibel.

»Entweder bist du jetzt total übergeschnappt oder du willst mir irgendetwas sagen. Etwas, was du mir nicht ganz offen und geradeheraus sagen willst. Oder kannst«, räumte er ein.

Palinski nickte stoisch mit dem Kopf auf und ab und noch einmal.

»Du meinst also, dass du immer lügst«, stellte Wallner fest. »Das bedeutet dann, dass Deine zweite Aussage nicht stimmt und …« Palinskis Nicken war immer heftiger geworden.

»Und du willst mir etwas erzählen?«, tastete sich der Inspektor weiter. Ein heftiges Nicken, diesmal aber in der Horizontale, war die Folge.

»Es hat irgend etwas mit einer Entführung zu tun«, probierte es Wallner nochmals. Dafür gab es wieder nonverbale Zustimmung. »Das verstehe ich nicht. Du willst zwar, dass ich etwas über eine Entführung erfahre, aber du willst es mir nicht sagen.«

Palinski machte eine Geste, die verbal mit einem eindeutigen »Jein« zu beschreiben gewesen wäre.

»Ich verstehe, du darfst es mir nicht sagen«, spekulierte Wallner jetzt schon viel lockerer weiter. Ein kurzes bejahendes Nicken bestätigte seine Annahme.

Jetzt lief der Inspektor langsam zur Höchstform auf. »Du kannst nur unter bestimmten Voraussetzungen sprechen.« Stimmt, gab ihm Palinski zu verstehen.

»Nur vor Gericht?«, die Richtung stimmte, aber warum gleich die Maximalvariante annehmen. Palinski deutete ein »So ähnlich, nur nicht so hoch« an.

Das Strahlen in Wallners Gesicht ließ sein Gegenüber hoffen, dass der Groschen jetzt gefallen war. »Nur wenn dich die Polizei dazu befragt?«

Endlich, es war geschafft. Erleichtert signalisierte Palinski Zustimmung. »Hat dir eigentlich schon einmal jemand gesagt, dass du ein recht komplizierter Mensch bist?«, wollte Wallner wissen, ehe er zur Sache kam. »Aber langweilig wird es nie mit dir.«

Eine halbe Stunde später wusste der Inspektor alles, was er wissen musste, um Marinov helfen zu können. Eine weitere halbe Stunde danach hatte ihn Palinski soweit, dass er das auch tun würde, ohne offiziell in Erscheinung zu treten.

Dr. Annemarie Sumser konnte sich auch freuen. Ihr Name war kein einziges Mal gefallen.

*

Marinov wurde langsam nervös. Sein Besuch bei Juwelier Kesselbach war zumindest vorerst erfolglos geblieben. Er hatte nach Ferenc gefragt, dem Mann, den ihm sein Handelspartner genannt hatte. Den wollte zunächst niemand kennen. Nachdem er aber den Namen Anatol hatte fallen lassen, war ihm erklärt worden, dass Herr Ferenc heute im Ausland war und erst am späten Abend, möglicherweise aber auch erst im Laufe des morgigen Tages nach Wien zurückkehren würde. Er hinterließ seine Telefonnummer und die Bitte um einen Anruf. »Es ist sehr dringend«, beschwor er die Geschäftsführerin«, man könnte sagen, es geht um Leben und Tod.« Die gute Frau fand das etwas arg dramatisch, versicherte ihm aber, die Botschaft zuverlässig weiterzuleiten.

Nun überlegte Marinov, wie er an die Adresse eines Hehlers kommen könnte, hatte aber nicht die geringste Idee.

Falls alle Stricke reißen sollten, musste er dem Entführer eben die Diamanten selbst anbieten. Wenn der Mann nur die geringste Ahnung von diesem Geschäft hatte, würde er sicher darauf eingehen. Immerhin waren die Steine das Doppelte wert. Aber das war Marinov egal. Wichtig war nur, Amelia so rasch wie möglich gesund freizubekommen.

Als das Handy plötzlich mit einer polyfonen Version der Arie der Königin der Nacht loslegte, Marinov war verrückt nach Mozart, war er sicher, dass es Ferenc und damit alles gut sein würde.

Es war aber dieser Palinski, der sich nach dem Stand der Dinge erkundigte. Marinov fand dieses Interesse einerseits nett, andererseits aber auch lästig. Als er ihn fragte, ob er ihm helfen könnte, war Marinov versucht loszubrüllen »Ja, mit 250.000 Euro.« Aber er ließ es natürlich bleiben. Ob es nicht doch besser wäre, sich an die Polizei zu wenden, wollte dieser Mensch wissen. Er kannte einen leitenden Beamten, der sicher sehr diskret vorgehen würde.

Marinov hatte sich für das Interesse bedankt, Palinski dann aber ziemlich direkt gebeten, die Leitung frei zu machen, da er ein wichtiges Gespräch erwarte.

Dann war er wieder alleine mit seinen Hoffnungen und Zweifeln. Er beschloss, sich einen großen Whisky zu genehmigen. Ohne Alkohol würde er heute sowieso keinen Schlaf finden.

*

Palinski saß in seinem Büro. Eben hatte er das Gespräch mit Wilma beendet, die ihn morgen, am Dreikönigstag, spätestens gegen Mittag in Ottenschlag erwartete.

Jetzt versuchte er, sein Referat für den Polizeikongress vorzubereiten, aber ihm fiel nichts wirklich Brauchbares ein. Das beunruhigte ihn nicht weiter. Die Erfahrung, dass er sich auf sein Improvisationstalent verlassen konnte, ließ ihn ruhig bleiben. Und morgen war ja auch noch ein Tag.

Irgendetwas ging ihm seit einigen Stunden im Kopf herum. Er kam aber nicht drauf, was es war. Obwohl er wusste, dass man diese vagen Erinnerungen durch gezieltes Nachdenken nicht erzwingen konnte, machte ihn das krampfhafte Nicht-Nachdenken ganz kribbelig.

Er hatte ja nicht einmal ein Auto für morgen, schoss es ihm durch den Kopf. Er hatte sich einen Leihwagen bestellen wollen, durch die Hektik dieses Tages aber total darauf vergessen. Ob die Schalter der Leihwagenfirmen am Flughafen jetzt noch offen hatten?

Er begann gerade, einige einschlägige Nummern aus dem Telefonbuch zu suchen, als der Festnetzapparat Laut gab. Es war Helmut Wallner, sein Freund und Kollege.

»Schwarzenbach hat eben angerufen und mitgeteilt, dass sich sein Sohn gemeldet hat. Angeblich ist der Filius auf irgendeinem Flughafen und dabei, sich in ein Land abzusetzen, mit dem wir kein Auslieferungsabkommen haben«, berichtete der Inspektor.

»Welche Länder sind das eigentlich?«, wollte Palinski wissen.

»Ich glaube Venezuela, Paraguay und ...« der Inspektor zögerte. »Eigentlich habe ich keine Ahnung.«

»Und wieso weiß das Schwarzenbach so genau?«

»Was weiß ich, wahrscheinlich aus dem Internet«, vermutete Wallner. »Da findet man ja auf jeden Scheiß eine Menge Antworten.«

»Aber nicht alle sind richtig«, ergänzte Palinski. »Von wo hat er denn angerufen?«

»Das weiß der Vater auch nicht. Er hat im Hintergrund Durchsagen gehört, in Englisch und einer slawischen Sprache, glaubt er.« Wallner schnäuzte sich kurz, ehe er fortfuhr. »Ich tippe auf Bratislava, es kann natürlich auch Prag sein. Wir lassen das gerade über die Telefongesellschaft prüfen.«

»Sag, würdest du deine Heimat verlassen, ohne dein über alles geliebtes Kapperl mit der Originalunterschrift vom Vikerl Lobner mitzunehmen«, entfuhr es Palinski. Genau das war es gewesen, was ihn die ganze Zeit über beschäftigt hatte.

»Ich schon«, räumte Wallner ein, »aber ein 22-jähriger Motorsportnarr? Das ist eine gute Frage. Warten wir einmal die Auskunft der Telefongesellschaft ab.«

7

Palinski hatte das Gefühl, eben erst eingeschlafen zu sein, als das Telefon schon wieder läutete. Es war, als ob das letzte Gespräch vor dem zu Bett gehen nur kurz unterbrochen worden wäre, denn es war wieder derselbe Gesprächspartner. Helmut Wallner hatte wirklich neue Informationen.

»Warum hast du mir das nicht schon vorhin gesagt?«, brummte Palinski. »Kann das nicht bis morgen warten?«

»Erstens ist es schon morgen. Zwar erst 4.45 Uhr, aber eindeutig Morgen, also schon wieder heute«, er knurrte. »Und zweitens habe ich noch weniger geschlafen als du. Der alte Schwarzenbach ist in der Nacht gestorben und – jetzt halte dich fest– der Arzt hat eine Bisswunde an seinem linken Unterarm gefunden. Schaut so aus, als ob wir den zweiten Mann gefunden hätten.«

Wallner wollte in 15 Minuten im ›Kutscherhaus‹ sein und ihn, Palinski, gerne ebenfalls dort sehen. Martin Sandegger war auch bereits unterwegs.

Das war ja zu schön um wahr zu sein, dachte sich Palinski, während er in seine Jeans schlüpfte. Dann noch der Pullover, eine schnelle Katzenwäsche und es konnte losgehen. Bereits in der Türe fiel ihm ein, dass er ein Taxi benötigte, da es für die öffentlichen Verkehrsmittel noch etwas zu früh war.

Zwanzig Minuten später standen die Beamten und

Palinski im Schlafraum des kleinen Gebäudes am Ende des Hofes, in dem der alte Mann gewohnt hatte.

»Können Sie schon etwas zur Todesursache sagen, Doktor?«, wollte Wallner von dem Notarzt wissen.

»Frau Schwarzenbach hier«, der Arzt deutete mit dem Kopf auf die Schwiegertochter des Toten, die zusammengekauert auf einem Stuhl saß, »hat mir erzählt, dass der alte Herr schwerer Diabetiker war. Für mich sieht das ganz nach einem hypoglykämischen Schock aus.«

»Jetzt bitte noch eine Übersetzung für Nicht-Mediziner«, reklamierte Wallner.

»Darunter versteht man Unterzuckerung, auch Insulinschock genannt«, spulte Palinski sein Wissen ab. »Der Zuckerspiegel des Kranken sinkt so stark ab, dass er bewusstlos wird. Falls der Blutzuckerspiegel nicht rechtzeitig wieder angehoben wird, stirbt der Patient.«

»Ich bin beeindruckt«, meinte der Arzt anerkennend. Oder war es ironisch gemeint gewesen? »Sie sind doch nicht gar Kollege?«

Palinski winkte ab. »Nein, nein, nur interessierter Laie.«

»Beachtlich, beachtlich«, brummte der Onkel Doktor, dann wandte er sich an Frau Schwarzenbach. »Wann hat Ihr Schwiegervater die letzte Spritze bekommen?«

»Gestern Abend um 7 Uhr, wie gewöhnlich. Heute wollte ich ihm die Injektion schon etwas früher geben, weil wir um 9 Uhr in Graz sein müssen.« Sie schluckte heftig. »Aber da war er schon ganz kalt.«

»Also Totenschein kann ich jetzt noch keinen unterschreiben«, stellte der Arzt fest, »dazu sind zu viele Fragen offen.«

Wallner nickte. »Die Leiche muss schon alleine wegen der Bisswunde in die Gerichtsmedizin. Die sollen sich den Rest auch gleich ansehen.«

Karl Schwarzenbach war inzwischen auch in den kleinen Raum getreten. Er hatte Tränen in den Augen und schämte sich nicht dafür. Immerhin war es sein Vater, der hier lag.

»Ich hätt des nie für möglich gehalten«, stammelte er, »dass mein Vata zu so was imstand ist.« Er schüttelte den Kopf. »Aber er hat den Hansi imma scho gholfen. Dass er dabei soweit geht, hätt i ma aber net dacht.«

»War Ihr Vater überhaupt körperlich in der Lage zu so einer Hilfeleistung?«, wunderte sich Palinski.

»Aba ja«, Schwarzenbach nickte, »der war noch gut in Schuss. Er hat no vurgestern im Hof zwa Stund Holz ghackt wie a Junga. Gell Mama?«, wandte er sich an seine Frau.

Die nickte gehorsam und schnäuzte sich kräftig.

»Is wahrscheinlich besser, wemma unsern Graz-Besuch heute verschiebn«, stelle Schwarzenbach in den Raum. »Das ist wirklich besser«, bestätigte der Inspektor, »ich bin sicher, wir werden noch einige Auskünfte von Ihnen benötigen.« Dann holte er sein Handy heraus und forderte die Spurensicherung an.

*

Dreißig Minuten später saßen Wallner, Sandegger und Palinski im überheizten Büro des Inspektors. Franca Aigner, die ein wirklicher Schatz war, war schon etwas früher eingetroffen. Und das, obwohl die stellvertretende Leiterin der Kriminalabteilung am Kommissariat Josefstadt heute eigentlich frei hatte. Der herrliche Duft frischen Kaffees kündete von den guten Taten dieser wahrhaft barmherzigen Frau und weckte Palinskis Lebensgeister endgültig.

»Also das Ganze ist zu schön um wahr zu sein«, er sprach aus, was auch die anderen dachten. »Der Mann mit der Bisswunde ist gefunden, aber tot. Wie praktisch. Wer weiß, was ihm Hans Schwarzenbach alles in die Schuhe schieben wird, wenn wir ihn einmal gefasst haben werden?«

»Also ich bin ja kein Mediziner«, meldete jetzt auch Sandegger Bedenken an, »und habe auch keine Erfahrungen mit Bisswunden. Aber der Arm von dem alten Herrn sieht nicht so aus, als ob die Verletzung schon 5 Tage alt wäre.«

Palinski nickte zustimmend, doch Wallner wehrte ab. »Warten wir mit weiteren Spekulationen, bis der Bericht der Gerichtsmedizin da sein wird.«

Doch Palinski gab noch keine Ruhe. »Ist euch das dünne weiße Kabel aufgefallen, das im Eingangsbereich an der Wand entlang läuft?« Wallner überlegte, doch Sandegger nickte.

»Das verschwindet pötzlich völlig grundlos im Boden, hört scheinbar einfach auf. Mich würde wirklich interessieren, wo dieses Kabel hinführt.«

*

Marinov hatte vergangene Nacht nur wenig geschlafen. Gegen Mitternacht und nach drei großen Whiskys, oder waren es vier gewesen, hatte ihn seine Frau angerufen.

Ingrid war lieb und nett, auch im Bett musste er sich nicht gerade überwinden. Vor allem aber war sie reich, stinkreich und erfreulicherweise bereit, ihn an diesem Reichtum teilhaben zu lassen, in Maßen zwar, aber doch sehr anständig. Sicher gab es kaum jemanden, der Konkurs angemeldet hatte und dem es dabei besser ging als ihm. Aber ihre Eifersucht machte ihm ganz schön zu schaffen. Er hatte zwar immer Freundinnen gehabt, aber Ingrid dank seiner Diskretion eigentlich nie konkreten Anlass gegeben, an seiner Treue zu zweifeln.

Nur mit Mühe hatte er ihr letzte Nacht ihre Hirngespinste ausreden und glaubhaft versichern können, dass er nur sie liebte. Er hatte ihr auch fest versprechen müssen, spätestens am Samstag wieder in Lech zu sein. Bei seinem Ingrid-Schatzi. Um ein Haar wäre sie nach Wien gekommen, um endlich wieder mit ihrem Heribert-Bärli spielen zu können.

Wie er Amelia allerdings klar machen sollte, dass er sie unmittelbar nach ihrer Befreiung schon wieder verlassen musste, um seine Alte nicht misstrauisch zu machen, war ihm noch nicht klar. Aber eines nach dem anderen. Es würde ihm schon etwas einfallen. Bisher war ihm immer noch etwas eingefallen.

Dieser Scheiß Ferenc hatte sich noch immer nicht gemeldet. Falls es gar nicht anders ging, konnte er die Diamanten vielleicht als Sicherheit für einen Bankkredit anbieten. Das war zwar höchst riskant wegen der Masseverwalterin, die alle seine Handlungen zweifellos weiterhin mit Argusaugen verfolgte. Aber sobald er das Geld und Amelia frei bekommen hatte, war ihm alles andere eigentlich egal. Sollte die gute Frau doch schaun, wie sie dem Erpresser das Geld wieder abnehmen konnte.

Der Gedanke, sein Problem mit einem Bankkredit zu lösen, war angesichts seiner wirtschaftlichen Situation eigentlich frech, ja kühn. Er passte gut zu dem Image, das zu haben er glaubte. Und er stimmte ihn optimistisch. Die Sache würde schon laufen, wie sie noch immer für ihn gelaufen war.

Er musste nur darauf achten, dass ihm niemand zu dem kleinen Appartement im 8. Bezirk folgte, in dem er sich mit seinen Damen zu treffen pflegte. Zuletzt nur mehr mit Amelia. Und in dem er das versteckt hatte, was er verniedlichend seine »Altersvorsorge« nannte. Industriediamanten im Wert von etwas mehr als 500.000 Euro.

*

Palinski war eindeutig nicht ausgeschlafen. Angesichts der Alternativen »Noch zwei Stunden büseln und zu spät zur Familie kommen« oder gleich zu fahren, hatte er sich für Zweiteres entschieden. Jetzt war es 9.30 Uhr und er wollte zu Mittag in Ottenschlag sein. Die Beschaffung des Leihwagens würde mindestens eine Stunde in Anspruch nehmen. Damit wurde die Zeit schon wieder knapp. Verdammt knapp.

Also entschloss er sich zu einer etwas teureren, aber auch erheblich angenehmeren Variante.

Er bestellte sich ein Taxi und handelte mit dem Fahrer einen Pauschalpreis von 300 Euro für die Fahrt inklusive Wartezeit aus. Dann nahm er im Fond des Wagens Platz und schlief, bis ihn die vertraute Silhouette des Ottenschlager Schlosses am Horizont willkommen hieß.

Um 11.45 Uhr erreichte das Taxi den etwas außerhalb des Ortes gelegenen Hof Onkel Alois', wo er schon erwartet wurde.

*

Während sich Palinski an einem köstlichen Schweinsbraten mit, wie könnte es in dieser Gegend anders sein, Waldviertler Knödeln und warmem Krautsalat gütlich tat, erhielt Wallner den Anruf des diensthabenden Pathologen im gerichtsmedizinischen Institut. Der Inspektor kannte Dr. Nußwald als ruhigen, besonnenen Mann von großer fachlicher Kompetenz. So außer sich wie heute hatte er den Mann noch nie zuvor erlebt.

»Wallner«, platzte Dr. Nußwald heraus, »ich habe mir gedacht, Sie schon einmal telefonisch über das zu informieren, was wir hier gefunden haben.«

»Das muss ja etwas Außergewöhnliches sein, wenn Sie so aufgeregt sind, Doktor.«

»Das kann man wohl sagen. Ernst Schwarzenbach ist an einer Überdosis Insulin gestorben.« Der Doktor holte tief Luft. »Und es sieht alles danach aus, als ob man ihm diese vorsätzlich injiziert hätte.«

Wallner hatte mit einigem gerechnet, aber damit nicht. »Und ein Irrtum ist ausgeschlossen? Dass ihm jemand versehentlich eine zweite Dosis verpasst hat? Weil er nicht wusste, dass er die reguläre Spritze schon erhalten hat?«

»Wenn Sie meinen, dass man jemandem irrtümlich Insulin in die linke Achselhöhle spritzt, wo der Einstich unter dem Haar kaum auffällt«, entgegnete der Mediziner, »dann mögen Sie recht haben. Ich schließe ein Versehen aber zu 99 Prozent aus.«

Das war aber noch nicht alles. Das Beste kam noch.

»Der Biss in den linken Unterarm war sehr kräftig und hat die Haut ziemlich schwer verletzt. Die Wunde hätte ziemlich stark bluten müssen. Hat sie aber nicht, überhaupt nicht.«

»Das heißt doch …«, setzte Wallner an.

»Richtig«, fuhr der Arzt dazwischen, »Ernst Schwarzenbach war schon tot, als er gebissen worden ist.«

»Bitte machen Sie unbedingt einen Abdruck der Bisswunde«, ersuchte Wallner, aber das hatte der gewissenhafte Gerichtsmediziner ohnehin bereits veranlasst.

Die neue Situation bedeutete dringenden Handlungsbedarf für die Polizei. Wallner rief Sandegger an und informierte ihn kurz. Die beiden wollten sich in fünf Minuten am Fahrzeug treffen, um nach Grinzing zu fahren. Wo sie Herrn oder Frau Schwarzenbach oder auch beide wegen des Verdachts des Mordes an Ernst Schwarzenbach und Leichenschändung verhaften würden. Alles Weitere würde sich ergeben. Denn dass dieser Mord mit dem Tod Elena Kalkonides zu tun hatte, stand für den Inspektor nun eindeutig fest. Jetzt musste er nur noch Palinski erreichen.

*

Palinski konnte beim besten Willen nichts mehr hinunter bekommen. Um Tante Mali nicht zu kränken, hatte er sich ohnehin schon zweimal nachgenommen. Jetzt war aber Schluss und für das köstliche Mohnparfait einfach kein

Platz mehr. Da konnten die Hausleute noch so locken oder beleidigt spielen.

Während er verschämt den Knopf seiner Jeans öffnete und damit den Druck um die Leibesmitte milderte, ging sein Mobiltelefon los. Es war Wallner, der ihn über die aktuellen Entwicklungen informierte. »Übrigens ist gerade auch die Information der Telefongesellschaft hereingekommen. Gestern ist kein Auslandsgespräch mit den Schwarzenbachs geführt worden. Das war wohl eine Schutzbehauptung, um vom tatsächlichen Aufenthaltsort des Juniors abzulenken.« Dann ersuchte ihn der Inspektor noch, nach Möglichkeit in 15 Minuten im ›Kutscherhaus‹ zu sein.

Palinski war fast gerührt, dass offenbar nichts mehr ohne ihn ging, musste aber angesichts der räumlichen Distanz und auch Wilmas bösen Blickes absagen. Das Sprechen konnte ihm aber niemand übel nehmen.

»Weißt du noch, wie Karl Schwarzenbach im Schankraum seinen bandagierten Arm frei gemacht und hergezeigt hat? Als Beweis dafür, dass nicht er gebissen worden ist«, rief Palinski die Szene in Erinnerung. »Seine spontane Bereitschaft hat uns überrascht und wir haben uns damals damit zufrieden gegeben.«

Wallner brummte etwas, was Palinski als Zustimmung auffasste.

»Er hat das so elegant gemacht wie ein Zauberkünstler seine Tricks. Und wir sind darauf hereingefallen und haben uns gar nicht mehr für seinen zweiten Unterarm interessiert.«

Jetzt erinnerte sich auch der Inspektor wieder. »Du hast recht. Mir ist das noch gar nicht aufgefallen.«

»Tröste dich«, erwiderte Palinski, »wenn mir nicht gestern ein Bekannter ein Kunststück mit einer Münze gezeigt hätte, das eigentlich auch nur auf einer Verarschung der Zuseher basiert, wäre mir das wahrscheinlich auch entgangen.«

»Also dann wollen wir uns gleich einmal den zweiten Unterarm von Herrn Schwarzenbach anschauen«, kündigte der Inspektor an. »Ehe ich es vergesse. Der Kollege, den ich auf diesen Marinov angesetzt habe, hat etwas Interessantes beobachtet. Der Mann wird nicht nur von uns observiert, sondern auch noch von jemand anderem. Sieht ganz nach einem Privatdetektiv aus. Also melde dich, sobald du wieder in Wien bist.«

*

Am frühen Nachmittag hatte sich der ominöse Ferenc endlich bei Heribert Marinov gemeldet. Dessen Freude über die Kontaktaufnahme war aber nur von kurzer Dauer.

»Einen schlechteren Zeitpunkt für den Verkauf von Industriediamanten hätten Sie sich gar nicht aussuchen können«, machte er Marinovs Hoffnungen gleich mit dem ersten Satz zunichte. »Es ist in unseren Medien zwar kaum erwähnt worden, aber vor drei Tagen wurden in Brünn Industriediamanten im Wert von 1,2 Millionen Euro gestohlen. Inzwischen sucht die Polizei in ganz Europa danach.« Der Mann lachte anzüglich. »Möglicherweise ist Ihnen das ohnehin bestens bekannt.«

Marinov war schockiert. Gut, er hatte die Steuer, einige Banken und seine Kunden beschissen, meinetwegen war er ein Gauner. Aber doch kein Verbrecher. »Hören Sie«, begehrte er auf. »Ihr Ton gefällt mir nicht. Ich habe nichts damit zu tun. Ich habe meine Steine ehrlich erworben.« Oder zumindest fast, schränkte er für sich ein.

»Regen Sie sich nicht auf«, beruhigte ihn Ferenc, »mir ist es völlig egal, woher Sie die Steine haben. Fakt ist, dass Sie derzeit nicht mehr als 10 Prozent des Wertes lukrieren können.«

Wieso das denn?«, entfuhr es Marinov. 50.000 waren lächerlich und vor allem viel zu wenig.

»Erstens, weil die Ware brandheiß ist und das Risiko kostet. Zweitens wird der Markt in Kürze mit den gestohlenen Steinen überschwemmt werden. Auch das drückt den Preis.« Mit seiner schulmeisterhaften Art wurde der Mann Marinov immer unsympathischer. »Das ist das Gesetz des Marktes, da kann ich gar nichts machen.«

Da war sie wieder, diese schamlose Abstiererei der Kunden im Namen des Marktes. Auf diese Art und Weise wurden die einen stinkreich und die anderen bettelarm, und das alles, weil der Markt das angeblich so wollte. So eine Scheiße. Wäre Marinov nicht so ein in der Wolle gefärbter Kapitalist gewesen, er hätte fast Kommunist werden können.

»Also wollen Sie die 50.000 jetzt haben oder nicht?«,drängte Ferenc auf eine Entscheidung.

So viel bekomme ich bei der Bank immer noch, dachte Marinov, wahrscheinlich wesentlich mehr. Da war er sich ganz sicher. »Nein danke, ich warte, bis der Markt wieder angezogen hat.«

»Kluge Entscheidung. Sie wissen ja, wie Sie mich erreichen können«, meinte Ferenc noch, ehe er das Gespräch beendete.

*

Die Stimmung in Onkel Alois' guter Stube hatte durch das Telefonat mit Wallner etwas gelitten. Aber nicht nachhaltig, wie Palinski hoffte.

»Was ich nicht verstehe«, spitzte ihn Wilma eben an, »ist, wie die Wiener Polizei eigentlich je ohne dich auskommen konnte. Bevor du deine zweifellos genialen Fähigkeiten in den Dienst der Verbrechensbekämpfung gestellt hast, muss ja das schiere Chaos in Wien geherrscht haben.«

Onkel Alois, ein herzensguter, aber Wilmas scharfer Ironie nicht gewachsener Mensch, murmelte etwas wie »Das stimmt doch net, das hätt i doch in der Zeitung gelesen. Früher war da viel weniger los.«

»Da hast du völlig recht, Onkel Alois. Früher war weniger los«, bekräftigte die Frau, die Palinski schon 24 Jahre lang nicht geheiratet hatte. »Und jetzt ist mehr los. Mein lieber Mario, du ziehst das Verbrechen offenbar an wie das Licht die Motten. Wieso haben wir in Döbling in knapp einem Jahr mehr Gewaltverbrechen gehabt als die ganzen zehn Jahre zuvor?«

»Ich sichere die Arbeitsplätze der Polizei auf diese Weise«, auch Palinski konnte ironisch sein. Aber Wilma hatte recht. Ihm war diese Anhäufung kriminellen Geschehens noch gar nicht bewusst geworden. Es war ja paradox, je besser die Ermittlungen, desto mehr Verbrechen. Ganz so, als ob die bösen Buben und Mädchen scharf darauf waren, auch ganz sicher überführt zu werden.

»Spaß beiseite«, meinte er jetzt ernst. »Das ist tatsächlich ein interessantes Phänomen. Dem muss ich direkt einmal nachgehen.«

Jetzt wurde der Kaffee serviert. Kein Vergleich mit dem herrlichen Gebräu, das seine neue Maschine im Büro lieferte. Aber nicht schlecht und vor allem besser als gar kein Kaffee.

»Wisst Ihr übrigens, warum Mario von seinen Eltern so getauft wurde?« Natürlich wussten es die anderen nicht. Palinski musste innerlich schmunzeln über diesen neuerlichen Versuch Wilmas, endlich die für seinen Vornamen maßgeblichen Motive zu erfahren. Warum auch nicht.

»Da gibt es eine nette Geschichte«, fuhr sie fort. »Mario, erzähle sie doch bitte noch einmal.«

»Also gut«, begann Palinski mit der Anekdote. »Mein Vater war ein richtiger Opernfan. Meine Mutter dagegen hat, bis sie meinen Vater kennen gelernt hat, noch nie eine Oper gesehen. Aber aus Liebe ist sie mit ihm in diesen Tempel der Hochkultur gegangen.«

Er nippte an dem langsam kalt werdenden Filterkaffee. »Die erste Vorstellung, die sie gemeinsam besucht haben, war die »Tosca« von Puccini.«

»Gell Papa, die hamma vor einige Jahr in Verona gsehn«, erinnerte sich Tante Mali erfreut.

»A so«, bei Onkel Alois schien das Schicksal der schönen Sängerin keinen sonderlichen Eindruck hinterlassen zu haben.

»Den Cavaradossi hat damals der berühmte Tenor Franco …«, wollte Palinski gerade weiter erzählen, als sich die Türe öffnete und der Franzi eintrat.

»Papa, Papa, es is soweit«, schrie er und alle sprangen auf. »Es ist soweit« bedeutete in diesem Fall, dass die hochträchtige Kuh Zenzi begonnen hatte, ihr Kalb zu bekommen. Wilma trottete einige Meter hinter Palinski in Richtung Stall.

Ob sie je erfahren würde, warum ihr Mario Mario hieß? Nicht, dass es wichtig gewesen wäre, aber …

*

Als die Polizei unter der Führung Wallners und Sandeggers beim »Kutscherhof« vorfuhr, hatte der Heurige gerade seinen Betrieb aufgenommen. Das bedeutete, dass die folgende Amtshandlung vor den Augen und Ohren einiger Gäste ablief und die Nachricht davon innerhalb kurzer Zeit in Grinzing und dann auch im übrigen Bezirk herum sein würde.

Zunächst bezichtigte der Inspektor Schwarzenbach, die Polizei vorsätzlich falsch informiert und damit eine behördliche Verfolgungsmaßnahme behindert zu haben.

»Ich habe nie behauptet, dass der Anruf über die Festnetzleitung gekommen ist«, rechtfertigte sich der Heurigenchef nicht ungeschickt. »Hans hat mich über mein Wertkartenhandy erreicht.«

»Können Sie mir dieses Gerät zeigen?«, wollte Wallner wissen, doch Schwarzenbach deutete auf die gerade eintretenden neuen Gäste. »Ich habe keine Ahnung, wo sich das Ding im Augenblick befindet. Und fürs Suchen habe ich jetzt beim besten Willen keine Zeit. Sie sehen ja.«

Langsam wurde der Inspektor grantig. Nicht wirklich, sondern nur »dienstlich« sozusagen. »Sie werden sich Zeit nehmen müssen, wahrscheinlich mehr, als Ihnen lieb sein wird. Sie werden jetzt mit meinem Kollegen«, er deutete auf Pitzany, einen jungen Kriminalbeamten aus seiner Gruppe, »ins gerichtsmedizinische Institut fahren, damit wir einen Abdruck Ihres Gebisses nehmen können.«

Jetzt wurde Schwarzenbach, der nicht so leicht einzuschüchtern war, wild. »Was wollen Sie von mir? Einen Gebissabdruck machen? Das können Sie einfacher haben.«

Er fuhr sich mit den Händen in den Mund, nahm die beiden Hälften seines falschen Gebisses heraus und knallte sie auf die Schank. »Hier, bedienen Schi schich.« Der spektakuläre Akt der »Selbst-Entzahnung« war natürlich nicht ohne Folgen auf die Aussprache des Wirtes geblieben.

»Das wäre also erledigt.« Wallner reagierte ganz kühl. Er zog Handschuhe aus der Jackentasche, streifte sie über und nahm die beiden Gebisshälften auf, um sie in dem von Pitzany schon bereitgehaltenen Plastikbeutel zu deponieren.

Langsam wurde Schwarzenbach der Ernst seiner Lage bewusst. »Aber Schie werden mir doch nicht meine Tschähne wegnehmen. Ich kann doch scho nicht arbeiten. Um Gotteschwillen, scheien schie doch nicht scho gemein.«

»Das hätten Sie sich früher überlegen müssen. Bevor Sie sich auf die Gemeinheiten gegen Elena Kalkonides und Ihren Vater eingelassen haben«, begegnete ihm Wallner.

»Ich weisch nicht, wovon Schie schprechen«, schrie der Mann gequält auf und die Polizisten mussten anerkennen, dass es beinahe echt wirkte.

»Als nächstes würde ich gerne Ihren Unterarm sehen«, der Inspektor deutete auf den unbandagierten Arm.

»Aber den habe ich Ihnen doch schon gezscheigt«, jammerte Schwarzenbach los, »warum schikanieren Schie mich?«

Die Argumentation des Heurigenchefs zeigte langsam Wirkung, einige der Gäste begannen zu murren und etwas von Polizeistaat zu faseln. Zeit, um langsam richtig zur Sache zu kommen, fand Wallner.

»Wer hat Ihrem Vater gestern eigentlich das Insulin gespritzt?«, wollte er wissen.

»Dasch mascht meischtensch meine Frau«, sagte Schwarzenbach. »Mein Schohn hat esch auch schon einige Male gemacht, aber der ischt ja nischt da.«

Da der Bericht der Spurensicherung über die Fingerabdrücke auf der im Zimmer des Verstorbenen gefundenen Einwegspritze neben anderen auch noch nicht vorlag, konnte Wallner nicht widersprechen.

Schwarzenbach hatte inzwischen beide Unterarme entblößt und hielt sie dem Inspektor hin. »Na schehn Schie hier etwasch, wasch Ihre rüde Vorgangschweische rechtfertigt?«, fuhr er ihn an.

»Hier nicht«, musste Wallner zugeben. »Aber Ihr Vater wurde gestern durch eine Überdosis Insulin ermordet, die Sie oder Ihre Frau ihm gespritzt haben müssen.« Jetzt hob Wallner die Stimme und donnerte los. »Und dann hat ihn noch jemand in den Unterarm gebissen, um den alten Herrn in den Verdacht zu bringen, an der Tötung dieser jungen Frau beteiligt gewesen zu sein. Falls Sie unschuldig sind, entschuldige ich mich schon jetzt für meinen Ton. Aber für mich sind Sie zumindest mitschuldig.«

Ernst Schwarzenbach musste vor allem bei den älteren Stammgästen recht beliebt gewesen sein. Denn jetzt kippte die Sympathie plötzlich und einige erregte Stimmen begannen, gegen Karl Schwarzenbach Stellung zu nehmen.

»Aber dasch ischt doch lächerlich. Warum scholl meine Frau meinen Vater umgebracht haben? Dasch ischt doch Irrschinn.«

Während der letzten Worte ihres Mannes war Frau Schwarzenbach aus der Küche gekommen. Ungläubig starrte sie zuerst ihren Mann und dann die Beamten an. »Was soll ich gemacht haben?«

»Einer von Ihnen beiden, Sie oder Ihr Mann haben Ernst Schwarzenbach durch das Spritzen einer Überdosis Insulin ermordet«, stellte Wallner nochmals fest. »Oder Sie haben es gemeinsam getan.«

Die Frau setzte sich an den nächsten freien Tisch, schlug die Hände über dem Kopf zusammen und begann zu heulen.

»Ich habe gleich gewusst …«, begann sie, doch ihr Mann fiel ihr scharf ins Wort. »Du hältscht schofort den Mund. Wir schprechen kein Wort mehr ohne unscheren Anwalt.«

»Das haben Sie sicher vom vielen Fernsehen«, meldete sich jetzt Sandegger zu Wort. »Von diesen amerikanischen Serien. Aber bei uns ist das etwas anders geregelt. Sie werden schon sprechen, sobald wir sämtliche Beweise beisammen haben. Und Ihr Sohn gestanden hat.«

»Denn müschen Schie aber erscht finden«, stellte Schwarzenbach triumphierend und nicht ganz zu Unrecht fest.

»Das lassen Sie nur unsere Sorge sein«, gab Wallner zurück. »Wir haben sie noch alle gefunden.« Was zwar nicht stimmte, aber immer gut klang.

»Karl und Stefanie Schwarzenbach, ich nehme Sie beide vorläufig wegen des Verdachts der Ermordung und der Beihilfe zur Ermordung von Ernst Schwarzenbach fest«, schloss Wallner die Amtshandlung ab und gab den beiden Polizisten das Zeichen, das Ehepaar abzuführen.

Den Fall Elena hatte er vorerst bewusst ausgeklammert, da die mögliche Beteiligung der beiden derzeit noch nicht zu klären war. Zurück blieben drei ratlose und heillos überforderte Servierkräfte. Nach kurzer Nachdenkpause ergriff die jüngste der drei Frauen die Initiative und schickte die ebenso verwirrten Gäste einfach nach Hause. Dann erklärte sie das Lokal bis auf weiteres für geschlossen.

*

Also ich hätte viel dafür gegeben, noch ein, zwei Tage in Ottenschlag bleiben zu können. Wegen dieses blöden Vortrags bei diesem dummen Kongress muss ich jetzt meine Familie alleine lassen und wieder nach Wien.

Aber wenn selbst meinem Freund Josef, dem Innenminister, so viel daran liegt, dass ich den Kollegen aus wer weiß wie vielen Ländern etwas erzähle, dann kann ich ja schlecht nein sagen.

Wenn ich gleich nach dem Referat losfahre, könnte ich gegen Mittag oder spätestens zum Nachmittagskaffee schon wieder bei meinen Lieben sein.

Was soll ich denn der internationalen Polizeiprominenz eigentlich erzählen? Keine Ahnung. Improvisieren ist ja ganz schön, aber irgendwie sollte ich mir zumindest eine Richtung zurecht legen. Wie lautet das Thema noch, zu dem ich sprechen soll? Wenn ich mich recht erinnere, steht im korrigierten Programm etwas von »Änderung wegen Erkrankung des Referenten.« Also kann ich mir den Titel eigentlich aussuchen, oder?

Da nehme ich doch gleich mein Lieblingsthema »Die Interdependenz zwischen der Kriminalliteratur und dem realen Verbrechen.« Da kann ich stundenlang schwafeln und habe auch zwei gute Beispiele aus der Praxis. Also das Problem ist gegessen.

Das Taxifahren macht richtig Spaß. Wenn man bedenkt, dass ein Leihwagen ja auch Geld kostet, ist der Komfort, sich fahren zu lassen, gar nicht mehr so teuer. Der Fahrer, wie heißt er noch, muss mir unbedingt seine Nummer geben. Damit ich ihn morgen wieder anfordern kann. Oder soll ich gleich etwas ausmachen? Lieber nicht, wer weiß, wie lange mich der Josef morgen nerven wird.

Was, schon Ausfahrt Strebersdorf, das ist aber rasch gegangen. Wird langsam Zeit, Wallner anzurufen. Hoffent-

lich dauert es heute nicht mehr lange. Immerhin schon halb Zehn und ich muss morgen ausgeschlafen sein.

*

Sandegger war schon gegangen, dafür hatte sich Franca Aigner bei ihrem Freund Wallner eingefunden, um ihn abzuholen. Palinski tat es leid, bei der spektakulären Verhaftung am Nachmittag nicht dabei gewesen zu sein. Aber alles konnte man eben nicht haben.

»Jetzt fehlt uns nur noch Schwarzenbach junior«, sinnierte Wallner vor sich hin. »Ich verstehe nicht, dass wir noch überhaupt keine Reaktionen auf den Steckbrief haben. Nicht einmal die üblichen Fehlalarme, nichts.«

»Mir geht dieses weiße Kabel nicht aus dem Kopf«, meldete sich Palinski. »Ihr habt doch bei der Hausdurchsuchung auch die Kellerräume durchsucht?«

»Natürlich, da war nichts. Aber komisch, ich habe mich noch gewundert, dass der Kutscherhof keinen größeren Keller hat. Diese alten Winzerhäuser sind doch meistens voll unterkellert.« Wallner machte ein nachdenkliches Gesicht.

»Eine ehemalige Freundin von mir gehört zu einer bekannten Weinhauerfamilie. Die haben Kellergänge, die hunderte Meter weit bis in die Weinberge führen«, erinnerte sich Palinski. »Nehmen wir einmal an, da gibt es noch Keller, die aber nicht vom Haus oder dem Hof aus zugänglich sind. Oder nur einen versteckten Zugang haben, eine Falltüre oder so was in der Art.«

Jetzt begann auch Franca, an den Spekulationen Gefallen zu finden. »Wäre es möglich, dass der Sohn mit dem Motorrad zum Schein weggefahren, später aber unbemerkt wieder zurückgekehrt ist. Mit den 3.500 Euro, die er nach Aussage des Vaters bei sich haben soll, kommt er ja nicht wirklich weit.«

Die Vorstellung, dass Hans Schwarzenbach in einem geheimen Keller des elterlichen Betriebes saß, während ihn die Polizei überall, nur nicht dort suchte, hatte plötzlich etwas Bestechendes für sich, fanden die Drei.

Palinski stand auf und Wallner blickte ihn fragend an. »Willst du schon gehen?«

»Ich denke, wir sollten uns Gewissheit verschaffen, und das sofort. Der Untersuchungsbefehl gilt doch noch?« Wallner nickte und stand ebenfalls auf. »Schließlich ist ja auch nicht auszuschließen, dass Hans Schwarzenbach auf die Versorgung durch seine Eltern angewiesen ist«, bemerkte Franca Aigner. »Und Ihr werdet doch nicht Gefahr laufen wollen, dass Euch Euer Hauptverdächtigter verhungert oder verdurstet.«

Damit hatte sie, wie schon so oft, wieder einmal völlig recht.

*

Die anderen Heurigenbetriebe in Grinzing waren noch gut im Geschäft, als Wallner, Franca, Palinski und zwei Beamte in Uniform vor dem verschlossenen und unbeleuchteten Kutscherhof eintrafen. Mit dem noch gültigen Durchsuchungsbefehl und einer möglichen Gefahr in Verzug hatte Wallner kein Problem damit, das Tor fachmännisch selbst aufzubrechen.

Im Eingangsbereich des Domizils des Großvaters

fanden sie das Verdacht erregende weiße Kabel. Dieses erwies sich als offenbar illegaler Ableger der Zuleitung des Kabelfernsehens. Ein Indiz dafür, dass es da unten einen Fernsehapparat geben musste. Und nolens volens auch jemanden, der davor saß und sich die Sendungen zu Gemüte führte.

Bloß, weit und breit war kein Zugang zu einem Keller zu finden. Während die beiden Beamten in Uniform noch im Haus suchten, machten sich die anderen drei daran, den Hof und vor allem den kleinen Schuppen in der Ecke zu erforschen.

In der mit Geräten für den Weinbau vollgeräumten Holzhütte fiel Wallner etwas auf, was bei der ersten Durchsuchung noch nicht da gewesen war. Zumindest konnte er sich nicht daran erinnern.

»Das ist ein chemisches WC, wie es in Wohnwägen verwendet wird«, wusste Palinski. Er hatte in jungen Jahren einen Caravan-Urlaub mit Wilma gemacht. Vier Wochen durch Frankreich und Spanien. Das war eine schöne Zeit gewesen. Aber »So ein Häusl ist wirklich nur eine Lösung auf Zeit.«

»Auch für jemanden, der sich versteckt, beispielsweise?«, wollte Wallner wissen. Palinski nickte.

»Und Ihr glaubt wirklich, dass Hans Schwarzenbach irgendwo da unten steckt und jedes Mal hochkommt, wenn er auf den Topf muss?« Man konnte sehen, dass diese Vorstellung Franca Probleme bereitete.

»Nicht unbedingt«, stellte der kurzfristig zum WC-Experten mutierte Palinski richtig. »Ich tippe eher darauf, dass das Ding hier oben entleert und alle zwei, drei Tage gegen den Thron ausgetauscht wird, der gerade im Einsatz ist.« Er deutete unbestimmt auf den Boden.

»Wenn unsere Vermutungen zutreffen, und ich bin immer mehr davon überzeugt, dann müssen wir nur mehr den Zugang zum Keller finden.«

Es dauerte aber noch mehr als eine halbe Stunde, bis sie die unter einer schweren alten Truhe versteckte Falltüre fanden, über die auch noch ein alter Kotzen gebreitet war.

»Sollte Hans Schwarzenbach wirklich da unten sein«, stellte Wallner fest, »dann hat er sich aber nicht versteckt, sondern ist eingesperrt worden.« Genau diesen Eindruck hatten die anderen auch gewonnen.

*

Ingrid Marinov-Wondrak hatte eben beschlossen, ihre Zelte in Lech abzubrechen und nach Wien zu fahren. Erstens vermisste sie Heribert und zweitens hatte sich ihr Schilehrer Toni Mösinger das Bein gebrochen. Damit waren ihre Möglichkeiten, sich die Zeit am Arlberg angenehm zu vertreiben, mit einem Schlag gegen Null gesunken. Und einen dieser »Alpin-Papagalli« an sich heran zu lassen, kam für sie nicht in Frage. Sie war trotz allem eine treue Frau. Ziemlich zumindest.

Die steinreiche Kauf- und Versandhauserbin wusste natürlich über die gelegentlichen Seitensprünge ihres um einige Jahre jüngeren Mannes Bescheid. Auch gab sich die attraktive und für ihr Alter noch ziemlich jugendlich wirkende Frau keinen Trugschlüssen hinsichtlich der Motive ihres Mannes hin. Heribert mochte sie gerne, da war sie sicher. Das Einzige, was er aber wirklich liebte, war ihr Geld und die Möglichkeiten, die sich daraus für ihn ergaben.

Man konnte es drehen und wenden, wie man wollte. Heribert war ein Scheißkerl, aber ein sympathischer und im Bett zudem ein äußerst überzeugender Scheißkerl. Und vor allem, er war ihr Scheißkerl. Darum hatte ihr auch sein letztes Abenteuer Kopfzerbrechen gemacht, weil es möglicherweise eben nicht nur ein Abenteuer war.

Mehrere kleine und für sich betrachtet völlig harmlose Indizien sprachen in ihrer Summe für die Wahrscheinlichkeit einer ernsthaften Beziehung. Dafür, dass Heribert drauf und dran war, noch etwas anders wirklich zu lieben als nur ihr Geld.

Das wollte und würde sie auch nicht dulden, hatte sie schon vor Monaten beschlossen. Sie würde um ihren Mann kämpfen, kostete es was es wolle.

Jetzt hatte Heribert Probleme, große Probleme und seine neue Liebe hatte damit zu tun. Als seine Frau wusste Ingrid das ganz einfach. Darum wollte sie auch nicht mehr länger hier am Berg sitzen, sondern in seiner Nähe sein. Um da zu sein, wenn er sie brauchte.

Sie hob den Telefonhörer ab und wies die Rezeption an, ihre Rechnung fertig zu machen. »Ich werde pünktlich um 9 Uhr abreisen.«

*

Vorsichtig stiegen Franca Aigner, Wallner und Palinski in die feindliche Dunkelheit hinunter, die sich ihnen nach dem Hochklappen der gut getarnten Falltüre eröffnete. Als einzige Lichtquelle stand ihnen eine mittelgroße Stablampe zur Verfügung, die sie auf einem Wandbord gefunden hatten. Der kräftige Strahl der Lampe wies ihnen den Weg in einen schmalen, knapp mannshohen Gang.

Wie der berühmte »Aufzugsmensch« mit seinen 75 Kilogramm musste auch der Begriff »mannshoch« aus einer längst vergangenen Zeit stammen, dachte Palinski. Lediglich die 1,75 große Franca konnte gerade noch aufrecht den Gang betreten, aber sowohl Wallner als auch er mussten ihre Köpfe kräftig einziehen.

»Psst«, herrschte der vorangehende Wallner die beiden anderen an, ruhig zu sein, ich glaube, ich habe etwas gehört.«

Tatsächlich, von irgendwo her waren Stimmen zu hören, dann wieder Musik und etwas lauter immer wieder ein betrunken wirkendes Lachen.

»Also entweder feiert Blacky eine Party oder er schaut sich gerade einen Film an«, mutmaßte Palinski. Die Musik kam ihm irgendwie bekannt vor, wahrscheinlich hatte er den Film schon gesehen oder, was wahrscheinlicher war, eine Wiederholung davon.

Die Geräusche kamen von links vorne und wurden mit jedem Schritt ein wenig lauter. Jetzt erblickte Wallner auch ein weißes aus der Decke kommendes Kabel. Wahrscheinlich die Fortsetzung jener Zuleitung des Kabel-TV, die oben so unvermutet im Boden verschwand.

»Ich glaube, hier sind wir richtig«, meinte Franca und hatte recht. Denn plötzlich standen sie vor einer Türe. Da war aber auch ein Lichtschalter, den der Inspektor sofort betätigte. Und plötzlich war es nicht mehr ganz so dunkel wie zuvor. Nicht wirklich hell, dazu reichte die einzelne von der Decke baumelnde 40 Watt Lampe einfach nicht aus, aber angenehm düster.

Blacky Schwarzenbach, falls es sich um ihn handelte, woran keiner der drei noch zweifelte, war tatsächlich eingesperrt worden. Einen anderen Schluss ließ der schwere, verschlossene Metallriegel an dieser Seite der Türe nicht zu.

Sieht fast so aus, als ob sich die Eltern hier noch einen weiteren Anklagepunkt einhandeln würden«, konstatierte Palinski. »Ich bin gespannt, wann sie damit herausrücken werden.«

In dem vielleicht 3 x 4 Meter großen Verlies stank es zum Gotterbarmen. Schweiß, ein in seiner Aufnahmekapazität überlastetes und auch nicht gerade vorsichtig benutztes chemisches Klo und der unverwechselbare Geruch nach Erbrochenem mischten sich zu einem Gestankscocktail, der den Dreien den Atem verschlug.

»Nehmt Euch ein Taschentuch vor die Nase und atmet nur durch den Mund«, empfahl Wallner, der ähnliche Odeurorgien bereits er- und auch überlebt hatte.

Hans Schwarzenbach schien die drei Eindringlinge zunächst gar nicht zu bemerken. Wie gebannt starrte er auf den Bildschirm des kleinen Fernsehapparates, auf dem gerade der Film »Can Can« lief. Wahrscheinlich versuchte er, sein missglücktes Alibi Lisa Ferrari unter den beineschwingenden und röckeschürzenden Leinwandschönen zu entdecken.

Jetzt erst nahm er die Besucher zur Kenntnis. »Ham Sie mir was sum Essen mitgebracht?«, lallte er. »Ich hab schon ewig nichs sum Essen begommen.« Er lachte unmotiviert laut auf. »Mein Vada will mich verhungern lassn, glaub ich.« Er blickte auf Franca und gab sich einen Ruck, soweit ihm das möglich war. »Oder sind Sie ein Engel und ich bin schon im Paradies.« Er summte etwas, das wie »Stranger in Paradies« klang und Palinski wunderte sich, dass der junge Mann diesen alten Hit kannte. »Aber nein, das kann nicht sein. Nach dem Mist, den ich gemacht hab, komme ich nicht in den Himmel.« Er lachte wieder auf.

»Ich glaube, der Bursche ist high«, vermutete Franca, die aus ihrer Salzburger Zeit berufliche Erfahrungen mit Drogen hatte.

Wallner blickte sich um. Dann ging er zu dem Wasserkübel in der Ecke und roch daran. Er füllte den am Kübel hängenden Schöpfer mit der Flüssigkeit und nippte kurz.

»Ich vermute, das hier ist Mohntee oder etwas in der Art. Vielleicht noch versetzt mit irgend was anderem, das den Konsumenten mehr oder weniger ruhig stellt.« Er schüttelte den Kopf. »Da wird der eigene Sohn weggesperrt, nur damit er nicht gegen die Eltern aussagt. So stelle ich mir das zumindest bis auf weiteres vor.«

Er blickte zu Palinski. »Falls die Schwarzenbachs nicht bald mit der Information herausrücken, wo sich ihr Sohn aufhält, kommt noch ein Mordversuch mit auf die Rechnung.«

»Meine Mutter hat damit überhaupt nichts zu tun.« Der junge Mann wirkte jetzt etwas klarer. »Sie weiß nicht einmal, dass ich hier bin. Glaubt den Scheiß mit meinem Abflug in ein auslieferungssicheres Land. Das war die Idee vom Vater. Nicht schlecht, was?«

Er lachte, diesmal aber bitter. »Sie ist die beste Mutter der Welt, aber naiv und nicht besonders intelligent. Bitte halten Sie sie nach Möglichkeit aus der ganzen Sache raus.«

»Wir werden sehen, was wir machen können«, sicherte ihm Wallner zu. Und er meinte es wirklich so. Allerdings nur unter einer Bedingung. »Sie müssen uns ganz genau erzählen, wie das mit Elena, Alois Huntzinger und Ihrem Großvater war.«

Franca hatte die ganze Zeit bemerkt, dass Hans Schwarzenbach Schmerzen haben musste. Er griff sich immer wieder unbewusst an den linken Arm und verzog dabei leicht das Gesicht.

Sie überwand ihren Widerwillen, beugte sich zu dem Jungen und forderte ihn auf, ihr den Arm zu zeigen.

»Das ist jetzt auch schon egal«, meinte Blacky und schob den Ärmel seines Pullovers hoch. Hier war sie, die langgesuchte Bisswunde, die Elena einem ihrer Peiniger zugefügt hatte. Unbehandelt, entzündet, eitrig und verschmutzt, aber unverkennbar eine Bisswunde.

»Da muss sofort ein Arzt ran«, stellte Franca fest. »Ich gehe nach oben, um das Nötige zu veranlassen.«

»Gut«, meinte Wallner, »bitte verständige auch gleich die Spurensicherung. Wir brauchen wieder einmal das ganze Programm.«

Nachdem Franca gegangen war, widmete sich Blacky neuerlich dem Film im Fernsehen.

»Eine verrückte Geschichte«, fand Palinski. »Wenn der Sohn gebissen wurde, dann bedeutet das gleichzeitig, dass er nicht derjenige sein kann, der die junge Frau gefesselt hat.«

»So sieht es aus«, bestätigte Wallner. »Das bedeutet aber auch, dass der Anteil des Vaters an den Grauslichkeiten wesentlich größer sein dürfte als wir bisher angenommen haben.«

Dann verhaftete er Hans Schwarzenbach, ließ ihn den Film aber noch zu Ende sehen.

8

Das einzige, was Wilma in Ottensschlag störte, waren die Betten in Onkel Alois' Gästezimmer. Die solide wirkenden Trümmer mit dem obligaten Heiligenbild an der Wand darüber waren aber nicht das eigentliche Problem. Es waren die Betteinsätze, die sich um einen legten wie ein Sarg. Die Gift waren für jede Wirbelsäule über 20 und jeden Versuch, Sex zu machen, zur lächerlichen Farce werden ließen. Wie Wilma von früheren Versuchen mit Mario wusste, war das so, wie wenn man in der Sandkiste Billard spielen wollte. Oder noch schlimmer.

Da Mario diesmal nicht hier übernachtet hatte, war das aber nicht ihr Problem. Sie wachte immer schon um 5 Uhr mit schmerzendem Rücken auf und konnte einfach nicht mehr einschlafen.

Jetzt war es 5.45 Uhr und sie saß in der kuscheligen Küche und lauschte dem sanft blubbernden Kaffee auf dem Weg zu seiner Vollendung.

Nicht wirklich interessiert blätterte sie im Niederösterreichischen Boten, Ausgabe Waldviertel. Für Menschen, die hier wohnten, die das Zentrum ihres Lebensinteresses in Zwettl, Gmünd, Litschau oder Groß Gerungs hatten, waren die Nachrichten in dem Blatt sicher von großem, ja vitalem Interesse. Von ihrer schmerzenden Wirbelsäule konnten sie die Berichte über den gelungenen Silvesterschmaus im Gasthof Anzenbichler in Sankt Irgendwo oder die Neujahrsauktion der Katholischen Jungschar im Nachbarort aber nicht ablenken.

Das Fernsehprogramm studierte sie dagegen etwas aufmerksamer und überlegte sich, zu welchen Sendezeiten von Harry Proteste gegen einen Spaziergang in der tief verschneiten Gegend zu erwarten waren. Auch wenn sich der Einfluss seiner Freundin Beate sogar in dieser Hinsicht positiv bemerkbar zu machen begann.

Plötzlich blieben ihre Augen an einer Ankündigung hängen. Die Folge einer Serie am späten Nachmittag hatte doch tatsächlich den Titel »Palpitis Dilemma.« Wenn sie das nicht an Palinski erinnern sollte, was dann?

Wer weiß, vielleicht würde heute ja auch Mario in irgendwelchen Nachrichten genannt werden. Immerhin war dieser Polizeikongress eine große Sache, über die sicher berichtet werden würde. Sie nahm sich vor, die einschlägigen Sendungen heute besonders aufmerksam zu verfolgen.

Mein Gott, war das ein Theater gewesen vor vier Monaten. Palinski war über Nacht zum »Fernsehstar« geworden, nur weil er versucht hatte, eine Katastrophe zu verhindern. Die sich dann doch ereignet hatte und das vor laufender Kamera. Und vor einigen Millionen Zusehern in Österreich und dem übrigen Europa. Ein Marktforschungsinstitut hatte ermittelt, dass ihr Mann mehr als 80 Prozent der Bevölkerung ein Begriff und von mehr als 60 Prozent sympathisch bis sehr sympathisch gefunden worden war. Worauf ihm ein großer Sender sogar eine eigene Kriminalshow angeboten hatte. Sie hatte sich oft gefragt, was sich verändert hätte, wenn er diesem lukrativen Angebot näher getreten wäre. Wer konnte das schon wissen. Sie war aber sicher, dass er auch dann nicht mehr Zeit für sie und die Kinder gehabt hätte. Aber vielleicht wäre er wenigstens diese Tage bei ihnen im Waldviertel gewesen.

Komisch, wieso hatte sie so ein Gefühl, Palinski heute noch im Fernsehen zu sehen?

*

Palinski war schon lange vor 9 Uhr im »Austria Center« erschienen, dem großen Kongresszentrum neben der UNO-City in Wien. Trotz seiner nach außen getragenen Ruhe machten bereits tausende von Schmetterlingen ihre Flugübungen in seinem Bauch. Er war zwar kein schlechter Redner, so einer vom Typ »unbekümmert losquatschen.« Er hatte auch durchaus etwas zu sagen. Nur, es war schon ein Unterschied, vor ein paar Bekannten einige pointierte Gedanken von Stapel zu lassen oder vor einigen hundert der besten Fachleute auf ihrem Gebiet zu sprechen.

Freund ›Miki‹ Schneckenburger, der den Innenminister im Organisationskomitee des »Kongresses Europäischer Kriminalbeamter« vertrat und Palinski in letzter Minute auf die Rednerliste gebracht hatte, war ebenfalls schon anwesend. Auch er schien nicht frei von Nervosität zu sein.

»Wo ist denn dieser Saal 4?«, wollte Palinski wissen, um den Ort seines bevorstehenden Waterloos in Augenschein nehmen zu können.

»Wir haben den Saal wechseln müssen«, informierte ihn ›Miki‹. »Saal 4 hat nämlich nur für 200 Personen Platz. Du wirst aber in Saal 1 sprechen. Der ist da vorne«, er deutet die Richtung an.

»Und wie viele Leute haben in Saal 1 Platz?«, interessierte sich Palinski, der nicht ganz verstand.

Mit »In Saal 1 haben 1500 Leute Platz«, versetzte ihm der Freund einen gehörigen Schock. »Aber seit bekannt ist, dass nicht dieser Langweiler McEllen spricht, sondern du, haben sich kurzfristig noch über 700 Teilnehmer für dein Referat angemeldet. Und wir vermuten, dass unangemeldet nochmals 200 bis 300 dazu kommen werden.« Palinski musste sich setzen. Das war mehr als er je zu befürchten gewagt hätte. »Aber wie kann das sein? Die Leute kennen mich doch gar nicht.«

»Das eben ist ein Irrtum, mein Freund.« Jetzt musste irgendetwas Bedeutendes kommen. Immer, wenn sich Schneckenburger so aufgeplustert hatte wie gerade eben, hatte er gleich danach eine Bombe platzen lassen. »Ich habe vor einigen Monaten einen Artikel über innovative Ansätze in der Polizeiarbeit geschrieben und dabei auch deine Krimiliteranalogie kommentiert. Der Beitrag ist im ›Österreichischen Polizeibeamten‹ erschienen, du erinnerst dich doch noch?«

Ach ja, ging es Palinski durch den Kopf. Er hatte sich seinerzeit schon gewundert, dass ›Miki‹ das etwas klobige Kunstwort »Krimiliteranalogie«, das er bis dahin nie fehlerfrei aussprechen hatte können, über Nacht flüssiger über die Lippen ging als Palinski selbst. Die Erklärung dafür war eben dieser Artikel gewesen.

»Was ich nicht gewusst und erst gestern erfahren habe«, fuhr der Ministerialrat fort, »ist, dass dieser Artikel in der letzten Ausgabe der »International Criminal Review« erschienen ist. In englischer Übersetzung in einer Auflage von 420.000 Exemplaren, die weltweit gelesen werden.«

Es war weitsichtig von Palinski, dass er sich bereits vorhin gesetzt hatte. Sonst hätte ihn diese Nachricht sicher umgeworfen. Er war platt, wie man so treffend zu sagen pflegte.

»Kannst Du mir eine Fotokopie von dem Artikel verschaffen?«, den musste er unbedingt Wilma zeigen und auch Margit. Und natürlich auch Wallner, Franca und Sandegger.

»Bediene dich selbst«, ›Miki‹ wies auf den rund 10 Meter entfernten Stand der ›ICR‹, wo die renommierte Zeitschrift zur freien Entnahme aufgelegt war.

Vorsichtig näherte sich Palinski dem Stand und nahm andächtig ein Exemplar des Blattes in die Hand. Ah, hier war sogar ein Hinweis auf den Artikel »Krimiliteranalogie – a new way in criminology?« auf der Titelseite. Mit einem Foto von ihm. Wo hatten die Leute bloß dieses schlechte Bild her?

»May I have a second one?«, fragte er fast schüchtern die junge Dame, die den Stand betreute. »For my wife, you know?«

»Oh Mister Palinski, it's a real honor, that you join us«, antwortete die Frau und es klang so, als ob sie sich wirklich freute. »Take as much copies as you like«, Sie reichte ihm einen Stoß von etwa zwanzig Exemplaren.

»Thank you very much, madam«, Palinski wusste, was sich gehörte, »but this is too much«, und gab ihr ein paar zurück. Einige Kongressteilnehmer hatten das Gespräch, vor allem aber wohl den Namen mitbekommen. Plötzlich sah sich Palinski im Auge eines ihn umgebenden Hurrikans führender Kriminologen der Welt, die sich alle freuten, ihn persönlich kennen zu lernen.

In diese Situation passte auch gut der Auftritt Dr. Josef Fuscheés, des Innenministers der Republik. Der bahnte sich sofort einen Weg zu Palinski, schüttelte ihm die Hand und begrüßte ihn herzlich. Und dann noch ein zweites Mal, weil das Fernsehen den ersten Handshake nicht richtig mitbekommen hatte. »Mister Palinski is one of our best experts and a good friend«, betonte er in einwandfreiem Schulenglisch.

»And Dr. Fuscheé is one of our best Ministers«, revanchierte sich Palinski, »and a very good friend, too.«

Alle lachten, auch der Minister. Was blieb ihm schon anderes über. Palinski hatte erreicht, was er mit seinem vorlauten Sager erreichen hatte wollen. Wilma hätte die Szene sicher lustig gefunden.

*

Um wirklich alles versucht zu haben, hatte Heribert Marinov am Vormittag mit dem Dorotheum und zwei Edelsteinhändlern telefoniert. Die hatten Ferenc's Markt-einschätzung im Wesentlichen bestätigt, wenn auch auf deutlich höherem Niveau. Voraussetzung für den Kauf oder die Belehnung von Industriediamanten war allerdings der zweifelsfreie Nachweis des Eigentums an den Steinen.

Den Marinov zwar erbringen hätte können. Allerdings lagen die entsprechenden Papiere in einem Safe in der Schweiz.

»Dann tut es uns leid, der Herr.«

Damit schied diese Option der Geldbeschaffung wegen Zeitmangels aus. Ihm blieben also wirklich nur mehr der Gang zu einer Bank und die Hoffnung, dass man die Steine wenigstens über das Wochenende als Sicherheit für einen Sofortkredit akzeptieren würde. Notfalls musste er den zuständigen Bankmenschen eben schmieren. Sonst, er wagte nicht, sich das »sonst« vorzustellen.

Was er sich nach der Information über den Raub in Brünn vielleicht doch hätte vorstellen können, aber nicht hatte, war, dass seine Anrufe vom Bundeskriminalamt registriert worden waren. Da die Sache in Brünn nur die vorläufig letzte einer ganzen Serie gewesen war und man befürchtete, dass es sich dabei um Geldbeschaffung für den internationalen Terrorismus handelte, war nicht nur in Österreich der Lauschangriff gestartet worden. Bereits zehn Minuten nach dem ersten Anruf Marinovs von seinem Wertkartenhandy aus setzte sich die gut geölte Maschinerie des BKA in Bewegung, um das verdächtige Subjekt auszuforschen. Kein leichtes Unterfangen, gehörte doch alles, woran man den Mann hätte festmachen können, Ingrid Wondrak oder einer ihrer Firmen.

Das einzige, was festgestellt werden konnte, war, dass er in Döbling gemeldet war. Dort würde man aber erst später nachforschen, denn diese Terroristen waren vieles, aber nicht blöd. Die saßen doch nicht zu Hause herum und warteten darauf, abgeholt zu werden. Im Augenblick gab es vordringlichere Aufgaben zu erledigen.

*

Wenn tatsächlich 1500 Leute in Saal 1 Platz hatten, dann waren auch fast so viele da, dachte Palinski. Außer einigen wenigen freien Plätzen in den vorderen, von der Prominenz besetzten und den anderen, daher gemiedenen Reihen konnte er keinen einzigen nicht besetzen Platz ausmachen.

In der ersten Reihe saß Dr. Fuscheé, der ihm ständig zuzwinkerte und den Daumen demonstrativ in die Höhe hielt. Um ihn herum sein Gefolge aus dem Ministerium und hohe, ja höchste Polizeibeamte. Wenn er sich jetzt blamierte, konnte er gleich auswandern, dachte Palinski. Vielleicht nach Paraguay, mit denen gab es ja angeblich kein Auslieferungsabkommen.

Kurz vorher hatte er die nervöse Chefin der Simultandolmetscher und -dolmetscherinnen enttäuschen müssen, die ihn um ein Exemplar seiner Rede ersucht hatte. Damit sie und ihre MitstreiterInnen sich auf den Text vorbereiten und noch rasch möglicherweise knifflige Ausdrücke entschärfen konnten. Er hatte sie enttäuschen und ungläubig blickend zurücklassen müssen. Immerhin hatte er ihr aber versprochen, langsam zu sprechen, empfohlen, den Begriff »Krimiliteranalogie« als international bekannten Fachausdruck vorauszusetzen und ganz einfach nicht zu übersetzen.

»So wie Kindergarten, Sie verstehen.« Er war sich aber gar nicht sicher gewesen, ob sie das auch tatsächlich hatte.

Jetzt war es soweit. Polizeigeneral Schmidt-Ebenseder, formell Gastgeber des Kongresses, begrüßte die Anwesenden und kündigte den Vortragenden an.

»Sehr geehrte Damen und Herren«, begann Palinski und dachte an den Mann, der aus dem obersten Stockwerk eines Wolkenkratzers fiel. Und bei jedem Stock, an dem er vorbei flog, zu sich sagte: »Bisher ist eigentlich alles gut gegangen.«

Er stellte sich vor und verwies rhetorisch recht geschickt, wie er fand, auf den Artikel in den »International Criminal News«, dieser wichtigen Fachzeitschrift, die tatsächlich etwas anders hieß, wie ihm noch im selben Moment siedend heiß einfiel.

»Meine Frau«, streute er etwas Privates ein, das machte sich immer gut und schaffte Vertrauen, hatte er einmal gelesen, »hat mir gestern eine interessante Frage gestellt. Warum ist die Verbrechensquote bei uns eigentlich so in die Höhe geschossen, seit du für die Polizei tätig bist?«

»Da hat die Frau recht«, murmelte der Minister in seinen Bart, »das habe ich mich auch schon gefragt.«

»Ich konnte die Frage nicht beantworten, habe mich aber noch am selben Tag in meiner spezifischen Datenbank schlau gemacht.« Er nahm die Gelegenheit wahr, um auf die Besonderheiten der Datenbank »Crimes-facts and ideas« einzugehen und auf die vielfältigen Einsatzmöglichkeiten hinzuweisen.

Diese raffinierte Vermengung amüsanter Anekdoten und Sachinformation wurde mit einem ersten Applaus belohnt. Der deutlich heftiger als nur höflich ausfiel, wie Palinski beglückt registrierte.

»Dieses, ich möchte es einmal Phänomen bezeichnen, ist in der Kriminologie bisher noch nicht beschrieben worden. Allerdings ist es in der Kriminalliteratur durchaus bekannt. Ein Detektiv, Kommissar oder Inspektor ist besonders tüchtig und innerhalb kurzer Zeit füllen seine Fälle mehrere Bände. Was zur Folge hat, dass die

Verbrechensstatistik in seiner Stadt explodiert.« Vereinzeltes Gelächter im Auditorium deutete Palinski als Zustimmung.

»Da es bei diesen Verbrechen naturgemäß nicht um Taschendiebstahl oder leichte Körperverletzung nach einer Wirtshausrauferei geht, handelt es sich dazu noch um eine besonders qualifizierte Explosion der Statistik. Der Superbulle zieht das Schwerverbrechen also an wie die Motten das Licht.«

Jetzt lachte schon der halbe Saal und Palinski fand das gut so. Die Polizei hatte selten genug Grund zum Lachen.

»Ein Krimiautor hat dieses Phänomen als erster beschrieben. Wir sprechen dabei vom so genannten Emme'schen Phänomen. Mich persönlich erinnerte es ein wenig an das Giffen'sche Paradoxon.«

Jetzt war Palinski ganz keck geworden. Die Sache mit Giffen war ein Test. Er wettete mit sich selbst, dass keiner der Anwesenden ihn fragen würde, was es mit diesem Paradoxon auf sich hatte. Obwohl, wenn überhaupt, nur maximal ein Prozent im Saal etwas mit dem Begriff anfangen konnte. Aber alle waren viel zu eitel, um zuzugeben, dass sie keine Ahnung hatten.

Oder sollte er sich irren. Hinten im Saal ging eine Hand hoch. »Ja, bitte«, forderte er die junge Dame auf, die sich gemeldet hatte.

»Ich bin Isabel Cortez Ruiz von der Guardia Civil in Madrid. Das anormale Verbraucherverhalten, das Giffen beschreibt, ist aber logisch zu erklären«, stellte die offenbar überaus belesene Kollegin fest, »das Emme'sche Phänomen dagegen nicht. Zumindest nicht in der Realität.«

»Sie haben völlig recht«, gab Palinski zu, »insofern hinkt mein Vergleich. Danke für Ihren Hinweis.«

Er bemerkte mit innerem Lächeln, dass sich viele der Zuhörer gerade in den letzten Minuten eifrig Notizen gemacht hatten. Wenn die alle zu Hause im Lexikon nachsahen oder im Internet »googleten«, wer Giffen gewesen war, dann war der heutige Tag auch aus der Sicht der gehobenen Volksbildung ein beachtlicher Erfolg.

»Damit sind wir aber beim Kern meines Referates gelandet, der Wechselbeziehung zwischen Verbrechen und der einschlägigen Literatur.« Palinski stieg jetzt ein wenig tiefer in die Theorie ein, wollte das Auditorium aber nicht zu sehr damit langweilen. Darum ging er bald zum Fall »Lettenberg« über, den er ziemlich breit und in allen Facetten darlegte.

Nach einer guten Stunde kam er langsam zum Ende. »Dieser Fall ist der erste, der eindeutig dokumentiert, dass die Täterin sowohl den eigentlichen Mord als auch ihr zunächst fast unantastbar scheinendes Alibi aus der Kriminalliteratur übernommen und geschickt für ihre Zwecke verknüpft und modifiziert hat. Nachdem wir ihr Titel und Autoren auf den Kopf zugesagt haben, ist ihre Verteidigungsstrategie zusammen gebrochen. Ich bin damit am Ende meiner Ausführungen und danke für Ihre Aufmerksamkeit. Natürlich stehe ich für Fragen gerne zur Verfügung.«

Das war's also gewesen und nichts war passiert. Oder doch.

Heftiger Applaus setzte ein und hielt minutenlang an. Schließlich begannen einige Zuhörer sogar aufzustehen und immer mehr Menschen schlossen sich ihnen an. Zuletzt erhob sich sogar der Minister, klatschte, zwinkerte mit den Augen und reckte den Daumen der rechten Hand immer wieder in die Höhe.

Man konnte es drehen und wenden, wie man wollte. Es war ein riesiger Erfolg und es war Palinskis Erfolg. Auch wenn sich der Minister in der Öffentlichkeit und Schneckenburger insgeheim ein Scheibchen davon abschnitten. Sollten sie doch ruhig.

*

Kurz nach Mittag entschloss sich der zuständige Beamte des Bundeskriminalamtes, dem Hinweis auf die Wohnadresse Marinovs nachzugehen. Wegen des akuten Personalmangels wollte er die ersten Erhebungen aber der örtlich zuständigen Polizei überlassen. Sein Gesprächspartner beim Kommissariat Döbling war ein Inspektor Helmut Wallner.

Dem war nach diesem Anruf etwas mulmig im Magen. Dank seiner inoffiziellen »Amtshilfe« für Palinski wusste er ziemlich genau, wo sich das »gesuchte Subjekt« befand beziehungsweise hätte sein Wissen durch einen Anruf rasch aktualisieren können. Er hätte Marinov also innerhalb kürzester Zeit stellen und verhaften können.

Andererseits war er dank Palinski im Besitz von Informationen, nach denen es extrem unwahrscheinlich war, dass der Gesuchte ein Terrorist oder auch nur ein Sympathisant der Szene war. Der Bursche war schlicht und einfach ein Gauner und Steuerhinterzieher, der versuchte, Geld aufzutreiben, um seine entführte Freundin frei zu bekommen.

Genau das war aber der springende Punkt. Einerseits sah der Inspektor keine Gefahr für die Öffentlichkeit durch Marinov. Andererseits war der Mann die einzige Chance, an die Entführer dieser Amelia heran zu kommen. Wallners Entscheidung stand daher fest. Er würde so weitermachen wie bisher und das BKA einfach hinhalten. Das persönliche Risiko, das er damit einging, war ihm natürlich bewusst.

Vor allem aber wusste Wallner inzwischen auch, wer die private Überwachung Marinovs veranlasst hatte. Er konnte zwar nichts mit dem Namen anfangen. Noch nicht. Aber vielleicht wusste ja sein Freund mehr. Er musste jetzt vor allem einmal Palinski erreichen.

*

Da sich Wallner auf seinen Drahtseilakt zwischen BKA und Marinov konzentrieren und die aktuellen Entwicklungen des Falles verfolgen musste, hatte es Martin Sandegger übernommen, Hans ›Blacky‹ Schwarzenbach zu verhören.

Gemeinsam mit dem Kollegen Hellmer saß der erfahrene Kriminalist in dem völlig abgeschotteten und streng bewachten Krankenzimmer. Schwarzenbach sah schon wieder viel besser aus, auch sein Arm mit der entzündeten Bisswunde machte keine Probleme mehr. Nach Aussage des behandelnden Arztes konnte der Patient bereits morgen entlassen und damit in die normale Untersuchungshaft überführt werden.

Im krassen Gegensatz zur deutlich verbesserten physischen Konstitution des Häftlings stand aber seine psychische Verfassung. Die war saumäßig, unter dem Hund, ja selbst der Ausdruck »Katzenjammer« wäre noch eine vornehme Übertreibung gewesen. Nach dem abrupten Absetzen seines »Spezialdrinks« der letzten Tage, eines mit einem leichten Schlafmittel versetzen Mohntees, der ihn auf angenehme Weise ruhig gestellt hatte, zeigte er jetzt starke Entzugserscheinungen.

In Anbetracht der Latte an Grauslichkeiten, die Hans Schwarzenbach vorgeworfen wurde, hielt sich das Mitleid der Beamten mit dem weinerlichen Nervenbündel im Krankenbett aber in Grenzen.

Erstaunlicherweise galt seine größte Sorge nach wie vor seiner Mutter, deren völlige Unschuld er immer wieder betonte. Auf Grund seines Wissensstandes neigte Sandegger dazu, Frau Schwarzenbachs Beteiligung an den verschiedenen Straftaten ihrer Männer als bestenfalls marginal anzusehen. Wenn überhaupt, würde man ihr höchstens Wegschauen, Dummheit und Naivität vorwerfen können. Und das war ja kaum strafbar. Ehe er die Freilassung der Frau veranlassen würde, wollte sich Sandegger aber noch dieses Druckmittels bedienen, um Hans Schwarzenbach zu einem rückhaltlosen Geständnis zu veranlassen.

Vorhin hatte sich der Kriminalist noch mit Dr. Walzmeier, dem diensthabenden Oberarzt, unterhalten und gefragt, wie lange der Patient ohne Versorgung von außen noch gelebt hätte. Mit 2 Schachteln Keksen und einem halben Liter des speziellen Giftgemisches, das er statt Wasser trinken musste. Der Arzt hatte sich zunächst nicht klar ausdrücken wollen, etwas von »geschwächtem Allgemeinzustand«, »Suizid nicht auszuschließen« und »Verdursten« geschwafelt und sich schließlich mit 3–6 Tagen nicht wirklich festgelegt.

Mit »Wissen Sie, dass Ihr Vater mit einer Anklage wegen versuchten Mordes rechnen muss, falls er uns nicht bis spätestens nächsten Mittwoch über Ihr Schicksal informiert«, eröffnete Sandegger jetzt das Verhör.

»So«, der Junge zeigte wenig Erschütterung, »wen will er denn jetzt um die Ecke bringen?« Begriffsstutzig war er auch.

»Na Sie, mein Bester«, half ihm Hellmer auf die Sprünge. »Oder glauben Sie, das vorsätzliche Verdursten lassen einer Person erfüllt diesen Tatbestand nicht?«

Jetzt war die Botschaft angekommen und Hans Schwarzenbach begann zu reden. So schnell und umfassend, dass ihn Hellmer einige Male bitten musste, seine Aussage zu wiederholen.

Es hatte damit angefangen, dass er, Hans Schwarzenbach, die damals 18-jährige Elena auf einem Feuerwehrfest in Pyrha kennen gelernt und ein Verhältnis mit der heißblütigen Griechin begonnen hatte.

*

Palinski hatte schon immer dazu geneigt, Massenauftritte als beängstigend zu empfinden und sie daher auch zu meiden. Auftritte wie jener denkwürdige vor vier Monaten im Hotel »Palais am Kohlmarkt« und das darauf folgende exzessive Interesse der Öffentlichkeit an seiner

Person waren ihm ein Gräuel und nur unter der Prämisse der unbedingten Notwendigkeit zu verkraften.

Heute stand er wieder im Zentrum des Interesses und erstaunlicherweise genoss er es diesmal. Und wie. Alleine die auf sein Referat folgende Diskussion hatte ihm mehr als zehn Einladungen zu Seminaren, Vorträgen, Fest- und Eröffnungsreden sowie das Angebot eingebracht, als Gastdozent an der Polizeihochschule Budapest Vorlesungen zu halten.

In der anschließenden Mittagspause hatte man ihn an den Tisch des Innenministers und seiner hochrangigen Gäste gebeten und um seine Meinung gefragt. Man stelle sich das einmal vor, der stellvertretende Chef von Scotland Yard hatte ihn, Palinski, um seine Meinung gefragt. Und gebeten, ihn gegebenenfalls konsultieren zu dürfen.

Nach dem Dessert waren dann zahlreiche mehr oder weniger hohe Tiere von den anderen Tischen vorbeigekommen und hatten sich vorgestellt. Am meisten hatte er sich aber über den anerkennenden Blick der Chefpsychologin der Guardia Civil, Isabel Cortez Ruiz gefreut, die ihm beim Vorbeigehen verschwörerisch zugewinkt hatte. Schade war nur, dass nicht auch sie ihn eingeladen hatte.

Dies hier war zweifellos ein Höhepunkt. Das erste Mal in seinem Leben war dort oben, wo er saß. Ein wunderbarer Tag, den nichts trüben konnte. Was immer heute auch noch passieren würde. Das war die vierte eklatante Fehleinschätzung, die Palinski innerhalb weniger Tage unterlaufen war.

Im Moment wusste er das aber noch nicht. Er hoffte nur, von der Sünde der Eitelkeit frei zu bleiben, war sich dessen aber gar nicht sicher.

Ein Klingelzeichen kündete den Beginn des ersten Vortrags am Nachmittag an. Langsam leerte sich die Cafeteria. Nachdem sich auch der Minister mit wichtigen Terminen entschuldigt hatte, rief Palinski Karl Wollner an, den Taxifahrer, der ihn gestern nach Ottenschlag gebracht hatte. Er wollte so schnell wie möglich zu den Seinen und damit einen perfekten Tag noch toppen.

*

»Ich bin dann kurz in den Keller gegangen, um einige Flaschen zu holen,« berichtete Hans Schwarzenbach. »In dieser Zeit muss Elena in den Schankraum gekommen sein und nach mir verlangt haben. Mein Vater, der von der Geschichte und meiner angeblichen Vaterschaft gewusst hat, hat sie abgefangen und in den Hof hinaus gebracht.«

»Sie sagen ›angebliche Vaterschaft‹«, hakte Sandegger ein, »sind Sie der Meinung, dass Sie nicht der Vater des Kindes sind?«

»Mein Vater hat gmeint, die Elena wär a nur so a Ausländerhur, die mit jedem herumpudert. Da is die Wahrscheinlichkeit, dass ich der Vater bin, nicht sehr groß.«

»Nach Aussage von Elenas Großmutter waren Sie aber die einzige Männerbekanntschaft, die ihre Enkelin gehabt hat. Angeblich war sie noch Jungfrau, als sie zum ersten Mal mit Ihnen geschlafen hat.«

»Des was i net. Ich hab nix bemerkt. Sicher hat's a

bißl gjammert, aber des tuns ja alle«, meinte Schwarzenbach ungerührt. »Nach dem Vaterschaftstest werden wir es ja wissen.« Sandegger war grundsätzlich ein gläubiger Mensch. Nichts lag ihm ferner als Gottes Werk anzuzweifeln. Was er sich allerdings bei Schaffung dieses Scheißkerls gedacht haben mochte, hätte ihn schon interessiert. Der Kerl widerte ihn an wie selten jemand zuvor.

»Nachdem mir die Mama gsagt hat, dass ein Madl nach mir gefragt hat, bin ich gleich in den Hof hinaus. Ich hab sogar noch das Bratl in der Hand gehabt«

Den Braten hatte er dann gleich weggeworfen und die wild um sich schlagende Elena von hinten gepackt und gehalten, »Dabei hat mi der Trampl in den Arm bißn. Ma, des hat weh tan.«

Der darauf folgende Schlag des Vaters auf die Schläfe des Mädchens dürfte sie bewusstlos gemacht haben. Dann hatte der Vater ein Klebeband geholt und mit Hilfe des Sohnes begonnen, das Mädchen zu fesseln. Elena war inzwischen wieder zu sich gekommen, hatte laut geschrieen und »dem Vata an Tritt in die Eier gem, dagegen war mei Biss a Lercherlschass. Da war i richtig happy, dass i hinter ihr gstandn bin.« Der folgende Schlag des ausrastenden Schwarzenbach senior auf den Kopf hatte das Mädchen wahrscheinlich schwer verletzt. Nachdem Elena gefesselt und ihre Schreie durch einen Klebeknebel unterbunden worden waren, tobte der ältere Schwarzenbach seine Aggression gegen die »Scheisshur« mit einigen kräftigen Tritten gegen den Körper der am Boden Liegenden aus. »Ich hab des zwar für a bissl übertriebn ghalten«, gab der Junior zu, »aba ich hab a noch an, zwa Mal hintretn.« Sozusagen aus Solidarität mit dem Stärkeren. »Dann hammas packt und in den hintersten Container im Hof gschmissen.«

In den frühen Morgenstunden hatte Hans Schwarzenbach diesen Container zu dem Ort gebracht, an dem die Leiche Elena Kalkonides einige Stunden später gefunden worden war. Dann hatte er die Idee mit der aufgesprayten Hasstirade, um eine falsche Spur in das extrem rechte Eck zu legen. Damals war er von dieser seiner Ansicht nach listigen Finte sehr angetan gewesen.

Auf dem Rückweg hatte er einen beim Trummelhof stehenden Müllcontainer mitgehen lassen und am ursprünglichen Abstellplatz im Hof des »Kutscherhauses« platziert.

Sandegger hatte sichtlich Probleme, den nüchtern und teilnahmslos vorgetragenen Leidensweg der jungen Frau einfach so zu akzeptieren, wie er ihn eben gehört hatte.

»Sagen Sie mir noch etwas. Warum haben Sie und Ihr Vater Elena eigentlich umgebracht?«, wollte er von Schwarzenbach wissen.

Der Befragte schien nachzudenken. Dann zuckte er aber nur mit den Achseln. »Eigentlich hammas ja gar net umbracht, sondern nur verprügelt.« Er hob fragend die Schultern. »Sie hätt halt den Vatern net ins Gsicht schlagn dürfn. Der lasst sich so was net gfalln. Schon gar net von so aner Schlampn.«

Die Ungeheuerlichkeit dessen, was er eben gesagt hatte, schien dem jungen Mann absolut nicht bewusst zu sein. Denn er fuhr fort. »Aba wie wir sie in den Mistkübl gsteckt ham, hatts definitiv no glebt. Gstorben is sie selbst. Damit hamma nix zu tun ghabt.«

Sandegger ging nicht weiter auf dieses eigenartige Verständnis von Ursache und Wirkung und ihre strafrechtliche Relevanz ein. Damit sollten sich das Gericht und möglicherweise auch ein psychiatrischer Gutachter auseinander setzen.

»Damit wäre der Fall Elena Kalkonides soweit geklärt«, stellte er fest. »Jetzt kommen wir zu Alois Huntzinger.«

*

Das Taxi, in dem sich Palinski Richtung Waldviertel bewegte, hatte bereits die Ausfahrt Korneuburg passiert, als er sich erinnerte, vor dem Vortrag das Handy auf Mailbox geschaltet zu haben. Palinski stellte fest, dass vier Nachrichten eingegangen waren. Eine von Wilma, die ihm viel Glück für seinen Auftritt wünschte und drei von Helmut Wallner, der ihn dringend ersuchte, beim letzten Mal sogar fast anflehte, doch so rasch wie möglich zurück zu rufen.

»Gott sei Dank«, meldete sich der Inspektor statt des obligaten Grußes, »ich dachte schon, die versammelte Creme der europäischen Polizei hat dich mit nassen Handtüchern aus der Stadt gejagt.« Er lachte erleichtert auf und kam Palinskis Protest zuvor. »Schon gut, Schneckenburger hat mich schon von deinem erfolgreichen Auftritt informiert. Gratuliere.«

Dann informierte er den Freund über die durch das Interesse des Bundeskriminalamtes an Heribert Marinov nicht unbeträchtlich verkomplizierte Situation. »Der Kerl sitzt auf einem Vermögen in Industriediamanten und wird sie nicht los. Ich würde mich besser fühlen, wenn du nicht gerade in dieser Situation einen Kurzurlaub im Waldviertel machtest.«

Das konnte Palinski nur zu gut verstehen. Mit dem Wissen, das er jetzt hatte, würde er in Ottenschlag ohnehin keine ruhige Minute haben.

»Herr Wollner«, wies er den Fahrer an«, leider wird es nichts aus Ottenschlag. Bitte bringen Sie mich zurück nach Wien, auf die Hohe Warte, zum Kommissariat Döbling.«

Wallner hatte die Anweisung mitgehört und war erleichtert. »Wann kannst du hier sein?«, wollte er wissen.

Palinski blickte zum Fenster hinaus und erkannte den Vorwegweiser zum Knotenpunkt Tulln/Krems. »Wenn uns der Verkehr keinen Streich spielt, sollte ich in einer halben Stunde da sein.«

»Übrigens wissen wir jetzt, wer die zweite Überwachung Marinovs veranlasst hat. Es war Glück, dass unser Beamter die Ablöse des ersten Privatdetektivs kannte. Er muss wohl etwas aus seiner Vergangenheit gewusst haben, was besser nicht bekannt werden soll«, berichtete Wallner und nannte einen Namen.

»Ich habe keine Ahnung, wer das ist. Sagt dir der Name etwas?«

Das tat er in der Tat und Palinski war einigermaßen überrascht. Wie auch Wallner, nachdem er erfuhr, wer hinter dem Bewachungsauftrag stecken musste.

*

»So gegn zehn ist der Erpressa kommen und zu mein Auto gangen«, berichte Hans Schwarzenbach eben.

»Ich hab schon vorher an starken Scheinwerfer und a Tonband im Straßgrabn vorbereitet und per Funk eingschaltn. Da hättens sehn solln, wie der Oasch gschaut hat, wie plötzlich des Licht angangn is und a Stimm ›Halt, Polizei‹ brüllt hat. Dann is er dagstanden wie a Simmandl und i hab ihm nur mehr zwa übers Häupl gebn müssn. Also ehrlich, des war do einwandfrei Notwehr« fand der mit seinen Rechtsansichten doch recht originelle junge Mann.

»Da würde ich mich nicht darauf verlassen«, entfuhr es dem alten Hasen Hellmer. Der schon viel erlebt hatte, so etwas aber noch nicht.

Damit konnten die Beamten zum letzten Akt des Dramas übergehen, in dem der »Held« sowohl Täter als auch Opfer sein sollte. Vater Schwarzenbach, dessen Intelligenz und kriminelle Energie ausgeprägter war als die seines Sohnes, hatte bald die Bedeutung der Bisswunde für die Aufklärung des Falles erkannt. Und war zu dem Schluss gekommen, dass sein eigener Anteil an dem grauslichen Geschehen nur durch die Aussage seines Sohnes bewiesen werden konnte. Also hatte er eins und eins zusammen gezählt und beschlossen, dass der Sohn verschwinden musste. Und das am besten für immer.

Hans Schwarzenbach wäre zwar lieber nach Südamerika untergetaucht, aber mit den geringen kurzfristig aufzutreiben gewesenen Geldmitteln würde er nicht weit kommen. Daher war er leicht für den Vorschlag seines Vaters zu gewinnen gewesen, sich zunächst im Keller zu verstecken und sich erst einige Tage später mit ausreichenden Mitteln versehen abzusetzen.

An das, was dann vor zwei Abenden geschehen war,

hatte Hans Schwarzenbach umständehalber eine nur lückenhafte Erinnerung. »Irgendwann hat mi der Vata gholt und gsagt, i soll dem Opa jetzt sei Spritzn gebn«, erinnerte er sich. »Und i hab ihm halt die Spritzn gebn. Irgendwann amal später hat er mir an Unterarm hinghalten und gsagt: Stell da vor, des is der Arm von der Elena. Jetzt kannst di für den Biss revanchiern. Also hab i orndlich einebissn. Des hat ma richtig gut tan.«

Jetzt wurde Schwarzenbach offenbar erst bewusst, was er getan hatte. »Wen hob i denn eigentlich bissn?"

»Ihren toten Großvater«, antwortete Sandegger angewidert.

»Was, der Opa is tot?«, konnte der plötzlich erbleichte Mann gerade noch fragen. Dann kotzte er auch schon die Bettdecke voll.

»Ich glaube, fürs erste haben wir alles«, meinte Sandegger ungerührt und stand auf, während Hellmer Mühe hatte, seine Peristaltik im Vorwärtsgang zu halten.

*

Heribert Marinov hatte am Vormittag zwei Banken aufgesucht, um einen Sofortkredit über 250 000 Euro zu bekommen. Gegen eine Sicherheit in Form von Industriediamanten im Wert von einer halben Million. Ein Kinderspiel, hatte er optimistisch gedacht, die Banken wären doch dumm, sich dieses Geschäft entgehen zu lassen. Aber weit gefehlt.

Die jeweiligen Sachbearbeiter und ihre Vorgesetzten hatten sich höflich den einleitenden Teil seines Anliegens angehört und ihm Kaffee und Mineralwasser angeboten.

Immerhin sind Privatkredite in dieser Größenordnung auch heute noch keine Alltäglichkeit.

Etwas nervöser waren die »unfähigen Kredithaie«, wie Marinov sie im Nachhinein bezeichnet hatte, geworden, als er das gar nicht so große Ledersäckchen aus seinem Aktenkoffer geholt und vor sich auf dem Tisch aufgebaut hatte.

»Sie können ruhig einen Blick hinein werfen«, hatte er die fast schüchtern wirkenden Krawattenträger aufgefordert. Das Glitzern in den Augen der Bankmenschen erinnerte ihn an Weihnachten in Sibirien. Diese Mischung aus selig leuchtenden Kinderaugen und dem stechenden Blick hungriger Wölfe in den Weiten der vereisten Taiga würde er wohl nie vergessen. Bloß das Heulen der reißenden Bestien war ausgeblieben.

»Ja wissen Sie …«, »hervorragende Qualität, aber ungewöhnlich …«, »leider, die Vorschriften …« und ähnliche unsägliche Sager hatten das Schwanzeinklemmen der gierigen Kleingeister und für ihn den erfolglosen Rückzug bedeutet.

Die beiden Gespräche hatten zwar jeweils kaum mehr als 15 Minuten gedauert. Marinov hatte aber, um mögliche Beschatter abzuschütteln, alle Tricks angewandt, von denen er je gehört hatte. Dazu noch einige, die ihm spontan-situativ eingefallen waren. Das hatte aber viel Zeit in Anspruch genommen und Fahrten mit den verschiedensten Verkehrsmitteln quer durch ganz Wien und wieder zurück bedeutet. Den erfahrenen Mitarbeiter Wallners hatte er damit nicht täuschen können, der jammerte nur über seine immer stärker schmerzenden Füße. Selber Schuld, bei Beschattungen zieht man keine neuen Schuhe an.

Der Privatdetektiv war dem Feuerwerk aus Tarnen und Täuschen allerdings nicht gewachsen gewesen. Er hatte schon alle Hoffnung aufgegeben, seinen Auftrag entsprechend erledigen zu können, als ihm Marinov kurz nach Mittag auf dem Weg zur Villa seiner Frau zufällig wieder vor die Pupillen gekommen war. Hosianna!

Das Objekt seiner neu entflammten Aufmerksamkeit wirkte bedrückt und kraftlos. Kein Wunder, genauso fühlte sich Marinov auch, wenn nicht noch schlimmer. Er konnte sich nicht erinnern, jemals zuvor so mutlos gewesen zu sein. Amelia rechnete mit seiner Hilfe und er konnte ihr vielleicht, nein, wahrscheinlich nicht helfen. Das würde sie ihm nie verzeihen, falls sie nach diesem Tag überhaupt noch in der Lage sein sollte, etwas verzeihen zu können. Tränen füllten seine müden Augen.

Plötzlich schoss ihm ein Name durch den Kopf. Grabner, Franz Ferdinand Grabner, das Finanzgenie. Grabner war mit Marinov zur Schule gegangen, in die sagenumwobene »Sames-Schule« in der Billrothstraße. Grabner hatte alles das verkörpert, was er selbst verabscheute, zumindest damals verabscheut hatte. Er war Klassenbester, hatte das Wort »Streber« erfunden und angeblich erst mit 23 sein erstes Mädchen geküsst. Letzteres hatte Marinov noch am wenigsten gestört. Von einem Freund aus dieser Zeit hatte er erst vor kurzem erfahren, dass es »der Franz Ferdinand« ganze 15 Jahre nach der Matura schon zum stellvertretenden Filialleiter irgendeiner Bank gebracht hatte. Tolle Karriere, das musste man schon sagen. Jetzt kam aber das Interessante daran. Angeblich sollte sich diese Filiale in Döbling befinden, also irgendwo ganz in der Nähe. Und Franz Ferdinand hatte schon früh eine Eigenschaft zur Perfektion entwickelt. Er war irrsinnig geldgierig. Vielleicht konnte man da ansetzen.

*

Wallner hatte eben den aktuellen Bericht seines für Marinov zuständigen Mitarbeiters entgegengenommen und Palinski informiert.

»Seine Versuche, Geld aufzutreiben, scheinen bisher erfolglos verlaufen zu sein«, vermutete der Inspektor. »Jetzt ist er bei sich zu Hause. Ich denke, wir sollten jetzt unsere vornehme Zurückhaltung aufgeben und ihn für eine fingierte Geldübergabe vorbereiten. Sonst gerät die ganze Angelegenheit noch völlig außer Kontrolle.«

Palinski überlegte. Helmut hatte natürlich völlig recht. Er blickte auf die Uhr. 13.45, noch 75 Minuten bis die Banken schlossen. Auf diese 1 1/4 Stunden kam es wohl auch nicht mehr an. »Lassen wir ihm bis 15 Uhr Zeit, vielleicht hat er noch ein Ass im Ärmel«, schlug er vor. »In der kurzen Zeit kann eigentlich nicht viel schief gehen und er hat vielleicht noch eine Chance.«

Das war jetzt bereits die fünfte eklatante Fehleinschätzung, die Palinski in diesem Fall passierte. Langsam ein bisschen happig, Herr Palinski, finden Sie nicht auch?

Wallners Instinkt sagte nein, doch seine Gutmütigkeit behielt die Oberhand und er stimmte zu. »Gut, 15 Uhr, aber keine Minute länger.«

Palinskis Handy meldete sich. Es war ›Miki‹ Schneckenburger, der um eine dringende Information für seinen Minister ersuchte.

»Der Alte macht mich ganz verrückt. Zuerst hat er selbst eine halbe Stunde im Lexikon nach dem »Kiefer-Paradoxon« gesucht und nichts gefunden. Seither nervt er mich unentwegt damit und will wissen, was es damit auf sich hat.« Der Ministerialrat holte Luft. »Er hat mir ausdrücklich verboten, dich zu fragen, geniert sich wohl, dass er das nicht weiß. Du verrätst mich doch nicht?«

»Natürlich nicht«, beruhigte Palinski den aufgeregten Freund. »Erstens heißt das nicht »Kiefer-«, sondern »Giffen-Paradoxon«, er buchstabierte den Namen. »Und zweitens geht es um eine Anomalie im Verbrauchsverhalten der einkommensschwächsten Bevölkerung, die dieser Giffen beobachtet und beschrieben hat. Er hat festgestellt, dass auch der Absatz an Brot steigt, wenn der Brotpreis steigt.«

»Na und«, Schneckenburger war sichtlich kein Nationalökomom.

»Also eigentlich sinkt die Nachfrage nach einer Ware, wenn ihr Preis steigt«, erklärte Palinski.

»Hmmm, das klingt logisch«, meinte der Ministerialrat, »und warum ist das bei Brot anders?«

»Weil die Leute nach einer Brotpreiserhöhung kein Geld mehr für andere Güter haben und mehr Brot kaufen müssen, um sich zu ernähren.«

»Aha, und das hat dieser Gissen erfunden?«

»Er hat es nicht erfunden, sondern beobachtet und beschrieben.« Geduldig wie mit einem lernschwachen Kind versuchte Palinski den Freund mit den Feinheiten vertraut zu machen. »Und zweitens heißt der Mann Gissen und nicht Giffen. Blödsinn, du machst mich schon ganz verrückt. Der Mann heißt Giffen. Giffen mit zwei f wie Friedrich.«

»Also Giffen und Brotpreis, gut. Und wo kann ich etwas darüber nachlesen?«

»Im Internet natürlich, da habe ich mir das selbst gestern herausgesucht.«

»Danke, also Brotpreis, Kiffen und Internet. Ich danke dir und nichts …« Doch Palinski hatte das Gespräch schon beendet. Was zuviel war, war zuviel.

9

Nach dem fünften Anruf war Marinov erfolgreich gewesen. Der gute Franz Ferdinand war tatsächlich stellvertretender Leiter der Filiale der »Kredit Bank Österreich AG« in der Döblinger Hauptstraße. Es war jetzt kurz vor 14.00 Uhr und wenn er sich beeilte, konnte er in fünfzehn Minuten da sein. Er sprang schnell unter die Dusche, zog ein frisches Hemd an und war auch schon wieder unterwegs.

Nach der Sonne der letzten Tage hatte sich der Himmel zu Mittag wieder bedeckt. Ja, es begann sogar, leicht zu schneien. Eigenartigerweise stimmte der Wetterumschwung Marinov fröhlich und optimistisch. Die Absagen der letzten Stunden hatte er alle bei strahlender Sonne erhalten. Also konnte Schneefall für seine Ziele eigentlich nur Gutes bedeuten.

Um exakt 14.31 Uhr betrat er die relativ große Filiale und blickte sich nach dem ehemaligen Schulkollegen um.

»Guten Tag, Kann ich Ihnen behilflich sein?«, wollte eine adrette junge Frau wissen, die das Namensschild an ihrem Pullover als Karin Reitmayer auswies.

»Danke ja, ich komme zu Herrn Grabner«, Marinov ließ weiter seinen Blick schweifen.

»Herr Grabner hat noch einen Kunden. Wenn Sie inzwischen Platz nehmen wollen.« Frau Reitmayer deutete auf einen recht bequem wirkenden Stuhl. Marinov kannte das. Am Anfang waren sie alle so freundlich und am Ende? Na, man würde ja sehen.

Er spürte etwas Hartes in der Außentasche seiner halblangen, wattierten Winterjacke. Was war das denn? Er griff in die Tasche und wollte das Ding schon herausholen, ließ es aber blitzschnell wieder sein. Die Gaspistole, als die sich das Ding erwiesen hatte, hätte in dieser Umgebung wahrscheinlich zu Missverständnissen geführt.

Frau Reitmayer war wieder herangetreten. »Herr Grabner wird gleich für Sie Zeit haben. Darf ich ihm inzwischen Ihren Namen nennen?«

»Sagen Sie ihm, der Heribert aus der Sames-Schule kommt mit einem Geldproblem zu ihm.« Ihr ungläubiger Blick ließ ihn weiter erklären. »Wir sind in dieselbe Klasse gegangen.«

»Ach so«, sie lächelte verständnisvoll, »Da wird sich der Herr Grabner aber freuen.«

Das wird sich weisen, dachte Marinov und nickte freundlich. Dann begann er zu grübeln, wieso die Gaspistole seiner Frau in seiner Jackentasche steckte. Hatte er sie bewusst »unbewusst« eingesteckt, um seiner Argumentation in der Bank notfalls etwas mehr Nachdruck verleihen zu können? Ein erschreckender Gedanke.

Wann hatte er die Jacke das letzte Mal überhaupt angehabt? Er pflegte sie nur in Wien anzuziehen. Wahrscheinlich hatte Ingrid sich das gute Stück für einen ihrer Spaziergänge ausgeborgt, die Waffe aus Schutzgründen eingesteckt und dann vergessen, sie wieder herauszunehmen. Ja, so musste es gewesen sein. Dass er die Waffe sozusagen »instinktiv« an sich genommen hatte, um sie – wofür eigentlich – bei sich zu haben, konnte er sich nicht vorstellen. Dazu war er viel zu feige.

Wie auch immer, der Gedanke an die Waffe in seiner Jacke machte Heribert Marinov etwas nervös.

*

»Er hat eben die Filiale der KBÖ in der Döblinger Hauptstraße betreten« meldeten Wallners Mitarbeiter und der Privatdetektiv ihrem jeweiligen Auftraggeber. Und die handelten, wie es ihrer Verantwortung oder Zielsetzung entsprach.

Zu diesem Zeitpunk hatte Ingrid Marinov-Wondrak auf ihrer Fahrt nach Wien die Raststätte Haag erreicht und beschlossen, eine Pause einzulegen und eine Kleinigkeit zu sich zu nehmen.

Amelia Balos, die sich derzeit Andrea Ballowetz nannte, hatte gerade eine heftige Auseinandersetzung mit Frederick gehabt, der partout nicht akzeptieren hatte wollen, dass sie seine plumpen Verführungsversuche nur lächerlich fand und nicht daran dachte, mit dem selbsternannten Casanova ins Bett zu hüpfen. Gott sei Dank war es ihr gelungen, das Schwein aus ihrem Zimmer zu drängen. Sie hatte die Türe zweimal versperrt und überlegte jetzt, wie sie die Rufnummer der »Unikum TV-Produktion International« irgendwo in Holland ausfindig machen konnte. Sie war soweit, sich über dieses Machoschwein zu beschweren, auch wenn sie das ihre Fernsehchancen kosten sollte.

Nach kurzem Nachdenken rief sie die Rezeption an und ersuchte, die Telefonnummer für sie herauszusuchen. Dann legte sie sich aufs Bett und versuchte, ihren Puls wieder in den Normalbereich zu bringen.

In Ottenschlag hatte Wilma aufmerksam die 13 Uhr Nachrichten im Fernsehen verfolgt. Tatsächlich kam auch eine kurze Meldung über den Innenminister, der den Vormittag beim »Kongress der Europäischen Kriminalbeamten« verbracht hatte. Einen Bildbeitrag dazu hatte es nicht gegeben, dafür war die Zeit wohl zu knapp gewesen. Sie nahm sich vor, die Abendnachrichten auf keinen Fall zu versäumen.

*

Die nette Karin Reitmayer war wieder bei Marinov erschienen. »Herr Grabner lässt Sie jetzt bitten«, sie deutete in die Richtung des Glaskobels in der Ecke des Raumes und schickte sich an, ihn dorthin zu begleiten.

Auf halbem Weg kam ihm Franz Ferdinand entgegen. Um 20 Kilo schwerer und 150.000 Haare leichter als vor 15 Jahren, aber unverkennbar Franz Ferdinand. Das gierige Glitzern in den frettchenhaften Augen war noch immer da.

»Ja, wen sehen wir denn da?«, genau diese onkelhafte Betulichkeit war auch einer der Gründe gewesen, warum der Kerl in der Schule von allen gehasst worden war. »Wenn das nicht der liebe Heribert Marinov ist.« Er nahm die Hand des Schulkollegen in seine schwitzenden Pranken und schüttelte sie, als gäbs kein Morgen mehr.

Der »liebe Heribert« hatte schon eine passende Antwort auf den Lippen, unterdrückte sie aber. Jetzt war keine Zeit für kleinlichen Zank, heute stand viel mehr auf dem Spiel.

»Du siehst aber gut aus«, verleugnete Marinov seine angeborene Wahrheitsliebe, »und du scheinst erfolgreich zu sein.« Blablabla.

»Ich kann nicht klagen«, Franz Ferdinand grinste und klopfte sich auf die stattliche, unter der gutgeschnittenen Weste geschickt getarnte Wampe. »Etwas zugelegt habe ich aber. Meine Frau sagt immer, man kann nicht genug von mir bekommen.« Hähähähä.

Inzwischen hatten die beiden Männer das als Büro getarnte Aquarium erreicht und Platz genommen.

»Ich bin übrigens mit Wanda Ballhauser verheiratet. Du weißt, wer das ist?« Grabner war sichtlich stolz auf die Wahl seiner Frau. Die von seiner Seite sicher nicht nur auf emotionaler Ebene erfolgt war. Denn Schwiegerpapa Dr. Ballhauser war einer der Vorstandsdirektoren der Bank, in der Franz Ferdinand Karriere machen wollte. Für dieses Sprungbrett war er eigentlich schon zu lange Stellvertreter.

Wie kam er eigentlich dazu, sich über einen stellvertretenden Filialleiter lustig zu machen, dachte Marinov. Er selbst war nur Fahrer im Versandhandel seiner Frau. Aber das war eine andere Geschichte. »Ich bin mit Ingrid Wondrak verheiratet«, hörte er sich sagen und ertappte sich dabei, auch ein Angeber zu sein.

»Aha«, im ersten Moment wirkte Grabner uninteressiert. Als dann der Groschen fiel, leuchteten seine Augen auf und nahmen rasch einen ungläubigen Ausdruck an.

»Mit der Ingrid Wondrak?«, er betonte das »der« wie ein Adelsprädikat. »Das ist ja der reine Wahnsinn. Bei welcher Bank bist du derzeit? Bei uns bekommst du Vorzugskonditionen. Wenn Du uns mit der Wondrak-Firmengruppe ins Geschäft bringst, ist eine Mords-Provision drinnen.«

Franz Ferdinand überschlug sich förmlich in seiner dezenten Art und Marinov konnte langsam verstehen, warum der Schwiegerpapa noch nicht mehr für den hoffnungsvollen Liebling seiner Wanda getan hatte.

In jedem Fall hatte sich sein Status schlagartig verbessert und Marinov wollte das nutzen.

»Franz Ferdinand, ich brauche einen Kredit«, preschte er jetzt etwas unvermittelt vor, um den öden Smalltalk zu beenden.

»Da sehe ich überhaupt keine Probleme«, Grabner war in seinem Element. »An welchen Betrag hast du denn gedacht?«

Der Gute hat auch schon lange nicht mehr die Konkursdatei studiert, dachte Marinov, aber bitte. Das war nicht sein Problem. »Ich brauche 250.000 Euro und zwar rasch.«

»Alles klar, überhaupt kein Problem. Das haben wir gleich.«

Wunderbar, ging es Marinov durch den Kopf, warum war er nicht gleich zu dem alten Schulfreund gegangen?

»Jetzt machen wir einmal den Kreditantrag fertig. Am Montag unterschreibt deine Frau dann eine Bürgschaft und am Dienstag, spätestens Mittwoch kannst du über das Geld verfügen.«

»Wenn ich meine Frau in diese Sache involvieren wollte, bräuchte ich keinen Kredit.« Grabner war wirklich noch dümmer als er aussah. »Zweitens kann ich sehr gute Sicherheiten bieten und drittens benötige ich das Geld jetzt.«

Franz Ferdinands Augen quollen hervor wie die Zahnpasta aus der Tube. »Was meinst du mit jetzt?«, presste er hervor und bekam hektische Flecken im Gesicht.

»Na, was heißt jetzt? Jetzt, in den kommenden fünf Minuten. Heute noch vor Bankschluss.« Marinov wurde langsam sauer. »Ich weiß nicht, welche kryptischen Auslegungen das Wort ›Jetzt‹ noch erlaubt.«

»Also ddddas wird schwierig werden, werden.« Grabner hatte nun auch noch zu stottern begonnen. »Welche, welche Sicherheiten hast du denn zu bieten?«

»Industriediamanten im Wert von einer halbe Million«, Marinov holte das überraschend kleine Ledersäckchen aus seinem Aktenkoffer und knallte es auf den Schreibtisch.

In diesem Augenblick, es war exakt 14.59 Uhr, öffnete sich die Türe der Filiale und Anwältin Dr. Annemarie Sumser betrat die Bank. Gefolgt von Waldemar Zwettler, dem Vollzugsbeamten des Bezirksgerichtes Döbling.

*

Wallner fixierte die Uhr an der Wand seines Büros. Jeden Moment musste der große Zeiger den entscheidenden Sprung auf die Zwölf machen. Dann war die Schonfrist für Marinov vorüber. Wie ihm der den Mann beobachtende Beamte eben mitgeteilt hatte, saß der zu Observierende noch immer mit einem offenbar leitenden Bankangestellten zusammen und schien etwas Wichtiges zu verhandeln.

Das war die aktuelle Situation, als sich das Bundeskriminalamt wieder meldete und sich nach dem Stand der Ermittlungen nach dem vermeintlichen Terroristen Marinov erkundigen wollte.

Wallner erzählte dem Kollegen vom BKA von angeblich erfolgten ersten Befragungen der Nachbarn Marinovs. »Aus den bisher vorliegenden Informationen lassen sich keinerlei Anzeichen terroristischer Aktivitäten oder auch nur Sympathien dafür ablesen«, versuchte Wallner zu kalmieren. Aber vergebens.

»Das sind oft die Gefährlichsten«, wusste der Mann vom BKA, »wirken völlig harmlos. Gute Nachbarn wie Sie und ich. Sind aber gleichzeitig die größten Gfraster.« Er ließ sich nicht von der vermeintlichen Spur abbringen. »Ist bekannt, wo sich der Mann im Augenblick aufhält?«

Wallner zuckte bedauernd mit den Achseln und Palinski verstand. Lange würde der Inspektor nicht mehr verschweigen können, wo sich der gesuchte Marinov aufhielt, ohne selbst größte Schwierigkeiten zu bekommen. »Zuletzt wurde der Mann auf der Döblinger Hauptstraße gesehen. Ich werde das abklären und melde mich gleich wieder.«

Palinski war aufgesprungen und hatte seinen Mantel angezogen. »Dann schnell weg, wir müssen Marinov aus der Bank herausholen, ehe die Mannen der Cobra den Laden stürmen.«

Wenige Minuten später hatten die beiden die Filiale

der »Kredit Bank Österreich« erreicht, doch da war es schon zu spät. Die Türe war versperrt, obwohl sich, von der Straße aus gut erkennbar, noch mehrere Kunden in der Kassenhalle befanden. Kurz darauf wurden die Jalousien heruntergelassen und mit der Sicht ins Filialinnere war es vorbei. Eine aufgeregte Bankangestellte berichtete dem Inspektor die Gründe dafür.

Zwei Minuten später trafen auch schon die ersten Streifenwagen ein und riegelten den Platz vor der Bank ab.

*

Mit einem Blick hatte Dr. Annemarie Sumser ausgemacht, wo sich Marinov befand. Zielstrebig ging sie auf den gläsernen Verschlag zu, den Grabner sein Büro nannte. Die tapfere Karin Reitmayer wollte sich der unbeirrt auf das Allerheiligste ihres Chefs zustrebende Frau entgegenstemmen. Jetzt zeigte sich aber, wie wichtig ein Beamter wie Zwettler in einer solchen Situation war. Mit seinem mächtigen Bass und den Worten: »Das ist eine Amtshandlung des Bezirksgerichts Döbling. Bitte mischen Sie sich nicht ein«, verschaffte er sich nicht nur Respekt, sondern der Sumser auch den gewünschten Zutritt.

Grabner war aufgesprungen, er ahnte, dass der überraschende Besuch nichts Gutes bedeuten konnte. Marinov wusste, was los war und blieb sitzen.

»Hallo Defraudant«, begrüßte Annemarie Sumser den Mann, der sein Säckchen mit Diamanten in seinem Aktenkoffer verschwinden lassen wollte.

Doch das geübte Auge Zwettlers war schneller. Der

Gerichtsvollzieher griff nach der halben Million in kristalliner Form und erklärte sie für gepfändet.

»Heribert, was soll denn das?«, Franz Ferdinand verstand die Welt nicht mehr. Da saß der Mann der Wondrak und ein Gerichtsvollzieher kassierte die Sicherheiten für einen 250.000-Euro-Kredit. »Sag doch was? Was wird jetzt aus dem Kreditantrag?«

»Aus dem wird wohl nichts werden«, befürchtete die Anwältin. »Hat Herr Marinov irgendwelche Konten, Depots oder ein Schließfach bei Ihrem Institut?«

Das Bild von den »davon schwimmenden Fellen« traf bei weitem nicht die Gefühlslage, die Marinov derzeit beherrschte. Es kam ihr aber noch am nächsten. Verzweifelt überlegte er, ob und wie er Amelia jetzt noch retten konnte.

Ohne es zunächst selbst zu bemerken und auch ohne es wirklich zu wollen, hatte er plötzlich die Gaspistole seiner Frau in der Hand.

»Um Himmelswillen Marinov, machen Sie keinen Unsinn«, versuchte Annemarie Sumser den Mann zu beruhigen, »Es ist doch nur Geld. Stecken Sie das Ding weg, ehe noch mehr passiert.«

»Es geht nicht nur um Geld, es geht vor allem um das Leben von Amelia.«

Der ganze Druck der letzten Tage, die ganze Verzweiflung, die er gerade empfand, lag in diesem Aufschrei. Jetzt erst wurde ihm bewusst, was er in der Hand hielt. Er richtete den Lauf der Pistole auf die Frau und herrschte Grabner an. »Pack sofort 250.000 Euro in eine Tasche und gib sie mir, sonst geschieht ein Unglück.«

Karin Reitmayer hatte als Erste mitbekommen, was

sich da im Büro ihres Chefs abspielte. Ohne lange nachzudenken spurtete sie zum nächsten Alarmknopf und drückte ihn. Dann verwendete sie ihre restliche Energie für ihre Flucht und brachte sich über die Personalräume im Kellergeschoß in Sicherheit. Zwei Minuten später stand sie auf der Straße und suchte jemanden, dem sie alles erzählen konnte.

*

Wieder einmal war es der Rundfunk, der das Wettrennen der Medien um die aktuellste Berichterstattung gewann. Bereits 20 Minuten nach dem Alarm ging die Sondermeldung vom »Überfall auf die Kredit Bank« über den regionalen Äther und lieferte danach allen landesweiten Nachrichtensendungen die Topmeldung. Das Fernsehen dagegen sollte erst nach weiteren 45 Minuten mit einer Sondernachrichtensendung folgen.

Aus Datenschutzgründen wurde der Name des vermeintlichen Täters nicht genannt, obwohl ihn die geflüchtete Bankmitarbeiterin Karin Reitmayer jedem nannte. Auch wenn er ihn gar nicht wissen wollte.

Nach etwas mehr als einer Stunde hatte sich die Sprachregelung durchgesetzt, dass es sich bei dem Täter um den Mann einer der wenigen weiblichen Tycoons der österreichischen Wirtschaft handelte. Da man diese Damen an den Fingern einer Hand abzählen konnte, wusste jeder, der sich nur ein bisschen auskannte, Bescheid. Die Spekulationen über die Motive eines Täters aus dieser finanziellen Liga vermehrten sich exponentiell.

Bis auf drei Frauen und fünf Männer hatte der Verbrecher alle anderen Menschen die Bank verlassen lassen. Was aber nicht dem Täters positiv angerechnet, sondern mit der Unmöglichkeit, mehr Geiseln kontrollieren zu können, erklärt wurde.

Natürlich war auch bereits das BKA an Ort und Stelle und hatte in der benachbarten Café-Konditorei »Simperl« einen provisorischen Krisenstab eingerichtet.

Als Vertreter des Ministers war vor kurzem Ministerialrat Dr. Michael Schneckenburger erschienen. Auf seinen Wunsch hin wurden auch Inspektor Wallner und Palinski in den Stab berufen. Letzterer aber nur gegen den Protest und lautstarke Vorbehalte Dr. Würmler-Dolms, des Psychologen und Verhandlungsspezialisten des Bundeskriminalamtes.

Würmler-Dolm warf Palinski immer noch vor, sich seinerzeit in unqualifizierter Weise in die Verhandlungen mit Walter Mraz eingemischt zu haben, der Stadtrat Ansbichler erschossen hatte. Dabei hatte Mraz ausdrücklich nach Palinski verlangt gehabt. Diese kleine, aber wichtige Nuance ließ Würmler-Dolm in seiner Darstellung der Ereignisse gerne aus.

Ein Teil des Stabes, darunter auch Wallner und Dr. Würmler-Dolm, sprachen sich für eine abwartende Taktik und Verhandlungen aus. Die eingefleischten »Terroristenbekämpfer« in der Gruppe plädierten dagegen für den Einsatz des Sonderkommandos und ein rasches Zuschlagen. Schließlich gelang es Schneckenburger, einen Kompromiss der Art herbeizuführen, dass man zunächst abwarten und verhandeln wollte. Das Sonderkommando sollte aber gleichzeitig bereit stehen, um bei Bedarf sofort eingreifen zu können.

Was den Krisenstab zunehmend irritierte, war die Tatsache, dass es trotz wiederholter Versuche noch nicht gelungen war, Kontakt mit dem Verbrecher aufzunehmen. Wie sollte man mit so jemandem bloß verhandeln?

*

Amelia Balos war mit ihren Bemühungen, ihren Puls wieder zu stabilisieren, so erfolgreich gewesen, dass sie darüber eingeschlafen war. Plötzlich schreckte sie hoch. Irgendetwas war anders als vorhin. Die übliche Atmosphäre in dem schönen Zimmer hatte sich unmerklich verändert. Sie wusste aber nicht gleich, worin diese Veränderung bestand.

Das war es, erkannte sie nach einigen Sekunden. Die den ganzen Tag aus dem im Nachttisch integrierten Lautsprecher kommende Musik hatte einer aufgeregten weiblichen Stimme Platz gemacht. Neugierig geworden drehte Amelia den Lautstärkenregler hoch.

»... Bank in der Döblinger Haupstraße in Wien überfallen. Der Mann, bei dem es sich um den Gatten einer österreichischen Kaufhauskette handeln soll ...« Amelie musste lachen, was für einen Blödsinn diese Radioleute manchmal zusammen reden. Gatte einer österreichischen Kaufhauskette, haha.

Plötzlich wurde ihr bewusst, was das bedeuten konnte. Ja, eigentlich bedeuten musste. Heribert hatte sich nicht anders zu helfen gewusst, das Lösegeld aufzutreiben, als eine Bank zu überfallen. Irgendwie fühlte sie sich geschmeichelt durch diesen Liebesbeweis. Dann wurde ihr aber bewusst, was geschehen war. Aus dem

Spiel, das ihr 200.000 Euro bringen sollte, war Ernst geworden. Bitterer Ernst, der für ihren Heribert viele Jahre Gefängnis bedeuten konnte. Sie musste sofort zu ihm, ihm klar machen, dass es nur ein Spiel war. Retten, was noch zu retten war. Wenn sie damit die Spielregeln verletzte und die Chance auf das viele Geld verlor, na bitte. Sie hatte schon bisher nicht viel besessen und war dennoch zufrieden gewesen. Und glücklich, seit sie Heribert liebte.

Wie sollte sie jetzt bloß nach Wien kommen? Frederick hatte sie mit seinem dicken BMW von zu Hause abgeholt, so dass ihr kleiner Hupfer daheim vor der Haustüre geblieben war. Ob sie einen Leihwagen mieten oder sich ein Taxi kommen lassen sollte? Wahrscheinlich waren diese Alternativen zu teuer, sie hatte nur etwas mehr als 100 Euro bei sich. Und die Bankomatkarte. Aber wo war die nächste Geldtankstelle?

Was lag denn da? Immer wenn die Not am größten ist …, hatte ihre Omi immer gesagt. Bis jetzt hatte Amelia nicht viel davon bemerkt. Dafür schien das aber jetzt voll zuzutreffen. Dieser Scheißmacho Frederick hatte vorhin offensichtlich seine Autoschlüssel auf der Minibar abgelegt und dann vergessen. Sein Besuch war also doch nicht ganz vergebens gewesen. Wenn auch anders, als er sich das vorgestellt haben musste.

Schnell packte sie das Allerwichtigste in ihre Tasche, nahm den Autoschlüssel und verließ den Raum. Im Lift auf der Fahrt nach unten fühlte sie sich schon etwas besser. Sie hatte schon immer mit einem großen, starken Wagen fahren wollen.

Vorsichtig schlich sie sich an der Rezeption vorbei und

trat ins Freie. Da stand der elegante, dunkelblaue 725 mit dem geilen Holzlenkrad. Eine Minute später hatte sie den Wagen bereits gestartet und lenkte ihn vorsichtig zur Ausfahrt. Ein Blick in den Rückspiegel zeigte ihr einen verdutzt dreinblickenden Frederick, der gerade vom Tennisplatz zu kommen schien und plötzlich los sprintete.

Da gab sie das erste Mal richtig Gas. So einfach war das.

*

Ingrid Marinov-Wondrak hörte von der Geschichte erstmals kurz vor St. Pölten. Es war schon seltsam, Nachrichten dieser Art über sich selbst und den eigenen Mann im Radio zu hören. Allerdings hätte sie sich einen anderen Anlass für ein Erlebnis dieser Art gewünscht. Heribert musste total durchgedreht haben. Dabei war er so gar nicht der Typ, der zu extremen Aktionen neigte.

Würde sie Kaution für ihn zahlen? Falls das überhaupt möglich sein sollte. Sie machte sich seit längerer Zeit nichts mehr vor. Falls Heribert sie je geliebt hatte, dann war diese Phase ihrer Beziehung schon einige Zeit vorbei. Vielleicht mochte er sie noch, aber selbst das war eher unwahrscheinlich. Was er verehrte wie am ersten Tag ihrer Bekanntschaft war ihr Geld.

Wahrscheinlich würde sie zahlen, so wie man die überhöhten Rechnungen des Tierarztes bezahlte, auch wenn das liebe Vieh nichts wert war. Das gehörte sich einfach so.

Vor allem aber wollte sie Heribert niemandem anderen überlassen. Weder kampflos noch überhaupt. Ihr Mann war ein Arsch, aber er war ihr Arsch und den musste sie retten.

Sie gab kräftig Gas, denn das Spektakel wollte sie nicht versäumen. Um keinen Preis der Welt.

*

Annemarie Sumser versuchte schon die ganze Zeit, Marinov von der Sinnlosigkeit seines Verhaltens zu überzeugen. »Bis jetzt ist noch nicht viel passiert«, führte sie ihm vor Augen, »und den Bankraub kann ein geschickter Anwalt«, sie wollte schon »wie ich« sagen, fand das aber doch unpassend und unterließ es, »leicht wegargumentieren. Immerhin befinden Sie sich in einer psychischen Extremsituation, Ihre Freundin wird bedroht und sie müssen zahlen. Um kein Risiko einzugehen.«

Marinov stutzte. Er befand sich zwar in einem nachhaltigen Erregungszustand, war aber deswegen nicht verblödet. Woher wusste die Anwältin eigentlich die Sache mit Amelia? Hatte er sich in der letzten halben Stunde darüber geäußert? Er konnte sich nicht erinnern. Im Augenblick war es auch egal.

Dr. Sumser hatte ihr »Hoppala« bemerkt und schnell das Thema gewechselt. »Vor allem ist ja auch zweifelhaft, ob ihr Verhalten überhaupt als Raub einzustufen ist. Immerhin haben Sie ja ausreichende Sicherheiten angeboten. Dass Herr Zwettler die Steine pfänden würde, konnten Sie ja nicht ahnen.« Stimmte nicht ganz, aber das machte ihr im Moment kein Kopfzerbrechen. Wichtig war nur, heil aus dieser Situation heraus zu kommen.

»Für wie blöd halten Sie mich eigentlich?« Marinovs Reaktion war nicht ganz die, die die Anwältin erhofft hatte. Sie versuchte es noch einmal mit »Wenn Sie wollen, verteidige ich Sie kostenlos.« Als Marinov auch darauf nicht einstieg, hielt sie den Mund. Wie schön, dachte nicht nur der böse Bub.

»Wollen Sie nicht endlich den Hörer abheben«, meldete sich der Filialleiter jetzt als Reaktion auf den ungefähr fünfundzwanzigsten erfolglosen Versuch des Krisenstabes, Kontakt aufzunehmen. Aber Marinov wollte noch immer nicht.

Er wusste noch nicht, was er sagen, wie er sich verhalten sollte. Auf das, wie sich die Situation entwickelt hatte, war er nicht vorbereitet gewesen. Der Filialleiter war hartnäckig. »Ich bitte Sie nochmals. Lassen Sie mich jetzt gehen. Ich habe einen wichtigen Arzttermin. Wenn ich den verpasse, muss ich wieder zwei Monate auf einen neuen warten.«

Das leuchtete Marinov ein, aber er konnte und wollte keine Ausnahme machen. Neben der ungeladenen Gaspistole seiner Frau war seine Entschlossenheit seine einzige Waffe.

Der Filialleiter gab aber nicht auf. »Ich mache Ihnen einen Vorschlag«, kündigte er an. Also Geld würde ihm jetzt nichts mehr helfen, wusste Marinov.

»Im Kellergeschoß gibt es einen Durchgang ins Nachbarhaus. In der Garage dieses Hauses haben wir einige Stellplätze gemietet. Die Ausfahrt ist mindestens dreißig Meter von der Bank entfernt.«

Der Banker blickte Marinov verschwörerisch an und senkte die Stimme. »Und damit wahrscheinlich außerhalb des von der Polizei abgesperrten Bereichs. Da könnten Sie sich vielleicht unerkannt abseilen. Und mich lassen Sie bei dieser Gelegenheit einfach flüchten. Ich verspreche Ihnen, dass ich erst nach dem Arzttermin mit der Polizei Kontakt aufnehmen werde.«

Der schwere Mann mit dem hochroten Gesicht lachte bitter auf. »Bei meinem Blutdruck kann mir keiner einen Vorwurf machen, wenn ich zuerst zum Arzt gehe.«

Klang gar nicht schlecht, dachte Marinov, half aber Amelia kein bisschen. Andererseits, hier in der Bank oder hinter Gittern konnte er überhaupt nichts für seine Freundin tun.

Als das Telefon wieder läutete, forderte Marinov Grabner auf, den Hörer abzunehmen und den Anrufern mitzuteilen, dass er, der Bankräuber, in 20 Minuten bereit sein würde, seine Forderungen bekannt zu geben.

Nachdem Franz Ferdinand auftragsgemäß gehandelt hatte, hatten sie etwas Zeit für ihren Exodus gewonnen.

»So, Sie drei kann ich jetzt als Geiseln nicht mehr brauchen«, er deutet auf zwei ältere Frauen und einen alten Herrn, alle drei Kunden der Bank. »Gibt es hier einen Raum, wo wir diese Herrschaften für kurze Zeit einsperren können.«

»Das ist Altersdiskriminierung«, regte sich der alte Herr auf, »ich bin noch bestens in Form und eine genau so gute Geisel wie die anderen auch.«

Marinov fand den Einwand irgendwie lustig. Allerdings war das auch ein Indiz dafür, dass der gute Mann die Gefährlichkeit der Situation nicht richtig einschätzte. Oder?

»Am besten geeignet ist der kleine Personalraum«,

erwies sich Franz Ferdinand überraschend kooperativ. »Da haben die Herrschaften auch etwas zu trinken und ein WC.«

Nachdem sichergestellt worden war, dass die drei nicht mehr benötigten Geiseln in der nächsten Stunde keinen Kontakt mit der Polizei aufnehmen konnten, blies Marinov zum Aufbruch.

»Also gehen wir«, forderte er seine restlichen Sicherheiten auf. »Aber wehe, Sie machen die Polizei auf uns aufmerksam. Ich bin nicht fair, ich schieße Ihnen notfalls auch in den Rücken.«

Kurz darauf verließ die Gruppe die Bank über das Nebenhaus und die Garage und fand sich einige Minuten später tatsächlich unbemerkt auf der Straße wieder. Acht Meter hinter der Absperrung der Polizei, die ganz in ihre Aufgabe versunken nur Augen für die Filiale hatte.

Der Filialleiter, der sein Fahrzeug aus der Garage geholt hatte, hielt Wort. Er fuhr den PKW langsam auf die Straße und entfernte sich in die entgegengesetzte Richtung.

Die restliche Gruppe bewegte sich nach rechts und von der Bank weg. Na net. Plötzlich ertönte ein Schrei »Da bewegt sich etwas.« Instinktiv drängte Marinov die verbliebenen Geiseln in das Geschäft, an dem sie gerade vorbei gekommen waren.

Aus den hundert und mehr ausgestellten Brillenrahmen, die ihn leer anstarrten, schloss er, dass sie in einem Optikerfachgeschäft gelandet waren.

»Was kann ich für die Herrschaften tun«, wollte ein netter älterer Herr wissen, der die Pistole, die einer der neuen Kunden gerade wieder aus der Tasche holte, noch nicht bemerkt hatte.

»Tut mir leid«, entschuldigte sich Marinov, »aber ich muss Sie jetzt zur Geisel erklären.« Dann drängte er die neben dem Optiker aus Dr. Sumser, Grabner und Zwettler bestehende Gruppe in den hinter dem Verkaufsbereich liegenden Raum.

Der Schrei, der Marinov in diese Lage gebracht hatte, hatte offenbar nicht der Gruppe gegolten. Denn auf der Straße unmittelbar vor dem Laden blieb es ruhig und keine Polizei stürmte zur Türe herein.

*

Nachdem der Krisenstab nach fast einer Stunde noch immer nicht wusste, was der Bankräuber/Terrorist eigentlich wollte, weil er trotz gegenteiliger Ankündigung bisher keinen einzigen Anruf entgegengenommen hatte, gärte es zunehmend. Die Forderung der Falken im Stab, der bereitstehenden Sondereinheit unverzüglich den Befehl zum Zugriff zu geben, gewann immer mehr Befürworter.

Palinski, ein durch und durch friedliebender Charakter und daher eine der wenigen »Tauben« in dieser Schar seltsamer Vögel, überlegte fieberhaft, wie die Handynummer gelautet hatte, die ihm Marinov bei ihrem ersten Gespräch genannt hatte. Er hatte sie notiert, der Wisch lag aber irgendwo in seinem Büro. Die Vorwahl war klar, die drei nächsten Ziffern auch. Die hatte sich Palinski gemerkt, da sie der Zahlensturz von Harrys Geburtstag waren. Sein Sohn war am 12. Juni zur Welt gekommen. Demnach mussten die ersten drei Ziffern 621 lauten. Wie aber lauteten die vier folgenden Ziffern? Er erinnerte sich dunkel, dass ein seltsamer Rhythmus in dieser Kombination gesteckt hatte. Irgend etwas teuflisches, war ihm damals durch den Kopf gegangen. Teufelsgeige? Teufelsanbeter? Teufelstanz? Das war's, die vier Ziffern hatten ihn den Begriff »Teufelstanz« assoziieren lassen. Also musste der 6 eine besondere Bedeutung dabei zukommen. 6663 vielleicht? Nein, dann wäre das Satanische der Zahl eindeutig festgestanden. Es waren keine drei Sechser hintereinander, sondern nur zwei. Die durch Ziffern ergänzt wurden, die dieses Bild des Tanzes ausgelöst haben mussten. War es 6864 oder 6765? Oder vielleicht 6468 oder 6567? Also eine Sechs war sicher am Anfang.

Ministerialrat Schneckenburger war jetzt soweit, sich den Befürwortern eines sofortigen Zugriffes anzuschließen.

»Gib mir noch fünf Minuten«, bat Palinski, »ich habe eine Idee, die klappen könnte.«

Auf diese fünf Minuten kam es auch nicht mehr an, fand der Stellvertreter des Ministers. »Wenn deine Idee nichts bringt, dann lassen wir die Bank aber sofort stürmen.«

Der dritte Versuch war erfolgreich. Nach einigen Klingentönen meldete sich eine fast schüchtern klingende Stimme mit »Marinov.«

»Hier Palinski, sagen Sie, Marinov, ist Ihnen noch zu helfen? Wie wollen Sie denn auf diese Weise Ihre Amelia retten? Die einzige Chance, die Ihre Freundin noch hat, besteht darin, dass Sie sich sofort ergeben. Die Polizei wird Amelia sicher finden.«

»Glauben Sie wirklich, dass mir die Polizei nach dem ganzen Schlamassel noch helfen wird?«, zweifelte Marinov, »Die muss doch stocksauer auf mich sein.«

»Erstens würde die Polizei nicht Ihnen, sondern Amelia helfen« widersprach Palinski. »Das gehört nämlich zu ihrem Job. Zweitens nehmen die Burschen das Durcheinander, das Sie da angerichtet haben, nicht persönlich.«

Schneckenburger nahm Palinski das Handy aus der Hand. »Hören Sie Marinov, Sie kommen jetzt sofort mit erhobenen Händen aus der Bank heraus und ich garantiere Ihnen, dass Sie fair behandelt werden. Sonst kommen wir hinein und das wird nicht erfreulich für Sie.«

»Wer sind Sie eigentlich?«, wollte Marinov wissen.

»Ich bin der Stellvertreter des Ministers beim BKA und …«

»Ich habe gar nicht gewusst, dass es bei uns stellvertretende Minister gibt«, brummte Marinov. »Man lernt nie aus.«

Ehe Schneckenburger den Irrtum korrigieren konnte, fuhr der bankräuberische Geiselnehmer mit vermuteten Kontakten zur Terrorszene fort. »Ich möchte verhandeln. Schicken Sie mir Palinski rein. Ich spreche nur mit Palinski, der Mann ist in Ordnung.«

»O.k.«, stimmte der Ministerialrat zu, »wir schicken Ihnen Palinski hinein. Aber lassen Sie sich nicht zuviel Zeit. Wenn wir in einer Stunde zu keinem Ergebnis kommen, stürmen wir die Bank.«

Plötzlich herrschte Stille am anderen Ende der Leitung.

»Marinov, sind Sie noch da?«, rief Schneckenburger

aufgeregt, »Sie können doch nicht einfach aufhängen.« Palinski überlegte sich, wie man ein Handy bloß aufhängen sollte. Aber das war jetzt wirklich nicht wichtig.

»Ach, Sie wissen es ja noch nicht«, meldete sich Marinov wieder.

»Was weiß ich noch nicht?«, wollte der Ministerialrat wissen.

»Nun ja, wenn Sie die Bank stürmen, werden Sie mich nicht finden«, Marinov genoss hörbar diesen kleinen Triumph. »Ein Teil der Geiseln und ich sind nämlich schon ganz wo anders. Drei ältere Herrschaften sind allerdings im Personalraum eingesperrt, die sollten Sie jetzt langsam frei lassen.«

Schneckenburger war sichtlich verstört. »Einen Augenblick bitte«, ersuchte er Marinov. Dann wandte er sich zu den Experten des BKA und fragte »Kann es sein, dass Marinov quasi vor unseren Augen die Bank verlassen und sich anderswo versteckt hat?«

Nach einigen Sekunden ungläubiger Stille kamen die erregten, ja zornigen Widersprüche »Unmöglich, nein, niemals, kann gar nicht sein, doch nicht mit uns.«

»Hallo, Herr Marinov«, meldete sich Schneckenburger wieder, »unsere Experten hier meinen, dass das ein blöder Schmäh von Ihnen ist.«

»Na, wenn Sie mir nicht glauben, wird Ihnen nichts anderes übrig bleiben, als die Bank zu stürmen.« Angesichts soviel dummer Präpotenz gewann Marinovs Stimme immer mehr an Sicherheit.

»Das wird sicher schöne Bilder im Fernsehen geben, wie die Burschen von der Cobra eine fast leere Bank einnehmen. Um schließlich drei verängstigte Pensionisten abzuführen. Sagen Sie Palinski, er soll mich nach erfolgreicher Einnahme wieder anrufen, ich muss jetzt nachdenken.« Er beendete das Gespräch.

*

Wilma hatte sich gerade zu einem späten Mittagsschlaferl zurückgezogen, als Harry angerannt kam. »Mama, Vater ist im Fernsehen, eine Sondersendung. Komm schnell, wenn Du ihn sehen willst.«

Wilma sprang auf. Ihr Gefühl hatte also wieder einmal nicht getrogen. Seit heute morgen war sie sicher gewesen, Mario noch an diesem Tag am Bildschirm zu sehen. Sein Vortrag musste ja sehr erfolgreich gewesen sein, wenn ihn das Fernsehen mit einem »Special« würdigte.

»Mario Palinski, den wir alle noch von der Sondersendung in Zusammenhang mit der Ermordung des Wiener Stadtrates Ansbichler im September des Vorjahres in Erinnerung haben, kommt jetzt eben aus der Bank zurück. Wenn ich seine Gesten richtig deute, ist der Bankräuber mit den Geiseln tatsächlich verschwunden. Und niemand scheint zu wissen, wo er sich aufhält.«

Die aufgeregt wirkende junge Reporterin wechselte ihren Standort und versuchte an die Gruppe heran zu kommen, der Palinski eben Bericht zu erstatten schien. Wilma erkannte Helmut Wallner und ›Miki‹ Schneckenburger unter den Männern. Wieder einmal keine einzige Frau dabei bei den wichtigen Angelegenheiten, schoss es ihr durch den Kopf. Wo war eigentlich Franca Aigner?

»Wie ich schon angenommen habe, ist die Bank leer, wie Herr Palinski eben bestätigt hat.« Die Reporterin hechelte fast vor Erregung, in die sie sich höchst professionell hinein gesteigert hatte. »Das bedeutet aber, dass sich der Täter und seine Geiseln vor den Augen des Bundeskriminalamtes und der Polizei in Luft aufgelöst haben müssen. Das scheinbar Unmögliche ist Realität geworden.« Der Satz schien der blonden Schönen auf der Jagd nach Quote besonders zu gefallen. »Das wirft ernste Fragen hinsichtlich der Sicherheit in dieser Stadt und im ganzen Lande auf.«

Bad news are good news. Damit die »News« für die TV-Station nicht zu gut würden, versuchte Schneckenburger jetzt, einige für die Behörde positive Meldungen zu platzieren.

»Herr Palinski wird sich jetzt auf den Weg zu dem Geiselnehmer machen und mit ihm Verhandlungen aufnehmen«, Schneckenburger lächelte Optimismus verbreitend in die Kamera. »Wir wissen, dass diese heikle Mission bei ihm in den besten Händen ist.«

Das hätte der Ministerialrat besser nicht gesagt. Der im Hintergrund lauernde Dr. Würmler-Dolm, Psychologe des BKA, seit der »Ansbichler-Sache« ein erbitterter Gegner Palinskis, nutzte seine geringe Körpergröße, tauchte unter den die Kamera umstehenden Personen einfach durch und unmittelbar vor dem Objektiv wieder auf.

»Ich kann nur dringend warnen, diesem …«, er rang sichtlich um den Ausdruck, »diesem Banausen wieder eine so verantwortungsvolle Aufgabe zu übertragen. Er hat es ja nicht gelernt«, schäumte der kleine Doktor, »wie soll so ein Mensch im Stande sein, eine Gesprächsbasis mit diesem Verbrecher aufzubauen.«

Schneckenburger hatte sich wieder gefasst und Würmler-Dolm sanft, aber bestimmt mit den Worten »Palinski muss keine Basis mehr aufbauen, er hat bereits eine« wieder aus dem Bild geschubst.

»Wer war das eigentlich?«, erkundigte sich die Reporterin bei einem der umstehenden BKA-Männer.

»Dr. Würmler-Dolm von unserer Behörde«, murmelte dieser wenig begeistert. »Einer von unseren Hirnklempnern. Ein lästiger Mensch«, fügte er in vertraulich gesenkter Stimmlage dazu.

»So sieht er auch aus«, murmelte die Fernsehschöne.

Inzwischen hatte Palinski wieder Telefonkontakt mit Marinov aufgenommen. Direkt vor laufender Kamera.

»Kompliment, Herr Marinov, wie haben Sie es geschafft, aus der Filiale heraus zu kommen, ohne gesehen zu werden?«

Marinov dachte gar nicht daran, den kooperativen Filialleiter zu vernadern. »Das fällt unter das Bankgeheimnis. Kommen Sie jetzt zu mir?«

»In Ordnung, bloß wo halten Sie sich auf?«

»Gehen Sie an der Bank vorbei Richtung Stadt«, forderte Marinov ihn auf. »Lassen Sie aber die Leitung offen, ich sage Ihnen dann, wo Sie uns finden. Und vor allem, kommen Sie alleine, andernfalls kann ich für nichts garantieren.«

Wilma hatte genug gesehen. Das Ganze sah ganz nach Problemen für ihren Mario aus. Am liebsten wäre sie stantepede abgereist. Sie fühlte, Palinski würde heute noch ihre Hilfe brauchen. Als sich jetzt auch noch ihre bettplatzgeschädigte Wirbelsäule in Erinnerung brachte, stand ihr Entschluss fest.

»Ich muss sofort nach Wien«, teilte sie der verblüfften Runde mit. »Wer will, kann mitkommen. Wir sind morgen wieder zurück. Ich fahren in 5 Minuten.«

*

»Das hätte ich mir eigentlich denken können«, entfuhr es Palinski, als er sah, dass sich Annemarie Sumser unter den Geiseln befand. »Als ich gehört habe, dass sich deine Kanzleigehilfin einen Privatdetektiv genommen hat, um ihren Verlobten überwachen zu lassen, habe ich so etwas Ähnliches vermutet.« Er blickte sie kritisch an. »Ich frage mich nur, warum du das nicht über die Kanzlei laufen hast lassen. Die Vorgangsweise ist ja durchaus legitim und sogar von der Steuer absetzbar.«

Die Anwältin hatte offenbar keine Lust, auf das Thema einzugehen und schwieg.

Marinov dagegen hatte Palinskis Äußerung sehr bewusst wahrgenommen. »Sie haben mich also die ganze Zeit über observieren lassen. Das war wohl sogar Ihre Pflicht als Masseverwalterin. Von der Entführung Amelia Balos' haben Sie ja nichts gewusst, oder?«

Die Anwältin erinnerte sich an ihren Versprecher vorhin in der Bank und war sicher, dass auch Marinov nichts davon vergessen hatte.

»Und wie soll es jetzt weiter gehen?«, Palinski versuchte auch aus eigenem Interesse, der Anwältin aus der peinlich zu werden drohenden Situation zu helfen. »Was Sie nicht wissen, ist, dass ich meinem Freund Inspektor Wallner vom Koat Döbling inoffiziell von der Erpressung berichtet habe. Er wird Ihnen in jedem Fall bei einer fingierten Geldübergabe helfen. Es wird schon wieder alles gut werden.«

Palinski hätte nur zu gerne geglaubt, was er Marinov eben zur Beruhigung gesagt hatte. Alleine ihm fehlte selbst ein wenig der Glaube, dass das BKA den Mann so ohne weiteres seine Rolle in dem Entführungsdrama zu Ende spielen lassen würde.

»Wissen Sie eigentlich, dass sich das Bundeskriminalamt in die Sache eingemischt hat? Man hat ihre telefonischen Versuche, die Diamanten zu Geld zu machen, abgehört und hält Sie für einen Terroristen. Oder zumindest für einen Sympathisanten.«

»So ein Blödsinn. Das ist doch ein Witz, oder?« Marinovs Stimme verriet aber, dass er die zusätzliche Verschärfung seiner Lage gar nicht lustig fand.

»Was halten Sie von folgendem Vorschlag«, Palinski ergriff jetzt die Initiative, denn die Stunde, die man ihm zugebilligt hatte, war bereits zur Hälfte vergangen. »Ich verschaffe Ihnen die Garantie, dass das BKA die Maßnahmen zur Befreiung Ihre Amelia nicht behindern wird. Sobald Sie diese Garantie haben, lassen Sie die Geiseln frei und kommen mit erhobenen Händen hier heraus. Inspektor Wallner wird sich dann Ihrer annehmen.« Palinski blickte die vier anderen im Raum an. »Vor Gericht werden wir zu Ihren Gunsten aussagen, oder?«

Annemarie nickte und die anderen drei Geiseln schlossen sich nach kurzem Zögern an.

»Wie viel Jahre bedeutet das für mich?«, wollte Marinov von der Anwältin wissen.

»Mit 3 bis 5 Jahren müssen Sie schon rechnen«, überlegte Annemarie, »das heißt, dass Sie bei guter Führung nach zwei Jahren wieder draußen sein können.«

24 Monate waren zwar lang, aber Marinov war ja noch

relativ jung. Er schluckte mehre Male, dann nickte er zustimmend. »Gut, machen wir das so. Ich habe ohnehin keine andere Möglichkeit.«

*

Kurz nachdem Palinski den Optikerladen betreten und das Gespräch mit Marinov aufgenommen hatte, war Amelia Balos, die sich jetzt auch wieder so nannte, in der Döblinger Hauptstraße eingetroffen. Da sie die ganze Fahrt über die Nachrichten im Radio gehört hatte, war sie so gut informiert, wie man es als Zuhörer nur sein konnte. Sie hatte sich sofort an einen der Polizisten an der Absperrung gewandt und ihm mitgeteilt, dass sie eine Aussage zu dem gegenständlichen Verbrechen zu machen habe. Der Beamte brachte sie zu Ministerialrat Schneckenburger, der seinen Ohren nicht trauen wollte, als er erfuhr, wen er vor sich hatte. Ehe er sich Amelies unglaubliche Geschichte erzählen ließ, ersuchte er Dr. Würmler-Dolm in Ermangelung anderer Optionen, Helmut Wallner vom Koat Döbling von dieser entscheidenden Entwicklung zu informieren. »Und sagen Sie dem Inspektor bitte, er soll Herrn Palinski von dem Eintreffen Amelies informieren. Und dringend bitte.«

Der Psychologe fand das Verhalten des Ministerialrats skandalös. Gut, er war zwar der Vertreter des Ministers in dieser Runde, aber das gab ihm noch lange nicht das Recht, ihn wie einen Lehrbuben herumzuschicken. Und überhaupt, je weniger dieser Palinski wusste, desto besser. Er beschloss, die Anweisung missverstanden zu haben und ging in den vorderen Bereich der Café-Konditorei, um sich einen Steh-Kaffee zu genehmigen.

Schneckenburger konnte nicht glauben, was er zu hören bekam.

»Und ist Ihnen die Konzeption dieser ›Schicksalswette‹ nicht etwas«, er versuchte, den richtigen Ausdruck zu finden, »extrem vorgekommen?«, wollte er von der eingeschüchterten jungen Frau wissen.

»Schon, aber immerhin ging es um 200.000 Euro. Und haben Sie schon gesehen, was den Mitspielern in anderen Reality Shows alles zugemutet wird?« Sie schüttelte den Kopf. »Dagegen ist eine fingierte Entführung ja noch harmlos. Muss ich jetzt mit rechtlichen Konsequenzen rechnen?«

»Das wird der Staatsanwalt entscheiden. Aber ich glaube nicht, dass es so schlimm werden wird«, beruhigte er Amelia.

Wallner kam eben vorbei, um zu hören, was es Neues gab. Schneckenburger war sehr erstaunt, dass Helmut noch nicht über die letzten Entwicklungen informiert war und Palinski somit noch keine Ahnung vom Auftauchen des vermeintlichen Entführungsopfers hatte.

»Wenn ich diesen Zwerg von Psychologen erwische, kriegt er einen Tritt in den Hintern«, schwor er sich.

Inzwischen hatte auch Ingrid Marinov-Wondrak das heutige Zentrum des Verbrechens in Döbling erreicht. Im Gegensatz zu Amelia wollte sie aber nicht sprechen, sondern hören. Möglichst unbemerkt erfahren, was eigentlich los war. Sie mischte sich unter die Schaulustigen an der Absperrung und wartete.

Wallners Wissen war inzwischen wieder auf dem letzten Stand. Er versuchte sofort, Palinski zu erreichen, doch vergebens. Wahrscheinlich war ein Funkloch dafür verantwortlich, dass die ganze Geschichte nicht schon jetzt zu einem friedlichen Ende kam.

Wallner war bewusst, dass diese Information entscheidend für die weitere Entwicklung dieser zunehmend zur Farce verkommenden Inszenierung war. Er entschloss sich daher, in unmittelbarer Nähe des Eingangs zum Optikergeschäft zu warten, um Palinski sofort nach seinem Herauskommen sprechen zu können.

Der Schneefall, der den ganzen Nachmittag über angehalten hatte, war jetzt etwas stärker geworden. Das friedliche Weiß der gefrorenen Wasserkristalle schaffte eine Atmosphäre, die in krassem Widerspruch zu der nervösen Spannung stand, die auf der Straße herrschte.

Wallner bezog Position links neben dem Eingang zum Optiker. Er blickte in die inzwischen auf etwa 100 Menschen angewachsene Menge der Schaulustigen. Plötzlich erblickte er ein ihm bekannt vorkommendes Gesicht. Wenn er sich nicht irrte, musste das diese Millionärin sein, Marinovs Frau. Er hatte sie gelegentlich in der Zeitung abgebildet gesehen.

Eigenartig, sie wirkte überhaupt nicht wie die Frau eines Mannes, der im Zentrum eines größeren Polizeieinsatzes stand und wegen Bankraubes und Terrorismus gesucht wurde. Eher wie eine Unbeteiligte, die ihre voyeuristischen Neigungen am Straßenrand befriedigte. Aber der Eindruck konnte täuschen. Wallners Erfahrung riet ihm, die Frau nicht aus den Augen zu verlieren. Neuerlich holte er sein Mobiltelefon heraus und versuchte einmal mehr, Palinski zu erreichen.

*

Frederick hatte Mühe gehabt, den alten VW-Bus des Hotels auszuborgen. Sein erster Impuls angesichts seines entschwundenen 50.000-Euro-Wagens war gewesen, die Polizei zu verständigen.

Beim zweiten Hinschauen fand er die Idee wegen der zwangsläufig zu erwartenden Komplikationen mit seinem Auftraggeber und der Ordnungsmacht aber nicht weiter verfolgenswert.

Der alte Bus, mit dem der Küchenchef normalerweise zum Einkaufen in den nächsten Großmarkt fuhr, verfügte über ein Radio. Daher kannte Frederick auch bald den Grund für Amelias plötzliche Abreise. Was heißt da Abreise, Flucht. Aber auch das Ziel, das sie zweifellos ansteuern würde.

Er musste ihr so rasch wie möglich folgen, um das Schlimmste zu verhindern. Dabei ging es immerhin um sehr viel Geld für ihn. Er überlegte, ob ihm seine Schwester in dieser Situation helfen konnte. Da er sie aber trotz wiederholter Versuche nicht erreicht hatte, blieb die Frage rein hypothetisch.

Eine knappe Stunde nach Amelia Balos erreichte auch Frederick den Schauplatz des vorhersehbaren Finales. Die erste Person, die er hier antraf, war Ingrid Marinov-Wondrak. So eine Scheiße. Er fand, dass das wirklich kein gutes Zeichen war. Da sie ihn auch schon erblickt hatte, blieb ihm aber gar nichts anderes über, als zu ihr zu gehen.

*

Als Palinski das Geschäft gerade verlassen wollte, klingelte sein Handy. Als er sich meldete, bemerkte er Wallner, der neben dem Eingang stand, gleichfalls telefonierte und dabei lachte.

»Palinski«, meldete er sich, dann musste auch er lachen. Beide Männer steckten ihre Mobiltelefone weg und beschlossen, direkt zu kommunizieren.

Wallners Bericht in Verbindung mit der Anwesenheit Ingrid Marinov-Wondraks, die lautstark gestikulierend auf einen jungen Mann einredete, machten Palinski nachdenklich. Sehr nachdenklich.

Er ging einige Schritte an das sich heftig austauschende Paar heran, um besser verstehen zu können. Aber auch, um sich den Mann näher anzusehen. Irgendwie kam ihm der Bursche bekannt vor und auf einmal wusste er auch, woher. Er hatte sein Bild erst vor kurzem gesehen.

Plötzlich fügten sich einzelne Puzzleteile zusammen. Zu einem Bild, das noch nicht alles zeigte, aber doch schon einiges verriet. Zumindest ein Muster andeutete, das manches erklärte.

Dann querten die beiden Männer den abgesperrten Bereich diagonal und betraten die Café Konditorei. Sobald Palinski mit Amelia noch einige letzte Fragen geklärt hatte, konnte der definitiv letzte Akt dieser Tragikkomödie beginnen.

*

Wilma hatte die Ausfahrt Nordbrücke genommen und war eben dem Vorwegweiser »Zentrum Döbling« gefolgt. Spätestens in fünf Minuten würde sie die Bühne erreicht haben, auf der ihr Mario gerade eine Glanzrolle ablieferte. Wenn man den ständig wiederkehrenden Berichten und Kommentaren über das aktuelle Geschehen Glauben schenken durfte. Sie war eigenartig berührt über die Art, wie völlig fremde Menschen ihren Mann sahen, seine Arbeit beschrieben und ihm Respekt zollten. Und sie war stolz auf ihn, sehr stolz sogar. Sie nahm sich vor, in Zukunft mehr Interesse und Verständnis für seine Arbeit aufzubringen.

Nachdem sie von der Barawitzkagasse abgebogen war, dauerte es nur mehr wenige Sekunden und sie war da. Hoffentlich würde sie einen Platz finden, um den Wagen abstellen zu können.

*

Palinski und Wallner verließen mit Amelia die Café-Konditorei, gefolgt von den übrigen Mitgliedern des Krisenstabes und einigen Beamten des Sonderkommandos. Den beiden war es gelungen, das BKA nach Darstellung der bekannten Fakten von der Harmlosigkeit Marinovs zu überzeugen und eine möglichst schonende Behandlung zu vereinbaren. Bei aller gebotenen Vorsicht natürlich.

Als die drei an Frau Marinov-Wondrak und Frederick vorbeikamen, blickte Amelia demonstrativ zur Seite und reckte den Mittelfinger der rechten Hand gerade in die Höhe. Palinski, der die kleine Geste bemerkt hatte, musste lachen. Am Eingang zum Optikerladen ließ er die andern beiden zurück und betrat das Geschäft.

»Na, wie sieht es aus?«, Marinov war verständlicherweise nervös und wartete ungeduldig auf das Diktum des BKA.

»Um gleich mit dem Wichtigsten zu beginnen, es ist alles in Ordnung.« Er blickte dem »Verbrecher« scharf in die Augen. »Und wenn ich alles sage, dann meine ich auch alles. Amelia ist gefunden worden und wohlauf, und Sie werden sie in Kürze sehen.« Jetzt wandte er sich an Dr. Annemarie Sumser. »Vorher muss ich aber noch einiges mit dieser Dame hier klären.«

Annemarie schaute ihn belustigt an. »Na, hast du jetzt alles aufgeklärt, du Meisterdetektiv?«

»Ob alles aufgeklärt ist, wird sich noch zeigen«, antwortete er ungewöhnlich unfreundlich. »Ich weiß aber genug, um eine Anzeige gegen dich bei der Ethikkommission der Rechtsanwaltskammer zu erstatten und Schneckenburger wird sich namens des Ministers anschließen.«

Plötzlich wirkte die gute Frau gar nicht mehr so selbstbewusst und fröhlich wie vorher. »Aber wieso denn das? Was wirfst Du mir eigentlich vor? Dass ich einen Privatdetektiv beschäftigt habe? Das ist vielleicht ungewöhnlich, aber nicht ungesetzlich. Und hat einiges für die Gläubiger gebracht.«

»Das ist nicht der Grund. Aber dass der Privatdetektiv von deiner braven Kanzleigehilfin engagiert und von deinem Bruder Fritz, der sich jetzt Frederick nennt, bezahlt wird, ist schon bedenklich. Vor allem, wenn man weiß, dass er das Geld dafür von Ingrid Marinov-Wondrak kassiert.« Palinski begann, in dem kleinen Raum auf und ab zu gehen.

»Das schlimmste ist aber«, jetzt holte Palinski richtig aus, »dass du tagelang zugesehen hast, wie dieser Mann hier Angst um seine angeblich entführte und bedrohte

Freundin gehabt hat. Obwohl seine Amelia in Wirklichkeit in einem Wellnesshotel gewesen ist und sich verwöhnen hat lassen. Während sie gedacht hat, dass sei ein Teil einer dieser perversen Fernsehshows, in denen man auf einen Schlag viel Geld machen kann, wurde alles von seiner Frau eingefädelt und bezahlt«, er deutet auf Marinov.

Der war hellhörig geworden. »Stimmt das alles, Frau Doktor?«, fragte er fast scheu. Annemarie Sumser schwieg und jeder wusste, was das zu bedeuten hatte.

»Schämen Sie sich, Frau Doktor«, flüsterte er. »Ich weiß, dass Ihre menschlichen Defizite Sie eines Tages einholen werden.«

»Und ich wünsche Ihnen die Pest an den Hals. Pfui Teufel«, exponierte sich sogar Grabner und war Marinov zum ersten Mal in seinem Leben direkt sympathisch. Ja, selbst der hartgesottene Zwettler drückte sein Missfallen aus. Nicht mit Worten, sondern mit unübersehbarer Missbilligung in seinem Beamtengesicht.

»Und warum sollte ich das Ihrer Meinung nach getan haben?«, wollte Annemarie wissen. Warum fragte sie eigentlich, sie musste es ohnehin wissen? Wahrscheinlich, um Zweifel zu säen. Zu versuchen, noch einen Rest ihrer Glaubwürdigkeit zu retten.

»Was weiß ich«, antwortete Palinski, »vielleicht, weil Sie es lustig fanden oder Ihrem Bruder einen Gefallen tun wollten. Oder einfach, weil Sie besonders tüchtig sein, den Makel einer Rüge des Standesgerichts vor drei Jahren vergessen lassen wollten. Auf jeden Fall aus egoistischen Gründen.«

Die Anwältin merkte, dass Palinski sich informiert hatte.

»Da bot sich die Masseverwaltung Marinov geradezu an. Haben Sie den Job eigentlich routinemäßig vom Gericht zugeteilt bekommen oder nachhelfen müssen?« Wieder schwieg die Anwältin, doch ihr Schweigen sagte mehr aus als tausend Worte.

»Wie sind Sie denn darauf gekommen, dass Frederick mein Bruder ist?«, wollte sie schließlich noch wissen.

»Weil er genau dieselbe unverwechselbare geteilte Augenbraue hat wie der kleine Bub auf dem Foto in Ihrem Büro. Fritz steht draußen auf der Straße und streitet mit Ingrid Marinov-Wondrak. So laut, dass man schon taub sein müsste, um nicht mitzubekommen, worum es dabei geht.«

Alle schwiegen. Es war so weit, das Ende der abenteuerlichen Geschichte, von der Zwettler und Grabner noch ihren Enkeln erzählen würden, war gekommen.

»Ich denke, Sie können jetzt gehen«, meinte Marinov zu den anderen. »Und entschuldigen Sie bitte die Schwierigkeiten, die ich Ihnen gemacht habe.«

Dr. Sumser stand wortlos auf und verließ den Raum. Die anderen lösten sich offenbar nur langsam aus der Gruppe. Ja, sie schüttelten Marinov sogar die Hand und wünschten ihm Glück. »Können Sie mich noch ein paar Minuten alleine lassen«, bat Marinov.

»Keine Angst«, der »Bankräuber« hatte den zweifelnden Blick Palinskis richtig gedeutet. »Es ist nur eine Gaspistole und sie ist nicht geladen. Aber nehmen Sie die Waffe ruhig mit.«

Palinski nahm das unsympathische Stück und ging hinaus. In der Türe drehte er sich noch einmal um. »Wissen Sie was? Ich werde Ihnen Amelia hereinschicken und warte vor der Türe auf Sie beide. Lassen Sie sich ruhig etwas Zeit.«

*

Zehn, vielleicht auch elf Minuten später kam ein eng umschlungenes Paar aus der Türe des Optikerladens. Die beiden verabschiedeten sich von dem alten Mann, der Marinov ebenfalls nichts nachzutragen schien und sein Geschäft für heute schloss.

Jetzt sprach Wallner die Verhaftung des »Bankräubers« aus, war aber nicht sicher, ob der Verliebte das überhaupt wahrgenommen hatte.

Auch egal, dachte der Inspektor, der lief ihm nicht mehr davon.

Ende gut, fast alles gut, dachte Palinski und wollte schon zu Wilma gehen, die er in der Menge entdeckt hatte. Plötzlich drängte sich Ingrid Marinov-Wondrak durch die Absperrung und ging auf das Paar zu. Das konnte noch spannend werden auf den letzten Metern, spürte Palinski und wandte sich der viel versprechenden Szene zu.

»Du Schlampe denkst doch nicht, dass ich dir meinen Mann überlasse. Das ganze Theater mit der Fernsehschau, das sich dieser Kretin einfallen hat lassen«, sie deutete beiläufig zu Frederick hin, »hat nichts gebracht. Er war ja nicht einmal im Stande, dich ins Bett zu bringen. Aber jede Menge Geld kassieren, das kann er.«

Sie atmete heftig. »Dabei hat er mir glaubhaft versichert, dass diese dumme Affäre vorbei sein wird, wenn diese Fifi«, sie blickte voll verletzten Stolzes auf Amelia,

»merkt, dass Heribert für sie nicht einmal 1.000 Euro locker macht. Ganz zu schweigen von 250.000. Alles Blödsinn, leere Versprechungen … Vielleicht liebt er dich wirklich«, sie hatte Tränen in den Augen, während sie die Jüngere ansah, »aber Heribert bleibt bei mir.«

Dann holte sie aus und knallte der Geliebten ihres Mannes links und rechts eine ins Gesicht. Die Geohrfeigte, die mit ihrem bisherigen Job im Unternehmen Ingrid Marinov-Wondraks ohnehin bereits abgeschlossen hatte, blieb ihrer Noch- oder Nicht-mehr-Chefin nichts schuldig und gab ihr ebenfalls zwei Mordstrumm Watschen.

»Glauben Sie wirklich, dass Sie mit Heribert glücklich werden können? Er hat keinen Groschen Geld und er wird auch in Zukunft keines haben. Dafür werde ich schon sorgen«, versuchte es die Marinov-Wondrak nochmals. Dann drehte sie sich um und ging zurück zur Absperrung.

»Wir bleiben zusammen«, Amelia umarmte Heribert, »wir werden auch ohne Ihr Geld glücklich werden. Im Übrigen, ich kündige.«

Jetzt drehte sich die Kaufhauskönigin nochmals um. »Sie werden meinen Heribert nicht bekommen. Sie nicht und keine andere. Er ist ein Mistkerl, das weiß ich, aber er ist mein Mistkerl. Und so wird es auch bleiben.«

Sie griff in die weite Tasche ihres Mantels und förderte etwas zu Tage, das wie eine Pistole aussah. Oder wie ein Revolver, Palinski konnte das immer noch nicht auseinander halten. Verdammt, sagte er sich. Nicht schon wieder Tote bei einem Fall, in dem er vermittelt hatte. Er rannte auf die Frau los, die die Waffe auf Amelia Balos richtete.

Die beiden Schüsse fielen fast gleichzeitig. Der erste streifte Palinski an der Schulter und drang rund 30 Meter weiter in eine Hausmauer. Palinski verspürte einen brennenden Schmerz, fiel auf die verschneite Straße und blieb einfach liegen.

Der zweite Schuss, abgegeben von einem der auf den umliegenden Dächern postierten Scharfschützen traf Ingrid Marinov-Wondrak ziemlich genau ins Herz. Der Schütze hatte zwar auf die Schulter des Schussarmes gezielt. Ein Polizist, der der Frau in den Arm fallen wollte, hatte sie durch sein beherztes Eingreifen erst in die tödliche Position gebracht. Als ihr Körper den Boden berührte, war die Frau Heribert Marinovs bereits tot.

Amelia und der frischgebackene Witwer waren herbeigeeilt und hatten sich auch kurz um Palinski gekümmert. »Gratuliere«, flüsterte der, »Sie haben eben 15 Kaufhäuser und einen Versandhandel geerbt.« Dann wurde ihm schwarz vor Augen.

Als Palinski wenige Minuten später wieder zu sich kam, beugte sich eine weinende Wilma über ihn. Oder waren es lediglich die in der Wärme ihres Blicks geschmolzenen Schneeflocken? Egal, sie sah wunderschön aus.

»Werde ich jetzt sterben?«, wollte er wissen.

»Trau dich ja nicht«, Wilma lächelte schon wieder. »Zumindest nicht, bevor du mir nicht endlich erzählt hast, warum dich deine Eltern Mario genannt haben.«

Dann küsste sie ihn und alles war gut.

EPILOG

Artikel aus »Eltern, Familie und Recht«-Ausgabe II/2005:

ERSCHRECKENDE BILANZ

Die Wahrnehmung der elterlichen Aufsichtspflicht scheint nach wie vor im Argen zu liegen, wie einige im Rahmen einer Pressekonferenz der Wiener Polizei bekannt gegebene Zahlen beweisen.

Im Rahmen der Anfang Jänner durchgeführten Suche nach dem 2 Monate alten Baby der ermordeten Elena K. wurden innerhalb von 30 Stunden 31 Verletzungen der elterlichen Aufsichts- und Fürsorgepflicht festgestellt und zur Anzeige gebracht. In 12 Fällen erwiesen sich die Verfehlungen als derart schwerwiegend, dass die Kinder sofort der Obhut des Jugendamtes übergeben werden mussten.

Wie Pressesprecher Hofrat Dr. Platzer ausdrücklich betonte, war der Schwerpunkt der Aktion seinerzeit beim Auffinden eines 2 Monate alten Babys und nicht bei der Kontrolle der elterlichen Aufsichtspflicht gelegen.

»Daher sind diese erschreckenden Zahlen, die sich

lediglich auf die Situation von Kleinstkindern bis etwa 2 Jahren beziehen, eigentlich nur ein ›Abfallprodukt‹ dieser riesigen Polizeiaktion gewesen.«

Angesichts solcher »Zufallstreffer« stellt sich die Frage, ob die Behörde nicht gelegentlich auch gezielt dieser offensichtlichen Problematik nachgehen sollte.

Bericht aus den »TV-News« vom 3. März 2005:

»Entführungsopfer« als Moderatorin

Wien (Eigenbericht): Amelia Balos (25), das scheinbare Entführungsopfer in der nach wie vor nicht ganz geklärten Affäre »Marinov«, wird in Kürze einen hochdotierten Vertrag mit dem deutschen Privatsender »Tele AZR« abschließen. Die bildhübsche Wienerin soll das nach ihrer Idee konzipierte neue Format »Schicksalsroulette« moderieren. Eine Reality Soap mit hohen Gewinnschancen für Teilnehmer und Zuseher.

Amelia Balos war Anfang des Jahres »entführt« und in einem führenden Wellness-Resort versteckt worden. Während man der jungen Frau vorgaukelte, das entspräche ihrer Rolle in einer neuen Fernsehschau, wurde von ihrem Freund Heribert M. ein Lösegeld von 250 000 Euro gefordert.

Das jeweilige »Opfer« des Spieles wettet auf das Verhalten des uneingeweihten, an ein echtes Verbrechen glaubenden Partners und hat damit die Chance, den

»Wetteinsatz« in Höhe von 100 000 Euro zu vervielfachen. Je mehr der abgegebene Tipp dem tatsächlichen Verhalten des gutgläubigen Mitspielers entspricht, desto höher der Gewinn.

Die Pilotsendung zur neuen Reality Show wird am 18. Mai um 21 Uhr ausgestrahlt.

Bericht aus den »Wiener Zeiten« vom 22. März 2005:

Blaues Auge für »Bankräuber«

Wien (Eigenbericht): Mit einem »blauen Auge« davon gekommen ist der nach Aussagen aller Betroffenen »sympathischste Bankräuber und Geiselnehmer aller Zeiten.« Heribert M. (34), Witwer und Alleinerbe der irrtümlich von einem Polizisten erschossenen »Kaufhauskönigin« Ingrid Marinov-Wondrak, wurde gestern zu einer Strafe von zwei Jahren Gefängnis verurteilt, davon 18 Monate bedingt.

Vom Vorwurf des versuchten Bankraubes wurde M. überhaupt frei gesprochen, da ihm der Nachweis gelungen war, die ungeladene Gaspistole nur irrtümlich aus der Jackentasche gezogen zu haben.

Da die Personen, die mit ihm in das neben der Bank gelegene Optikerfachgeschäft gegangen waren, übereinstimmend erklärten, freiwillig mitgekommen zu sein, musste sich M. schließlich nur für die kurzfristige Freiheitsberaubung dreier Bankkunden verantworten.

Mildernd wurde auch der starke psychische Druck gewertet, unter dem M. stand, der annehmen musste, dass seine Geliebte entführt worden war.

Da M. zwischenzeitlich auch seine sämtlichen steuerlichen und sonstigen Verbindlichkeiten beglichen hat, wurde auch das gegen ihn eröffnete Konkursverfahren eingestellt.

Die zwielichtige Rolle, die die Masseverwalterin Dr. Annemarie S. in der fingierten Entführung von M.s Freundin Amelia B. gespielt hat, ist Gegenstand eines standesrechtlichen Verfahrens vor der Disziplinarkommission der Rechtsanwaltskammer.

Berichterstattung »Elena Kalkonides-Prozess« in der »BIB-Bin im Bilde« vom 3. Juni 2005:

Höchststrafen für beide Angeklagten

Wien (Eigenbericht): **Nach mehr als dreiwöchiger Dauer wurden gestern die Urteile im aufsehenerregenden »Elena Kalkonides«-Prozess verkündet.**

Mit 22 Jahren für Karl Schwarzenbach und 16 Jahren für Hans Schwarzenbach wurde jeweils die vom Staatsanwalt geforderte Höchststrafe ausgesprochen.

In seiner Urteilsbegründung betonte der vorsitzende Richter ausdrücklich die besondere Grausamkeit, mit der die Tat durchgeführt worden war sowie die Gleichgültigkeit, mit der die beiden Angeklagten den gegen sie erhobenen Vorwürfen begegneten.

In gesonderten Verfahren werden jetzt noch der Mord an Ernst Schwarzenbach, die an seiner Leiche begangene Schändung und der Mord an Alois Huntzinger zu verhandeln sein.

Experten vermuten, dass Karl Schwarzenbach noch mit 12 Jahren Haft und sein Sohn mit einer mindestens ebenso schweren Strafe zu rechnen haben werden.

Der Vorwurf, dass der Heurigenwirt seinen in einem alten Keller eingesperrten Sohn vorsätzlich verdursten lassen wollte, konnte dagegen nicht erhärtet werden und wurde von der Staatsanwaltschaft nicht weiter verfolgt.

Frau Schwarzenbach wurde dagegen durch die Aussage ihres Sohnes entlastet und von allen Punkten der Anklage freigesprochen.

Palinskis »Plädoyer für den Heurigen«

Die Schwarzenbachs unserer Geschichte sind wahrhaft böse Menschen, wie sie in der Realität Gott sei Dank kaum oder gar nicht vorkommen. Nicht nur nicht in Heurigenkreisen, sondern überhaupt nicht.

Tatsächlich sind die Winzer und Heurigenwirte hart arbeitende Menschen wie Sie und ich, die sich in aller Regel bemühen, ihre Gäste nach bestem Wissen und Gewissen zu verwöhnen.

Für unsere Leser, denen der Wiener »Heurige« nicht so ein selbstverständlicher Begriff ist wie dem Autor hier einige interessante Anmerkungen dazu:

Wien ist die einzige Großstadt der Welt, in deren Grenzen es nicht nur 700 Hektar Weingärten gibt, sondern die sogar eine eigene Weinbauregion darstellt.

Vor allem sind es die Sorten Riesling und Weißburgunder, die an den sanften Hängen des Wienerwaldes heranreifen und gekeltert werden. Zunehmend gewinnt aber auch Rotwein, vor allem der Zweigelt, an Bedeutung.

Von den rund 25 000 Hektolitern des jährlich in Wien produzierten Weines sollen an die 90 Prozent über den »Heurigen«, diese typisch Wienerische Art der Buschenschank, direkt in die durstigen Kehlen rinnen. Das ist eine ganze Menge, immerhin 9 Millionen »Vierterln.«

Nur der Rest lernt einmal in seinem »Weinleben« eine Bouteille kennen. Der in Flaschen abgefüllte Wein wird entweder ebenfalls über den Heurigen oder in letzter Zeit zunehmend immer häufiger auch über die Spitzengastronomie verkauft.

Der Begriff »Heuriger« ist inhaltlich doppelt besetzt.

Da ist einmal diese typische Wiener Lokal-Institution, deren rechtliche Grundlage im Wesentlichen auch heute noch das 1784 von Joseph II. mit Patent erlassene Buschenschankgesetz darstellt. Dieses sah vor, dass die Winzer zu ganz bestimmten Zeiten im Jahr ihren Eigenbauwein ausschenken durften. Dazu durfte und darf der Weinbauer auch heute noch nur ein sehr beschränktes Speisenangebot führen. Das Zeichen für dieses Privileg war ein über der Türe ausgehängter Föhrenbuschen oder -Kranz.

Der Begriff »Heuriger« steht aber auch für den »jungen Wein«, den Wein der letzten Lese. Das ist er so lange, bis es wieder einen neuen »Heurigen« gibt und der bisherige dadurch zum »Alten« wird.

Jetzt aber wieder zurück zu den Lokalen.

Was Sie als Besucher eines dieser typischen Wiener Heurigenorte wie Grinzing, Sievering oder Stammersdorf in der Regel vorfinden, sind keine »Heurigen«-Lokale im ursprünglichen Sinne. Diese sind heute die absolute Ausnahme und mitunter nur schwer zu finden.

Was Sie finden, sind üblicherweise »Heurige«, die zu einem Gastronomiebetrieb erweitert wurden. Das heißt, sie schenken zu ihrem eigenen auch noch zugekauften Wein und andere Getränke aus und bieten ein umfangreiches Angebot an kalten und warmen Speisen. Bevorzugt in der Angebotsform des »Heurigenbuffets.«

Oder es handelt sich um ganz normale Restaurants, die sich der äußeren Anmutung und des Ambientes eines »Nobelheurigen« bedienen, um ihr Angebot zu vermarkten.

Wie auch immer, besuchen Sie den Wiener »Heurigen« in all seinen Erscheinungsformen. Aber Achtung, die Zeiten, in welchen ein Heurigenbesuch ein vergleichsweise billiges Vergnügen war, sind schon lange vorbei.

ENDE

Weitere Krimis finden Sie auf den folgenden Seiten und im Internet: www.gmeiner-verlag.de

PIERRE EMME

Zwanzig/11

323 Seiten, Paperback.
ISBN 978-3-8392-1174-8.

WELT IN ANGST Wien, im November 2011. Max Petrark wacht am Krankenbett seines Bruders Maurice. Dieser hat einen schweren Autounfall nur knapp überlebt und liegt im Koma. Während die Polizei von einem Selbstmordversuch ausgeht, macht sich Max auf die Suche nach der Wahrheit. Doch diese scheint unbequem, ja sogar tödlich zu sein. Und allmählich begreift er das ganze Ausmaß der Ereignisse: Zehn Jahre nach den Terroranschlägen von New York zeichnet sich eine neue Tragödie von weltpolitischer Bedeutung ab – in einem Zug zwischen Salzburg und Wien.

PIERRE EMME

Diamantenschmaus

319 Seiten, Paperback.
ISBN 978-3-8392-1079-6.

VEREDELTE ASCHE Die Wiener Promidichte schwindet beträchtlich. Palinski hat es mit einer ganzen Reihe von Mordfällen an bekannten Persönlichkeiten der Hauptstadt zu tun. Zu den Opfern zählen ein stadtbekannter, tierquälender Kettenraucher, ein berühmter Kammersänger und ein belgischer Entertainer. Die nächste Schreckensnachricht lässt nicht lange auf sich warten: Hildi, die 22-jährige ›Prinzessin der Herzen‹, ein Star der Volksmusik, wurde entführt. Besteht ein Zusammenhang zwischen den einzelnen Morden und der Entführung? Und was haben die so genannten »Promi-Diamanten« damit zu tun, die im Internet meistbietend versteigert werden? Da Hildi in großer Gefahr ist, entschließt sich Palinski, die Entführer zu kontaktieren und ein Treffen zu vereinbaren.

PIERRE EMME
Pizza Letale

276 Seiten, Paperback.
ISBN 978-3-8392-1055-0.

HENKERSMAHLZEIT »Hilfe, ich wurde ... vergiftet, der ... Pizzamann ...« Wilhelm Sanders Anruf bei der Notrufzentrale in Wien-Döbling kommt zu spät – die alarmierten Polizisten können nur noch seinen Tod feststellen. Der Pizzabote ist schnell ausfindig gemacht. Es sieht nicht gut für ihn aus, als man auch noch ein ominöses Fläschchen in seiner Jackentasche entdeckt. Doch dann wird eine stadtbekannte Politikerin ermordet und Kriminologe Mario Palinski findet heraus, dass beide Fälle zusammenhängen ...

Aber auch privat hat Palinski alle Hände voll zu tun: Nach 27 Jahren wilder Ehe will er seiner Wilma endlich das Ja-Wort geben.

PIERRE EMME
Pasta Mortale

273 Seiten, Paperback.
ISBN 978-3-8392-1018-5.

KALT ABSERVIERT Skandal im Restaurant »Desiree«: Ein Gast fällt tot vom Stuhl, er starb an einer vergifteten Portion Mohnnudeln. Was Kriminologe Mario Palinski, der sich neuerdings auch als Gastro-Kritiker versucht, zu diesem Zeitpunkt noch nicht weiß: Die tödlichen Nudeln waren eigentlich für ihn bestimmt. Und kurz darauf kommt es zu weiteren mysteriösen Vorfällen in der Wiener Gastronomie-Szene ...

GMEINER

Wir machen's spannend

Unsere Lesermagazine

2 x jährlich das Neueste aus der Gmeiner-Bibliothek

DIN A6, 20 S., farbig

10 x 18 cm, 16 S., farbig

24 x 35 cm, 20 S., farbig

Alle Lesermagazine erhalten Sie in Ihrer Buchhandlung oder unter www.gmeiner-verlag.de.

GmeinerNewsletter

Neues aus der Welt der Gmeiner-Romane

Haben Sie schon unsere GmeinerNewsletter abonniert?

Monatlich erhalten Sie per E-Mail aktuelle Informationen aus der Welt der Krimis, der historischen Romane und der Frauenromane: Buchtipps, Berichte über Autoren und ihre Arbeit, Veranstaltungshinweise, neue Literaturseiten im Internet und interessante Neuigkeiten.

Die Anmeldung zu den GmeinerNewslettern ist ganz einfach. Direkt auf der Homepage des Gmeiner-Verlags (www.gmeiner-verlag.de) finden Sie das entsprechende Anmeldeformular.

Ihre Meinung ist gefragt!

Mitmachen und gewinnen

Wir möchten Ihnen mit unseren Romanen immer beste Unterhaltung bieten. Sie können uns dabei unterstützen, indem Sie uns Ihre Meinung zu den Gmeiner-Romanen sagen! Senden Sie eine E-Mail an gewinnspiel@gmeiner-verlag.de und teilen Sie uns mit, welches Buch Sie gelesen haben und wie es Ihnen gefallen hat. Alle Einsendungen nehmen automatisch am großen Jahresgewinnspiel mit attraktiven Buchpreisen teil.

GMEINER

Wir machen's spannend

Alle Gmeiner-Autoren und ihre Romane auf einen Blick

GARDENER, EVA B.: Lebenshunger **GEISLER, KURT**: Friesenschnee • Bädersterben **GERWIEN, MICHAEL**: Isarbrodeln • Alpengrollen **GIBERT, MATTHIAS P.**: Menschenopfer • Zeitbombe • Rechtsdruck • Schmuddelkinder • Bullenhitze • Eiszeit • Zirkusluft • Kammerflimmern • Nervenflattern **GOLDAMMER, FRANK**: Abstauber **GÖRLICH,HARALD**: Kellerkind und Kaiserkrone **GORA, AXEL**: Die Versuchung des Elias • Das Duell der Astronomen **GRAF, EDI**: Bombenspiel • Leopardenjagd • Elefantengold • Löwenriss • Nashornfieber **GUDE, CHRISTIAN**: Kontrollverlust • Homunculus • Binärcode • Mosquito **HÄHNER, MARGIT**: Spielball der Götter **HAENNI, STEFAN**: Scherbenhaufen • Brahmsrösi • Narrentod **HAUG, GUNTER**: Gössenjagd • Hüttenzauber • Tauberschwarz • Höllenfahrt • Sturmwarnung • Riffhaie • Tiefenrausch **HEIM, UTA-MARIA**: Feierabend • Totenkuss • Wespennest • Das Rattenprinzip • Totschweigen • Dreckskind **HENSCHEL, REGINE C.**: Fünf sind keiner zu viel **HERELD, PETER**: Die Braut des Silberfinders • Das Geheimnis des Goldmachers **HOHLFELD, KERSTIN**: Glückskekssommer **HUNOLD-REIME, SIGRID**: Die Pension am Deich • Janssenhaus • Schattenmorellen • Frühstückspension **IMBSWEILER, MARCUS**: Schlossblick • Die Erstürmung des Himmels • Butenschön • Altstadtfest • Schlussakt • Bergfriedhof **JOSWIG, VOLKMAR / MELLE, HENNING VON**: Stahlhart **KARNANI, FRITJOF**: Notlandung • Turnaround • Takeover **KAST-RIEDLINGER, ANNETTE**: Liebling, ich kann auch anders **KEISER, GABRIELE**: Engelskraut • Gartenschläfer • Apollofalter **KEISER, GABRIELE / POLIFKA, WOLFGANG**: Puppenjäger **KELLER, STEFAN**: Totenkarneval • Kölner Kreuzigung **KINSKOFER, LOTTE / BAHR, ANKE**: Hermann für Frau Mann **KLAUSNER, UWE**: Engel der Rache •Kennedy-Syndrom • Bernstein-Connection • Die Bräute des Satans • Odessa-Komplott • Pilger des Zorns • Walhalla-Code • Die Kiliansverschwörung • Die Pforten der Hölle **KLEWE, SABINE**: Die schwarzseidene Dame • Blutsonne • Wintermärchen • Kinderspiel • Schattenriss **KLIKOVITS, PETRA M.**: Vollmondstrand **KLUGMANN, NORBERT**: Die Adler von Lübeck • Die Tochter des Salzhändlers • Schlüsselgewalt • Rebenblut **KOBJOLKE, JULIANE**: Tausche Brautschuh gegen Flossen **KÖSTERING, BERND**: Goetheglut • Goetheruh **KOHL, ERWIN**: Flatline • Grabtanz • Zugzwang **KOPPITZ, RAINER C.**: Machtrausch **KRAMER, VERONIKA**: Todesgeheimnis • Rachesommer **KREUZER, FRANZ**: Waldsterben **KRONECK, ULRIKE**: Das Frauenkomplott **KRONENBERG, SUSANNE**: Kunstgriff • Rheingrund • Weinrache • Kultopfer • Flammenpferd **KRUG, MICHAEL**: Bahnhofsmission **KRUSE, MARGIT**: Eisaugen **KURELLA, FRANK**: Der Kodex des Bösen • Das Pergament des Todes **LADNAR, ULRIKE**: Wiener Herzblut **LASCAUX, PAUL**: Mordswein • Gnadenbrot • Feuerwasser • Wursthimmel • Salztränen **LEBEK, HANS**: Todesschläger **LEHMKUHL, KURT**: Kardinalspoker • Dreiländermord • Nürburghölle • Raffgier **LEIMBACH, ALIDA**: Wintergruft **LEIX, BERND**: Fächergrün • Fächertraum • Waldstadt • Hackschnitzel • Zuckerblut • Bucheckern **LETSCHE, JULIAN**: Auf der Walz **LICHT, EMILIA**: Hotel Blaues Wunder **LIEBSCH, SONJA / MESTROVIC, NIVES**: Muttertier @n Rabenmutter **LIFKA, RICHARD**: Sonnenkönig **LOIBELSBERGER, GERHARD**: Mord und Brand • Reigen des Todes • Die